植物と動物の歳時記

五十嵐謙吉

八坂書房

放鳥（『絵本家賀御伽』より）

★『植物と動物の歳時記』目次

梅

歳寒の友

梅（『訓蒙図彙』より）

◎〝歳寒の三友〟

いよいよ春――と心はずむ思いを漢詩「初春」にうたうのは、隋末・唐初の王績（五八五～六四四）。訳文もかろやかです。

前旦出門遊　きのうおもてに　出たときは
林花都未有　花ひとつない　冬げしき
今朝下堂来　けさおきぬきに　庭へ出りゃ
地氷開已久　池の氷は　もう融《と》けた
雪被南軒梅　梅はふくらむ　雪のした
風催北庭柳　柳は芽ぐむ　風のあと
遙呼竈前妾　機《はた》織る婦《つま》に　しらせよう
却報機中婦　炊《かし》ぐ女《め》の子に　声かけて
年光恰恰来　春がきたぞえ　春がきた
滿甕営春酒　甕《かめ》に満《み》たせよ　春の酒《みき》

（須田禎一訳）

わずかに残る花に、その咲きだす姿をしのぶのは、南宋の陸游《りくゆう》（一一二五～一二一〇）の「落梅」詩です。

酔うて残梅《ざんばい》の一両枝を折る
桃李の自《みずか》ら時に逢うを妨《さまた》げず
向来《きょうらい》　氷雪《ひょうせつ》の凝《こ》ること厳しき地に
力《つと》めて春の回《かえ》るを斡《すす》むるは竟《つい》に是《こ》れ誰ぞ
（一海知義訳）

「酔って散り残る梅の一、二枝を折る。桃・李《すもも》がよい時節になって花を開くのは結構。だがこれまで、氷や雪の厳しい大地に、春がよみがえるようにとひたすら力めてきたのは誰なのか」

狩野山雪筆『林和靖図』桃山時代、東京国立博物館蔵　梅と鶴を愛した北宋の詩人・林和靖（林逋）は、西湖のほとりに隠棲して20年間市街に出ず、勉学・清談の日々を送った。一生を独身で通したので、「梅妻鶴子（梅を妻とし、鶴の子供を養う）」といわれた。

――中国の人々は、寒さに耐えて清香の花を開く梅を、冬も変わらぬ緑の松・竹とともに「歳寒の三友」と賞しました。歳寒の梅については、国文学者星野喬氏のお寄せくださった逸話を次に紹介します。

歳寒堂と鉄幹　歳寒の語は『論語』の「歳、寒うして然《しか》る後、松柏の後に凋《しぼ》むを知る」による。中国・宋の呉復古の父は帝の侍講になった学者だが、本人は出仕せず、歳寒堂なる小庵で読書・詩作にふけり、高名な文人官僚蘇軾《そしょく》も推服した隠士である。友人の鄭俠《ていきょう》も気骨の学者で、大旱魃のときに哲宗皇帝に直訴し、「青苗法」という法を一時停止させている。鄭は歳寒堂を訪れて詠んだ。

　庭には鉄幹が、龍がわだかまったように、太い幹を横たえており、
　谷間の岩蔭からは、白雲が湧き上がってくる幽境な境である。
（取意）

「鉄幹」は老梅の幹を表現する語となり、日本近代の詩人与謝野寛は鉄幹と号した。

また梅は、菊とともに「歳寒二友」、竹とともに「歳寒二雅」ともいいます（中村公一『中国の花ことば』岩崎美術社）。さらに、蘭・菊・梅・竹を気品の高さから「四君子」と賞し、水墨画によく描かれました（墨竹は唐末、墨梅は北宋末、墨蘭は南宋末、墨菊は明《みん》より描くとのこと）。なお北宋の黄庭堅《こうていけん》（一〇四五～一一〇五）は寒季に咲く香りのよい花のうち、梅を水仙の兄、山礬《さんばん》（沈丁花《じんちょうげ》の類）を水仙の弟といいます。

やがて寒さのゆるむ二月、江南の蘇州には人々が地方からも舟で泊りがけで来て、梅の花見をすると、清《しん》の顧禄は年中行事記『清嘉録《せいかろく》』（一八三〇年刊）に「元墓看梅花」を記します。

春風が林に入ると元墓山の梅林が開花し、香雪開山まで連なって、紅梅・緑萼梅が入り雑り、かぎりなく重なりあってつづく。郡人たちは虚山橋の畔《ほとり》に舟をもやい、旅仕度で夜を日に継いで気ままに遊ぶ。

（中村喬訳）

元墓山とみられる太湖近くの地区は、今も梅の名所とのことです。

◎中国の梅の実

梅の原産地は、中国の四川省から湖北省辺とされます。梅花賞讃の文芸は六朝期《りくちょう》（三〜六世紀）からだそうですが、野生の梅の果実は杏《あんず》・李《すもも》・桃と同じく、古くから利用されました。『詩経』国風の「召南」は、周（前一〇五〇?〜前二五六）の南方地域の歌謡を採集し、朝廷で奏したものといわれ、そのなかに「摽有梅《ひょうゆうばい》」の詩があります。

摽有梅　　擘つや梅の実
其実七兮　　その実は七つ
求我庶士　　さそう殿なら
迨其吉兮　　吉日に

（目加田誠訳）

詩の第二節は、「その実は三つ／さそう殿なら／いまの間に」、第三節は、「頃筐《てかご》はつきた／さそう殿なら／謂《かたらい》を」となります。

この詩について訳者は、近代中国の詩人で古典学者の聞一多《ぶんいった》の説を紹介しています。「思うに古の風俗に、夏季、果物の熟する頃、人々が林の中に集まり、男女が分かれて立ち、女は果物をとって思う男に投げる。あたった者は佩玉などを贈って夫婦となるのであろう、と」。日本古代の歌垣のような光景で、こうして男女は配偶者をもとめあい、また梅の実を愛情のしるしとして贈る風習があったようです。

『詩経』と同じく五経（儒教の基本経典）の一つとされる『礼記《らいき》』は、内則の「飲は」の記述に「漿水《しょうすい》、醷《い》、濫《らん》あり」といいます。これについては、清の郝懿行《かくいこう》（一七五七〜一八二五）の随筆集『曬書堂筆録《さいしょどうひつろく》』にある「梅漿《うめず》」の一文が参考になります。彼はまず、北京の夏の風物誌ともいえる梅酢売りを紹介します。

京師（北京）では夏になると街頭に水を売り出す。また、銅椀《かなまり》を二つ手に持って、それを互いに相打たせ、りーんりーんと円く澄んだよくとおる音をさせているのは、酸梅湯《ソワンメイタン》（梅酢《うめず》）売りである。鉄椎《かなづち》で砕いた氷をその中に入れた、いわゆる冰振梅湯《ピンチエンメイタン》は、特に子供たちにとって大好物の飲料なのである。

（松枝茂夫訳）

ついで『礼記』の前引部分を、諸書の説を引いて説明しており、簡単にいうと、「醷」は梅𩞯すなわち梅酢です。「濫」は「諸」といわれるものなどで、「濫」は「水に漬けたもので今では蜜や飴に漬けるのであり、諸の方は乾腊（乾肉）なのであろう」といいます。また『経典釈文』には「乾桃・乾梅はみな諸」とあるそうです。さらに「江南の人々は、青梅や金柑の類を蜜漬けにする。これは遠方に送ることもでき、ことに風味のよいものであるが、これらはみな濫・諸の類である」とつづけています。

梅の実の黄熟を詠むのは、元の元淮《げんわい》の「小満」詩です。子規《ほととぎす》が鳴き、雨の煙るなかで、

水に映ずる黄梅　多半は老い

といいます。題の「小満」は二十四節気の一つ（四月中）で、現太陽暦の五月二一日頃。この頃から降りだす長雨は、唐の太宗が、

和風緑野に吹き　梅雨芳田に灑《そそ》ぐ

と「雨詠」詩にいうように、田植えには欠かせぬ雨であり、中国の人はこれを「梅雨」と呼びました。梅の実の収穫への期待が、その季節の雨の呼称になったといえましょう。

◎日本に香る中国の花

「塩梅《あんばい》」という言葉は、『大漢和辞典』に「味をよい程に加減する。羹を作るに、塩過ぐれば鹹く、梅過ぐれば酸い。塩梅中を得て、然して後初めて旨い。転じて、臣下が君主を助けて適

当な政治をさせるをいふ。按排。」とあります。やはり五経の一つの『書経』に出るそうで、梅果の酸味は塩に対応するほど、古代中国で重要な調味料であったとわかります。

日本の九州にも野生の梅があるといわれますが、今日一般に見る梅は中国から、奈良時代よりすこし前に伝来したと考えられています。「梅」の語はまず、日本最古の漢詩集『懐風藻《かいふうそう》』（七五一年成立）に出ます。巻頭の大友皇子（天智天皇の皇子で、壬申の乱に敗れ自殺）の一詩「述懐」に、

道徳天訓を承け　塩梅真宰に寄る

とあります。「天の教えをよく聞いて人の道を行い、調和をよくとり真の宰者（天）に頼る」の意ですが、当時、現在のような梅が実在したかどうかは不明です。また釈智蔵（天智朝ころ入唐し持統朝ころ帰国の留学僧）の詩「花鶯を翫《はや》す」の花も、鶯だからといって梅とはいいきれません。そこで葛野《かどの》王（大友皇子の長子）の詩「春日、鶯梅を翫《はや》す」が、梅の詩の第一号と思われます。

聊《いささか》に休仮《きゆうか》の景に乗り
苑《その》に入りて青陽を望む
素梅《そばい》素靨《そえふ》を開き
嬌鶯嬌声を弄《もてあそ》ぶ

「たまたま休暇に便乗し、苑に入って初春の景を眺めた。白梅は白い靨《えくぼ》のように開き、可愛い鶯はあでやかに囀る」というのが前半です。校注者の小島憲之氏は、この詩は初唐の盧昭鄰「山林休日田家」詩の「帰休乗㆓暇日㆒」や、南朝・陳の江総「梅花落」詩の「梅花密処蔵㆓嬌鶯㆒」の詩句などをならったもの、と指摘します（日本古典文学大系本）。

日本が、律令制の導入をはじめ制度・文化等を、ひたすら中国に学んでいた時代です。中国詩に讃美される梅は、人々に中国文化の香り高き花と映じたでしょう。前引のような中国詩の強い影響のもとで、梅は『懐風藻』のいくつもの詩に詠まれていきました。

『万葉集』の歌は四五〇〇余首、登場する植物は一五〇種類ほどです。そのうち新来の梅は、花では萩について二番目に多く、一一〇首ほどに登場しています。在来種の桜は四〇首ほどで、当時の貴族文化人の梅への関心の強さが察せられます。たとえば天平二年（七三〇）正月一三日、九州の大宰府では長官大伴旅人《おおとものたびと》邸で梅花の宴が催され、集まった人各一首による「梅花の歌三十二首」が、序を付して『万葉集』に並びます。序は「気淑《よ》く風和《やは》ぐ」初春、「梅は鏡前の粉《ふん》を披《ひら》き、蘭は珮《ばい》後の香を薫らす」（梅は鏡の前の白粉《おしろい》のように咲き、蘭は匂い袋の香のように薫る）といい、また、

詩に落梅の篇を紀《しる》す、古《いにしへ》と今と夫《そ》れ何か異ならむ。宜《よろ》しく園梅を賦《ふ》して、聊《いささ》かに短詠を成すべし。

「漢詩に落梅の詩篇があるが、作詩に古と今と異なることがあろうか。庭の梅を題にとにかく短歌を詠みたまえ」と結びます。

三二首から最も著名な歌人の作をあげると（カッコ内は歌番号）、

春さればまず咲くやどの梅の花ひとり見つつや春日暮らさむ　山上憶良《やまのうえのおくら》（八一八）

我が園に梅の花散るひさかたの天《あめ》より雪の流れ来るかも　大伴旅人（八二二）

唐文化の受入れ地大宰府周辺では、すでに梅は観賞用の庭木でした。

◎『源氏物語』の〝梅枝《うめがえ》〟

前引の葛野王の漢詩は、白梅（素梅）を賞讃します。大宰府の「三十二首」では、梅花を序が白粉といい、旅人歌は雪に比し、旅人歌を受けた大伴百代《ももよ》歌も雪をあげ、田氏真上《でんじのまかみ》歌は「降る雪と人の見るまで梅の花散る」、小野国堅《くにかた》歌も「雪かも降ると見るまでに」と雪にたとえます。紅梅とわかる万葉歌はなく、奈良朝貴族は白梅好みといえましょう。

平安前期の菅原道真は、一一歳で漢詩「月夜見㆓梅花㆒」を作りました。

月の耀《かかや》くは晴れたる雪の如し
梅花は照れる星に似たり
憐《あは》れぶべし　金鏡《きむきやう》の転《かひろ》きて

菅原道真、紅梅殿別離の図（『北野天神縁起』室町時代、北野天満宮蔵より）

梅枝（土佐光吉・長次郎筆『源氏物語図帖』桃山時代、京都国立博物館蔵より）

庭上に玉房《ぎょくばう》の馨《かを》れることを

月夜の梅を星にたとえ、「賞美しよう、月（金鏡）が転じて庭の玉のような花房の薫るのを」とあり、これも白梅でしょうか。道真には、右大臣から大宰権帥《だざいのごんのそち》への左遷に際して詠んだという「東風《こち》吹かばにほひおこせよ梅の花」の歌の話（『大鏡』）や、その梅が大宰府に飛んで生えたという飛梅の伝説（『沙石集』）があり、京の邸宅は「紅梅殿」と名づけられていました。

「木の花は、濃きも、薄きも、紅梅」といいきるのは、清少納言の『枕草子』です。『源氏物語』では、紫式部は「少女」の巻に、源氏の邸宅六条院を春・夏・秋・冬の四町より成るとし、「春の花の木、数を尽くして植ゑ」る東南の町には、庭前近く「五葉（松）、紅梅、桜、藤、山吹、岩躑躅《つつじ》など」が植えられます。また同書「梅枝《うめがえ》」の巻は記します。

二月の十日、雨すこし降りて、御前《おまへ》近き紅梅盛りに、色も香も似るものなきほどに、兵部卿宮渡り給へり。

庭前の紅梅が春雨にぬれ、色も香もまたとない風情を呈しているところに、兵部卿宮が源氏を訪れ、薫物《たきもの》合せが行われます。二人が梅の「花をめで」ていると前斎院《さきのさいいん》（朝顔）から「散りすぎたる梅の枝につけたる御文《ふみ》」がとどけられました。薫物合せの香壺の「白きには梅を彫《ゑ》りて」とあり、朝顔の姫君は、

花の香は散りにし枝にとまらねどうつらむ袖にあさく染《し》まめや

「私の調合した薫物の梅花の香は散った枝と同様私の身にはつきませんが、薫《た》いて香を移される姫君（明石の姫君）の袖には、浅くしみるでしょうか、いや深くしみるでしょう」と詠んでいます。宰相中将（夕霧）は「紅梅襲《こうばいがさね》」（表は紅、裏は紫）の唐織の女性の日常着などを文の使者に与え、源氏も返事を「その色の紙にて、御前《おまへ》の花を折らせ給ひて、つけさせ給ふ」（紅梅の色の薄様《うすよう》に書き、庭前の梅花を折って付けさせる）のでした。……庭前の梅花、文《ふみ》をつけた梅枝、梅を彫る香壺、梅の香りの香《こう》、衣服の紅梅襲、紅梅色の紙と、梅尽しです。

最初の勅撰和歌集『古今和歌集』（完成は九一三～九一四年）には春の歌一三四首があり、うち桜を明記する歌は四〇首、梅は一六首です。『万葉集』では梅一一〇首ほど、桜四〇首ほどですから、数としては逆転といえましょう。万葉の時代は、中国の詩文で尊ばれる梅が日本にもたらされて間もない頃で、その清香の花への歌人たちの感動も、新鮮であったでしょう。しかし梅は、その新鮮さが去った後も、日本の精神風土に根をおろしていきました。中世の吉田兼好は『徒然草』に「家にありたき木」として述べます（文中の京極入道は藤原定家）。

梅は、白き、薄紅梅。一重《ひとへ》なるがとく咲きたるも、重なりたる紅梅の匂ひめでたきも、みなをかし。遅き梅は桜に咲き合ひて、覚え劣り、気《け》おされて、枝にしぼみ付きたる、心憂《う》し。一重なるがまづ咲きて散りたるは、心とく、をかしとて、京極入道中納言は、猶《なほ》一重梅をなん、軒近く植ゑられたりける。京極の屋の南向きに、今も二本侍《はべる》めり。

（一三九段）

◎「梅より知らむ月の瀬の里」

ウメはバラ科サクラ属ウメ亜属に分類される樹木です。幹は「鉄幹」と呼ばれるほどに黒っぽく、木肌は硬くて割れ目があり、枝は細長くてよく伸びます。花は一節に一〜二花で葉の出る前に開花し、花柄は短いかほとんど無柄です。ウメの開花前線は、九州と四国の両南端部で一月二〇日、本州北端で四月末、北海道では五月二〇日の地点もあります。

梅の園芸品種は三〇〇以上あり、用途から花を観賞する花梅《はなうめ》、実を食用にする実梅《みうめ》に分け、普通の梅と枝垂《しだれ》梅の各品種があります。

野梅《やばい》系は本来の梅に近い系統で、小枝が多くて一部に棘《とげ》状の枝もあり、葉は小さく、花は白色が一般で紅花は薄紅が多く、挿木でふえます。萼《がく》片が緑色の緑萼梅も同系統です。

緋梅系は木質部が赤く、枝を折るとわかります。多くは紅花で、唐梅《とうばい》は古くからの銘品といわれ、多くの実生《みしよう》変りの品種があります。

豊後《ぶんご》系は枝が太く伸び、葉は大きく表面に毛があり、花は大輪で淡紅色が多く、香りは少ないそうです。果実は大きく梅干・梅酒・煮梅等に用い、花梅・実梅の両品種があります。

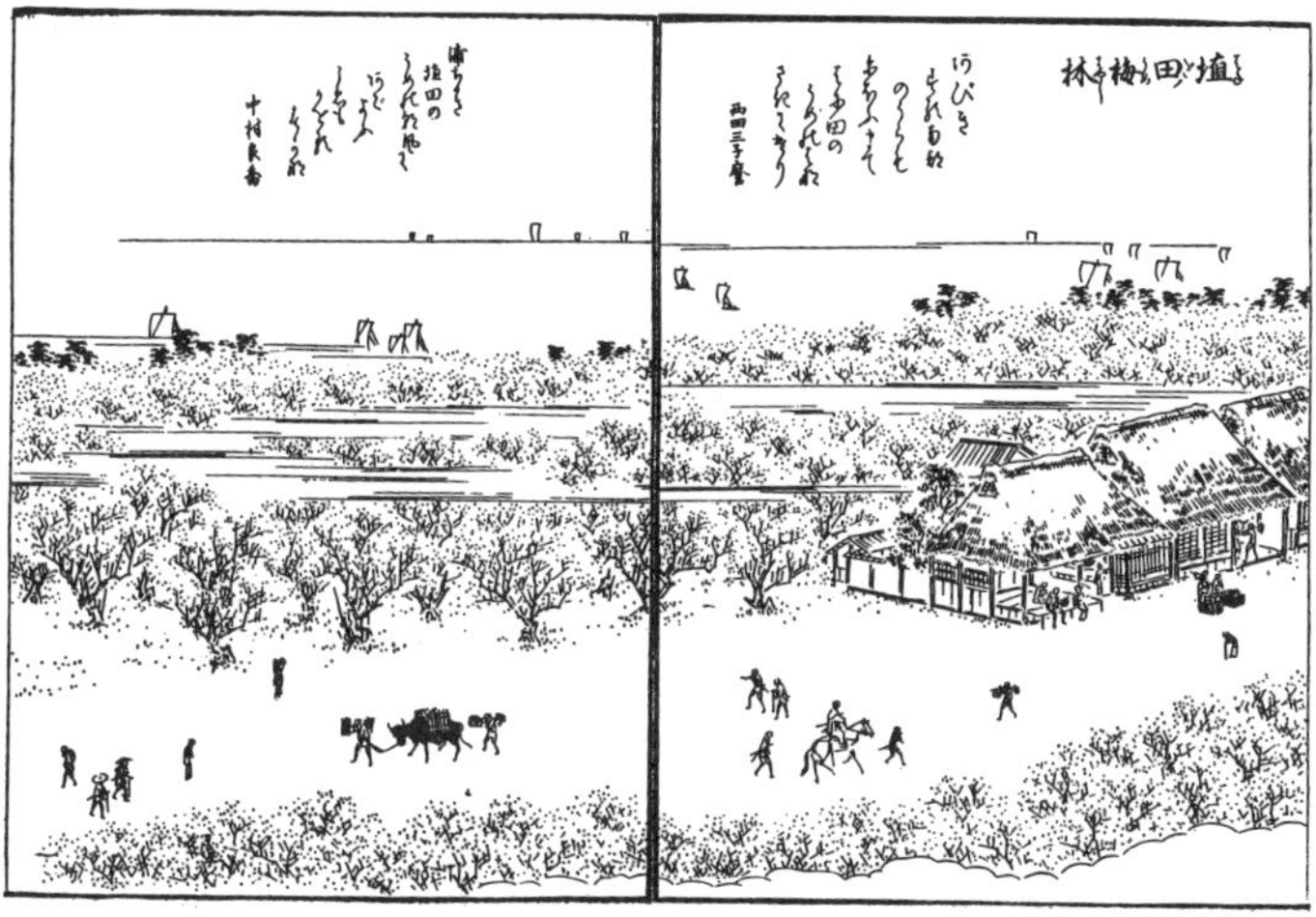

埴田梅林（『紀伊国名所図会』より）

杏《あんず》系は梅より杏に近縁の品種で、枝は少し細く、葉もやや小型で表面は無毛です。

実梅の地方品種は各地にあり、中部地方に多い小梅は早生で信濃梅ともいいます。

梅の未熟な果実は、有毒なアミグダリン（青酸配糖体）を含みます。また果実の酸（クエン酸・リンゴ酸）を利用し、染色の媒染剤にしました。未熟果を煙でいぶして天日で乾燥した烏《う》梅《ばい》は漢方薬です。なお俳諧では、「梅」「梅見」を初春、より早く開花する「早梅」と、早梅を山野にたずねる「探梅」を晩冬の季語とします。また「青梅」「梅の実」は仲夏、「梅酒」「梅干」は晩夏の季語です。

日本の近世には、各地に梅林ができました。奈良県北東端の月ヶ瀬村の名張川渓谷は、江戸後期には梅の名所として知られ、儒学者の斎藤拙堂・頼山陽ら文人墨客が訪れます。幕末歌壇で活躍し、明治には御歌所寄人《よりうど》となる近藤芳樹もその一人で、文久元年（一八六一）二月二日に訪れ、

ほの〴〵と水のけぶりも匂ふなり梅より知らむ月の瀬の里
（『桜梅日記』）

などの歌を探訪記事とともに残しています。

和歌山県南部《みなべ》町周辺の梅林は、かつては埴田《はねた》が中心で、『紀伊国名所図会』（後編巻之六）は、

往還の左右及一村、ことごとく梅林にして、花候には香気山野は満《（ママ）》ちたり、実は梅干として江戸に送るといふ。

と、今に至る梅干の特産を伝え、見開きで「埴田梅林」の図を載せます。

水戸の偕楽園には今約三〇〇〇本の梅があります。徳川斉昭《なりあき》が水戸藩主となって五年後の天保五年（一八三四）、飢饉と軍旅に備えて梅樹を植えさせたのが始まりで、やがて公園として武士、さらに庶民も入園できるようになります。斉昭のときには梅二〇〇種、七〇〇〇株、また一万株あったともいいます。

東京近郊青梅市の吉野梅郷は、『武蔵名勝図会』が「下村」の名産に「梅子《うめのみ》」をあげ、次のように記します。村内には「梅之内」という小名もありました。

花時に至りぬれば、濃馥芬々として、人おのづから賞玩し、その実を江戸へ出《いだ》せること、馬に負はせて年々百駄に及ぶと云。

椿

春の木

山茶（『訓蒙図彙』より）

◎「大和なる我松椿《われまつつばき》」

『万葉集』に椿の歌を数首拾ってみました。

巨勢山《こせやま》のつらつら椿つらつらに見つつ偲《しの》はな巨勢の春野を　坂門人足《さかとのひとたり》（五四）

九月の詠。万葉人の心に巨勢（奈良県御所《ごせ》市）の椿は季節を越えて、あざやかに映じています。

我妹子《わぎもこ》を早み浜風大和なる我松椿《われまつつばき》吹かざるなゆめ　長皇子《ながのみこ》（七三）

旅にいだく妻との一時も早い再会への思い。浜風に「大和で我を待つ松や椿を吹き忘れるな」と、その心を託します。防人歌《さきもりうた》では、

我が門《かど》の片山つばきまこと汝《なれ》我が手触れなな地《つち》に落ちもかも　物部広足《もののべのひろたり》（四四一八）

我が家の門の椿を妻にたとえ、私が触れえぬ留守中、他人に落とされないかと心配します。

奥山の八《や》つ峰《を》の海石榴《つばき》つばらかに今日は暮らさねますらおの伴《とも》　（四一五二）

あしひきの八《や》つ峰《を》のつばきつらつらに見とも飽かめや植ゑてける君　（四四八一）

の二首は大伴家持《おおとものやかもち》作。前者は越中国守時代の歌で、存分に（つばらかに）今日は楽しみたまえという宴席に、越《こし》の山の椿が挿してあったのでしょうか。後者は平城京に戻って招待された宴席での歌で、貴族が邸宅に山の椿を移植して楽しんでいたことがわかります。

椿は日本を代表する花木といわれ、ヤブツバキ *Camellia Japonica* L. が北は青森県までの

各地に点在します。ユキツバキは滋賀県北部から秋田県の多雪地に自生し、ヤブツバキとの中間種もあります。屋久島のリンゴツバキは果皮の厚い大果をつけ、山口県にも果皮の厚いものがあります。沖縄のヒメサザンカは小型の白花です。ツバキ科の植物は木本で、約三五属、六〇〇種ほどあり、亜熱帯〜熱帯に多く、そのうちチャ、ツバキ、サザンカの類がツバキ属 *Camellia* です。ツバキ類は日本、中国、朝鮮半島に野生し、中国のトウツバキ、サルウィンツバキは日本のツバキによく似、グランサムツバキは香港の固有種です。

椿は高木で高さ一八メートル、太さ〇・五メートルほどになり、数百年を経た木や、椿林が各地にあります。

不知火《しらぬい》海《かい》沿岸の春の朝。水俣《みなまた》(熊本県)の詩人作家石牟礼《いしむれ》道子氏の自伝的小説は、養女の「わたし」が父と「大崎《うさぎ》ヶ鼻という岬の磯にむかって」降りていく描写に始まります。

……潮のしぶきがかかりそうな岩の上まで降りると、磯椿がまだ咲きのこっている。鳥は椿に来ていて、目白たちが多かった。ここらの椿は、もう真冬から咲きはじめ、そのような岩盤の層をめぐらせている岬という岬をつないで、山つつじの開花までの時期を咲き連なりながら、海の縁を点綴する。……

小説は『椿の海の記』(朝日新聞社)と題されています。昭和初年の、「朝の磯の静けさを椿の花々が吸っている」風土に生きる人々の物語です。

◎「斎《ゆ》つ真椿　其《し》が花の」

つぎねふや　山代河《やましろがは》を　河上《かはのぼ》り　我《わ》が上《のぼ》れば　河の辺《べ》に　生《お》ひ立《だ》てる　烏草樹《さしぶ》を　烏草樹《さしぶ》の木　其《し》が下《した》に　生ひ立てる　葉広《はびろ》　斎《ゆ》つ真椿《まつばき》　其《し》が花の　照り坐《いま》し　其《し》が葉の　広り坐《いま》すは　大君《おほきみ》ろかも

『古事記』の歌謡です。仁徳天皇の大后石之日売《いわのひめ》は、自分が木国（紀伊）へ行っている留守に天皇が八田若郎女《やたのわきいらつめ》と婚したと知って怒り、難波の宮には帰らず、山代川（木津川）へと遡り、そのときの歌謡といいます。後半では「烏草樹の下方には〝斎《ゆ》つ真椿〟が生えている。椿の花が照り輝き、その葉が広がっているように、大君はゆったりとしておいでだ」と、天皇を讃えます。

倭《やまと》の　この高市《たけち》に　小高《こだか》る　市《いち》のつかさ　新嘗屋《にひなへや》に　生《お》ひ立《だ》てる　葉広《はびろ》　斎《ゆ》つ真椿《まつばき》　其《そ》が葉の　広《ひろ》り坐《いま》し　その花の　照り坐《いま》す　高光る　日の御子《みこ》に　豊御酒《とよみき》　献《たてまつ》らせ　事《こと》の語言《かたりごと》も　是《こ》をば

は、同書雄略記の歌謡です。小高い地の市《いち》に設けられた神聖な新嘗屋（新穀感謝の祭りを行う建物）の傍らに斎つ椿があり、新嘗の宴に臨む「日の御子」に光を重ねます。常緑の照葉と春を告げる花の椿は、神聖な（斎つ）木と考えられ、大和王権の讃美に用いられました。

景行天皇の九州遠征伝説を記す『日本書紀』は、今の大分県の地で土蜘蛛《つちぐも》（大和王権に従わぬ在地豪族）を討つのに、

則ち海石榴樹《つばきのき》を採《と》りて、椎《つち》に作り兵《つはもの》にしたまふ。

といいます。椿の木で椎を作って兵器とし、選んだ勇猛の兵士に授けて、ことごとくを殺したとあり、また椿の椎を作った所を「海石榴市《つばきち》と曰《い》ふ」ともあります。

卯杖《うづえ》は、正月の初卯の日に邪気をはらうために用いる呪具です。中国から伝来した風習で、日本では持統天皇三年（六八九）正月乙卯（二日）に、「大学寮《ふむやつかさ》、杖《みつゑ》八十《やそ》枚《ひら》献《たてまつ》る」と『日本書紀』にあります。正倉院の南倉には、中国伝来の椿製「卯日杖」があり、天平宝字二年（七五八）に用いたものとみられ、椿には呪力ありと思われていたようです。平安時代の『延喜式《えんぎしき》』（大舎人寮）は御杖の奉献を記し、卯杖の材料のうちに「焼椿十六束、皮椿四束」「焼椿、皮椿五束」をあげています。

各地には椿の社叢や名木にかかわって、椿神社とか椿寺と称される社寺が多くあります。たとえば三重県鈴鹿市には、その名も椿大神社《つばきおおかみやしろ》（式内社）や都波岐《つばき》神社があり、椿の北限地、陸奥湾に突出する夏泊《なつどまり》半島の椿山（青森県平内町）にも椿神社の小祠があります。旧正月に椿祭りをする松山市の伊予豆彦命《いよつひこのみこと》神社は、「椿さん」と呼ばれ、京都では平野神社の椿の社叢が知られています。寺院には園芸品種の名木が多くあり、椿寺と称される京都の地蔵院（北区）

速水御舟『名樹散椿』昭和4年（1929）、山種美術館蔵

の椿は、紅・桃・白地桃斑・白と異なる花色から「五色散椿」と呼ばれ、日本画家速水御舟《はやみぎょしゅう》の『名樹散椿』に描かれています。

伊豆諸島の神津島では「花正月」の旧暦正月一四日に、子供たちが塞之神《さえのかみ》に参ります。「手に手に赤い椿の花の一枝と、竹や柳の小枝に団子を刺したものを持ち、更にまた此の島でハナと呼ぶ小さな削掛《けずりかけ》を添え持って」行き、祠前に供え、「団子だけは持ちかえるが、祠前はために椿の花の小山である」とのことです（大間知篤三『伊豆諸島の社会と民俗』慶友社）。

◎「海石榴市《つばいち》」のできごと

中国ではツバキを「海石榴」「山茶」と書き、センダン科の落葉高木チャンチンのほうを「香椿」「椿」と記すそうです。『荘子』逍遥遊篇は「上古に大椿があり、八千歳を以て春とし、八千歳を秋とする」といい、霊木の名にもされています。日本ではツバキに古く「海石榴」を用い、また『出雲国風土記』は意宇《おう》郡の草木を述べて、「海石榴字或は椿に作る」とします。日本でツバキに「椿」を当てたのは、誤記というより、ツバキを日本の代表的な「春の木」と思う心からの転用ともいえましょう（漢字「萩」も中国ではキク科の亜低木カワラヨモギで、日本のハギではない）。和語「ツバキ」は艶葉《つやば》の木、厚葉《あつば》の木、強葉《つよば》の木、などの意といわれています。

記紀の前引記事にあるように、市《いち》にはよく椿が植えられ、その最も著名なのが大和の海石榴《つば》市《いち》です。奈良盆地を東西に走る横大路と東側山麓を通る山辺《やまのべ》の道《みち》の交点付近、ないし横大路と盆地を南北に貫く上《かみ》ツ道《みち》の交点付近にあり（ともに桜井市）、交易などを行う市は交通の要地です。『日本書紀』の記すこの市でのできごとは、ドラマチックです。

○武烈天皇即位前紀　太子（武烈）は影媛《かげひめ》を召そうと仲人を遣わし、会う約束をした。国政を擅《ほしいまま》にする平群真鳥臣《へぐりのまとりのおみ》の子鮪《しび》とすでに関係のある媛は、「海石榴市の巷《ちまた》に待ち奉らむ」と答えた。太子は約束の場所に行き、「歌場《うたがき》の衆《ひとなか》」で媛の袖を引いて誘うと、鮪が二人の間に割って入った。……

○敏達天皇一四年　物部弓削守屋大連《もののべのゆげのもりやのおおむらじ》らは、「疫病で国民が絶えつつあるのは蘇我臣《そがのおみ》が仏法を広めているから」と奏上し、天皇は仏法を禁じた。守屋らは仏像・仏殿等を焼き捨てるなどし、仏教受容派の蘇我馬子《そがのうまこ》の庇護する善信尼らを召喚。役人が尼たちの法衣をはぎとり、縛って「海石榴市の亭《うまやたち》（駅舎）」で鞭打った。……
○用明天皇元年　穴穂部皇子《あなほべのみこ》は先帝（敏達天皇）の殯宮《もがりのみや》にいる炊屋姫皇后《かしきやひめのきさき》（後の推古天皇）を奸《おか》そうと押しかけ、これを三輪君逆《みわのきみさかう》が阻んだ。皇子は逆を殺すことを口実に、物部守屋と兵を率い、磐余《いわれ》の池辺《いけのへ》（皇居の地）を囲んだ。逆は三諸岳《みもろのおか》に隠れ、夜半に後宮《きさきのみや》（皇后の別荘、「海石榴市宮《つばきいちのみや》と名《なづ》く」）に隠れた。……
○推古天皇一六年　八月三日に唐の客が飛鳥《あすか》の京《みやこ》に入った。この日、飾り馬七五匹を遣わして「唐の客を海石榴市の術《ちまた》に」迎えた。額田部連比羅夫《ぬかたべのむらじひらふ》が挨拶の辞を述べた。……
この市は平安時代にも、藤原道綱母が長谷寺《はせでら》（奈良県桜井市）参詣の途次「椿市《つばいち》といふところにとまる」と『蜻蛉日記《かげろうにっき》』に記し、清少納言が『枕草子』に、「市は、たつの市。さとの市。つば市」とあげるなど、よく知られた市でした。

◎椿油、渤海国に渡る

万葉歌人も、海石榴市の歌垣《うたがき》での男女の出会いを詠みました。

海石榴市《つばきち》の八十《やそ》の衢《ちまた》に立ち平《なら》し結びし紐《ひも》を解かまく惜しも　（二九五一）
紫は灰さすものそ海石榴市《つばきち》の八十《やそ》の衢《ちまた》に逢へる児《こ》や誰《たれ》　（三一〇一）

「紫は灰さすものそ」は海石榴市の椿を起こす序詞ですが、紫色の染色には椿の木灰を媒染剤に用います（なお椿の炭は漆器の仕上げの研ぎ出しに使う）。

渤海《ぼっかい》は七世紀末から一〇世紀初めに、今の中国東北部・朝鮮半島北部の咸鏡道《かんきょうどう》・ロシアの沿海州にまたがって存在した国です。七二七年～九一九年の間、日本海を渡って渤海からは三四回、日本からも一三回と、使節派遣の交流がありました。『続日本紀《しょくにほんぎ》』は宝亀八年（七七七）五月二三日、前年一二月来日の使節、史都蒙らの帰国に際し、絹などの品々を贈ったほか、特別の願いにより「黄金小一百両、水銀大一百両、金漆《こしあぶら》一缶、漆一缶、海石榴油一缶、水精念珠四貫、檳榔《びんろう》扇十枚」を加えたと記します。椿の種子の含油率は三〇～四〇％で、圧搾して椿油を採り、髪油のほか食用油・潤滑油などにもし、伊豆諸島や九州などで今日も生産されています。寒冷の渤海にはない椿油が、渤海の使者とともに海を渡ったことは興味深く思われます。

椿の葉に挟んだ椿餅は、『源氏物語』（若菜上）に、若い殿上人たちが、「椿《つばい》もちひ《(餅)》・梨・柑子やうの物ども」をふざけながら食べるようすを記し、平安時代に登場しています。なお俳諧では、「椿餅」は「椿」と同じく春の季語、「椿の実」は初秋の季語です。

中世以降、椿は絵画や蒔絵など美術品に描かれました。とくに南蛮美術の代表作の一つとされる『マリア十五玄義図』（京都大学蔵）が目をひきます。聖母の生涯一五景を周囲に配し、中央上部に大きく描かれた聖母はイエスを抱き、左手に一輪の白椿を持ちます。キリスト教では、薔薇《ばら》は処女マリアの優美さと聖なる愛を表し、白薔薇は天国を象徴するといわれます。ここでは、それが白椿によって表現されたのでしょうか。古く『日本書紀』が天武天皇一三年（六八四）、「吉野人宇《う》閉直弓《へのあたひゆみ》、白海石榴《しらつばき》を貢《たてまつ》れり」と記すように、白椿は珍貴なものとみられていたことが連想されます。

『マリア十五玄義図』（中央部分）、17世紀前半、京都大学蔵

◎「酒中花はわが恋椿」

豊臣秀吉は伏見城に珍しい椿を多数植えたそうです。茶花に好まれる「侘助《わびすけ》」は、秀吉の朝鮮侵攻の際、侘助という男が持ち帰ったといわれており、トウツバキ系とみられています。戦乱の遠のいた江戸時代は園芸への関心が高まり、寛永七年（一六三〇）には安楽庵策伝の『百椿集』、同一二年には京都と江戸でそれぞれに『百椿図』が出ます。同一五年出版の朝山意林庵『清水《きよみず》物語』は、

　さりながら此比。椿の花のはやるやうに付ても。聞《きき》もをよはぬ見事なる花あまた。あなたこなたより出たり。人このむ人ありてはやり候はゞ。おもしろき物もありなんかし

と記します。椿愛好は庶民の間にも広がり、『椿花図譜』（宮内庁蔵）は七二〇品種も収めます。

熊本では藩主の庇護の下に肥後椿（花は梅芯で盆栽仕立て）の栽培が盛んになりました。

ヨーロッパへは医師J・カニンガムが中国舟山列島の植物標本をJ・ペチヴァーに送り、それによる椿の画が一七〇二年、イギリス王立学会の《Philosophical Transaction》に発表されたのが、文献的に最初とされます。長崎のオランダ商館の医師ケンペルは『廻国奇観』（一七一二年）に椿を紹介し、これを基に植物学者リンネが一七五三年、ヤブツバキの学名を*Camellia Japonica* とつけました。椿の西欧での最初の開花は、一七三九年のイングランド南部の温室だそうです。アメリカにはヨーロッパから渡り、リンカーン大統領の在任中（一八六〇～六五）には、日本から直接苗木が送られているといわれます。

椿の図（ケンペル『廻国奇観』より）

フランスのA・デュマ（子）は、一八四八年の小説『椿姫』（翌年戯曲化、五二年初演）によって、一躍流行作家となりました。主人公マルグリットは新作がか

かると必ず劇場に行き、彼女の桟敷の前には「観劇眼鏡《ロルニエット》とボンボンの袋と椿の花束」が並び、

月の二十五日間はその椿の花は白く、あと五日間紅であった。

（吉村正一郎訳）

とあります。椿ブームをとらえた心憎い題名でした。第二次大戦後も欧米の椿熱は高く、一万以上の品種があるといわれます（日本では一三〇〇品種ほどとのこと）。

さて、菅江真澄は寛政七年（一七九五）三月末、椿北限地の夏泊半島先端の椿崎（椿山）を訪れました。年を経た椿がびっしりと生い茂り、

花はなかばほど咲いているが、紅色をふかくふくんだ花は稀なようで、それが朝日の光にまばゆく映え、においは潮とともに満ちあふれている。

（内田武志訳）

と述べます。またこの地の椿にまつわる次の伝承も記します。

毎年この地に来る船頭と契った女が、都の人がつける髪油を採る椿の実を土産にほしいと望んだ。しかし、それから二年たっても船頭は現れず、女は悲しんで海に入って死に、浦人たちは葬って塚のしるしに木を植えた。翌年、やむをえぬ用で訪れなかった船頭が来て、女の死を知り、嘆き悲しんで持ってきた椿の実を塚のまわりにまいて去った。椿は残らず生えて林となり、とくに見事な花を折りとると、清らかな女が現れてひどく惜しむので、村人は女の霊をまつったという。

椿が照葉樹林の北限を越えてなぜ東北北部に達したかについては、今より暖かかった時代に

19世紀にイギリスで刊行された椿研究の貴重な資料、S．カーチス『ツバキ属の研究』の中の一図

達して生き残った、暖流の影響の強い地域と思われる、人が運んだ、などの説があります。柳田国男の『椿は春の木』は、「いたこ」などが「椿の木で造った才槌《さいづち》」に重きを置くこと、「越中能登などの椿原は、若狭の八百比丘尼《はつぴやくびくに》が「廻国して来て栽《う》ゑたといふ話になつて居るものが少く」ないこと等を指摘して、椿を「随一の春の木」として大切にした人々の移植とみています。八百比丘尼（白比丘尼《しらびくに》とも）は八〇〇歳生きて旅したという伝説上の尼で、その洞穴に住んだという福井県小浜市の空印寺《くいんじ》の比丘尼像は白椿を手にし、同市神明寺の像は赤椿を手にします。

伝承に彩られた日本の椿は、その美しさから世界の人々をとらえました。『椿姫』によるヴェルディのオペラ『ラ・トラヴィアータ』のアリアを聴きながら、椿を愛し、結核に倒れた石田波郷の最後の自選句集『酒中花』の一句をふと思い出します（酒中花は品種名）。

ひとつ咲く酒中花はわが恋椿

桃

紅《くれない》におう

桃（『訓蒙図彙』より）

◎「紅《くれなゐ》にほふ桃の花」

大伴家持《おおとものやかもち》が国守として越中国に単身赴任したのは天平一八年（七四六）、妻の大伴坂上《おおとものさかのうえの》大嬢《おおいらつめ》が都から来住したのは天平勝宝元年（七四九）後半です。翌年三月一日（太陽暦四月一一日）の夕に、家持が「春苑《しゅんゑん》の桃李《たうり》の花を眺矚《てうしょく》して」詠んだ二首が『万葉集』にあります。

春の苑《その》紅《くれなゐ》にほふ桃の花下《した》照《で》る道に出で立つ娘子《をとめ》　（四一三九）

我が園の李《すもも》の花か庭に散るはだれのいまだ残りたるかも　（四一四〇）

「にほふ」は、古くは赤系統の色が滲み出るような意を表します。初めて二人で迎えた雪国の春。紅色に染まるかのような「出で立つ娘子」は、妻大嬢でしょうか。ゆったりとした雰囲気と都ぶりの姿を想像したくなります。

さかのぼって、家持は赴任翌年の三月三日、部下の大伴池主《いけぬし》に手紙と歌（三九七〇〜七二の三歌）を贈り、池主は七言詩「晩春三日遊覧一首并せて序」を返しています。その序は、

上巳《じゃうし》の名辰《めいしん》、暮春《ぼしゅん》の麗景《れいけい》なり。桃花瞼《まなぶた》を照《て》らして紅《くれなゐ》を分《わか》ち、柳色苔《こけ》を含《ふふ》みて緑を競《きほ》ふ。

……

に始まり、漢詩の前半は次のようです（読み下し）。

余春の媚日《びじつ》は怜賞《れんしゃう》するに宜《よ》く

上巳の風光は覧遊するに足る
柳陌《りうばく》は江に臨みて袨服《げんぷく》を縟《まだらか》にし
桃源は海に通ひて仙舟《せんしう》を泛《うか》ぶ

中国では、古く三月の最初の巳《み》の日（上巳）に水辺で身を浄める風習があって、これが三月三日に固定した後も上巳節と呼称され、曲水の宴なども行いました。日本にも伝わり、文武天皇五年（七〇一）三月三日には、天皇が親王や群臣を東安殿に集めて宴を催したと『続日本紀《しょくにほんぎ》』にあり、律令は曲水の宴を、朝廷で行う節会《せちえ》の一つに定めています。右の「序」は、この上巳の佳節の景に「桃の花が見る人の瞼《まぶた》を紅にする」と述べます。また詩は、「桃源境は海に通じて仙人の舟を浮かべる」といい、「桃源」（後述）は中国の伝説による理想境です。

桃は中国から伝えられた樹木とされています（梅や李も）。しかし中国の「三月上巳」には、「わが国のように桃の節供との観念はあまりなく、その風習行事を追跡してみても、桃と関係するものがほとんどない」と、中村喬氏は『中国の年中行事』（平凡社）に指摘します。日本の上巳節が、奈良時代にすでに「桃花」や「桃源」で彩られるのはなぜでしょうか。わかりませんが、当時の日本は大先進国中国の制度・文物の摂取にひたすら努めていました。伝来の上巳節と桃花は季節をともにしており、中国文化に憧れる貴族文化人の目に重なり映じていたか、とも思われます。また家持のいた越中国守館の春苑には、父の歌人大伴旅人《たびと》がかつて九州大宰府の長官邸で催した梅花宴（「梅」の章参照）の光景を、重ねたくもなります。

◎儒教三経典の〝桃〟

モモはバラ科サクラ属モモ亜属の落葉樹で、高さ三〜八メートルの小高木です。今日も野生種がみられることなどから、中国黄河上流域の甘粛・陝西両省にまたがる高原地帯が原産地といわれます。河北省藁城県《こうじょう》台西村の殷《いん》（前一〇五〇年頃滅亡）の遺跡からは、果実の核が出土しているそうです。

殷の勢力下にあった周は、華北の陝西省中部から河南省西部へと影響力を強めます。文王は都を酆《ほう》（豊。西安市西部）に置き、その子武王はついに殷の紂王《ちゅうおう》を倒し、西周王朝（前一〇五〇?〜前七七一）を開きました。『書経』の武成篇（戦国時代には存在）は、武王が東の商（殷）から豊京に帰還し、

そこで、武事を偃《や》めて文事を整える方針をとり、軍馬を解き放って華山の南麓に帰らせ、牛を桃林の野に放して、天下にそれらを二度と用いないことを明示された。（赤塚忠訳）

と、平和路線への転換を伝えます。戦いに用いた牛を放った「桃林」の地は桃林塞で、河南省霊宝県以西、陝西省潼関《とうかん》県にわたる地といわれ、地名は桃の林の存在を知らせます。

『詩経』（周南）の「桃夭《とうよう》」詩は歌います。

桃之夭夭　桃は若いよ
灼灼其華　燃え立つ花よ
之子于帰　この娘《こ》嫁《ゅ》きゃれば
宜其室家　ゆく先よかろ

桃之夭夭　桃は若いよ
有蕡其実　大きい実だよ
之子于帰　この娘嫁きゃれば
宜其家室　ゆく先よかろ

桃之夭夭　桃は若いよ
其葉蓁蓁　茂った葉だよ
之子于帰　この娘嫁きゃれば
宜其家人　ゆく先よかろ

（目加田誠訳）

嫁にゆく娘を若い「桃」の「燃え立つ花よ」とまずいい、「大きい実」「茂った葉」と歌いすすむのは、桃に力強い生命力をみて、子孫と婚家の繁栄への祝言としたものでしょう。訳者によると、「周南」の詩群は「周の音楽師が、周の南方一帯の歌謡を採って来て、朝廷で奏したもので、雅頌の音楽に対して、一種民間調の楽曲であろう」とのことです。

『礼記《らいき》』の月令篇は仲春の月（二月）に、

始めて雨水《うすい》あり、桃始めて華さき、倉庚《そうこう》鳴き、鷹化して鳩と為《な》る。

と記し、桃の開花を華北の自然暦の一つにあげます（倉庚＝鶯）。一年を二四分する二十四節気のそれぞれを各三分した七十二候では、二十四節気の啓蟄《けいちつ》（三月五〜六日）と春分（三月二〇〜二一日）の間の初候が「桃始華」、次候が「倉庚鳴」、末候が「鷹化為鳩」です（日本では初候を「蟄虫啓戸〔すごもりむしとをひらく〕」、次候を「桃始笑〔ももはじめて咲く〕」、末候を「菜虫化蝶〔なむしちょうとなる〕」とする）。

◎仙桃伝説さまざま

西王母《せいおうぼ》は崑崙山《こんろんざん》（伝説上の山）にいるという女神です。魏晋南北朝時代（二二〇〜五八九）には道教的性格が強められ、長生をねがう前漢の武帝のもとへ降臨し、三千年に一度だけ熟する桃の実を与えたとの伝説を、『漢武故事』などが記します。後世、明代に集大成される『西遊記』では、暴れ者の孫悟空が天界の蟠桃園《ばんとうえん》の桃の実を盗んで食べてしまい、西王母が宴会用にと仙女たちを摘みにやったときには、ほとんどありません。その桃は、手前の一二〇〇株が三千年に一度熟して食べると仙人になり、中の一二〇〇株は六千年に一度熟して食べると不老長生を得、奥の一二〇〇株は九千年に一度熟して食べると天地日月と寿《よわい》を同じくする、という仙桃です。

東海に浮かぶ度朔山《とさくさん》には、一本の桃の大樹が三千里もに蟠屈《わだかま》り、東北の枝の下が鬼神たちの出入りする所（鬼門）で、神荼《しんと》と鬱塁《うつるい》の二神がいて人間に危害を加える悪鬼を葦の縄でしばり、または桃の弧《ゆみ》で射殺して虎に食わせた――と古く『山海経《せんがいきょう》』はいいます。桃に「辟邪《へきじゃ》」の力をみる考えは広まり、たとえば六世紀頃の湖南・湖北省周辺の習俗を伝える『荊楚歳時記《けいそさいじき》』

森寛斎筆『西王母図』明治時代、荻野美術館蔵

木村巽斎（蒹葭堂）筆
『桃源図』江戸中期、
京都国立博物館蔵

（守屋美都雄訳注）は、正月には「桃板を造りて戸に著《お》く」といいます。また同書の隋の杜公瞻の注とされる部分には、「桃符を旁《かたわら》に挿《さ》するあらば百鬼、之を畏《おそ》ると」などとあります。同書の訳注は、「桃梗（桃の枝）が桃符になって門前に植えられ、のちこれが意匠化されて桃板となり、その上にいろいろめでたい意匠図が描かれるようになった」との説（永尾龍造『支那民俗誌』）などを紹介します。今も中国で春節（旧暦の正月）に、門柱や扉などの左右に赤い紙の春聯《しゅんれん》を貼るのは、桃の板に神荼・鬱塁の名を書いて邪鬼除けにした桃符に由来するといわれています。

地上の楽園の意味につかわれる「桃源境（郷）」は、晋代の陶淵明（陶潛。三六五〜四二七）の「桃花源の詩並びに記」によります。

太元年間（三七六～三九六）、武陵の漁師が谷をさかのぼっていった。忽然として桃花の林にあい、不思議に思って進み、さらに洞穴をぬけると、良田美池などのある開けた地に、秦代（前三世紀）の戦乱を避けた人々が平和に暮らしていた。歓待されて数日後に帰り、友人と再訪を試みたが果たせなかった――というのが、同記の大意です（白川静氏は『中国の古代文学』〔中央公論社〕第七章に、洞庭湖西方の武陵山中には「湘西苗族の自治区」があり、秦漢代から「山中に隠れて漢人の支配に抵抗し」た人がおり、陶淵明は「一種の親近感をもっていたらしい」と指摘する）。

劉義慶《りゅうぎけい》（四〇三～四四四）の『幽明録』は、「天台の神女」の話を伝えます。漢代に天台山に登った二人の男が道に迷い、飢死寸前に遥かな山頂の桃を見つけてそれを食べ、元気になります。二人の美女に会って歓待され、一群の女たちがお婿さんの見えた祝いだと、桃を四、五個ずつ持参して現れます。常春《とこはる》の世界に半年をすごした二人が里へ戻ると、里は七代目の子孫の代になっており、彼らは、先祖が行方不明になった話を、親から聞いていました。その後、二人は晋の太元八年に家を出たまま、どこへ行ったかわからなくなりました。

◎万葉歌や神話のモモは？

日本の弥生遺跡からは、モモ、ウメ、カキなどの果実の核が出土しています。弥生後期（三世紀前半）とされる静岡市の登呂遺跡からは、「モモの核は沢山に出た。現在のモモとやや似た大きさ（長さ三〇ミリ、幅二五ミリ）から小さいのは長さ二〇ミリ、幅一八ミリに及ぶ。側面観の概形は稍歪んだ円形で内外の縫合線は強く変曲している点は現在のモモと大分違う。……」と、日本考古学協会編『登呂 本篇』（一九五四年）に前川文夫が記し、また日本のモモについての見解を付記しています。

前川著『日本人と植物』（一九七三年。岩波新書）の「小正月とオッカド棒と桃の信仰」によると、日本では古くは今のヤマモモ（中国名楊梅《ようばい》）をモモといったが、桃が中国から輸入されて初期はケモモ（果実に毛が密生）といい、それが単にモモといわれるようになりました。『万葉集』の時代は呼称の移動期のようだと、同書は次の歌を引用します。

向う峯に立てるモモの樹成らめやと人ぞさざめきし汝が情《こころ》ゆめ（一三五六）

は、「向こうの峰の桃は実がなるのかと人はささやくが、あなたは動揺するな」と、二人の恋を「なる」にかけた歌。前川説は、今も野生状態のモモはほとんどなくて万葉の時代も同様と思えることと、ヤマモモ（ヤマモモ科の常緑高木で関東・福井以西の暖地に自生）は雌雄異株だから、峰に野生する木をその雄株とみれば歌意ぴったりだと、主張します。次に、ケモモの歌も引きます。

吾がやどのケモモの下に月夜さし下心よしうたてこの頃（一八八九）

同書は「近年でも秩父、諏訪、白馬山麓にケモモの名が残っていた」と、読者から教えられたことを記します。たしかに「わがやどの」ですからこれは植栽のモモとみてよいと思いました。ただ、やはり恋の成就をかけた、

　はしきやし我家《わぎへ》の毛桃本《もと》繁み花のみ咲きて成らざらめやも　（一三五八）

は、「かわいい我が家の毛桃は本が繁っているから、花だけで実はならずじまいのことがあろうか」と詠み、雌雄異種ではない毛桃（桃）にも、実の不成熟をおそれる歌はあります。

日本神話では、伊邪那岐《いざなき》命が黄泉国《よみのくに》（死者の国）にいる妻の伊邪那美《いざなみ》命を訪れ、死んで腐敗した姿を見られた女神の怒りに逃げだします。『古事記』では、男神が追手に「黒御鬘《くろみかづら》」を投げると「蒲子《えびかづらのみ》」（山葡萄）、「湯津津間櫛《ゆつつまぐし》」を投げると筍《たけのこ》となり、追手がそれらを食べているうちに、この世との境の黄泉比良坂《よもつひらさか》まで逃げ、さらに、

　其の坂本に在《あ》る桃子三箇《もものみみつ》を取りて、待ち撃《う》てば、悉《ことごと》に逃げ返りき。

となります。男神は「桃子」に、自分を助けたように葦原中国《あしはらのなかつくに》の人々を助けよといいました。

　前川説は、追手が蒲子や筍は食べたのに桃は食べないことに注目し、この説話は桃の甘《うま》さを知らない、桃の中国からの渡来以前の時期、ただし桃に霊力ありとの考えは渡ってきている時期に完成したもの、と考えます。弥生遺跡の桃の核出土とのかかわりはどうなのかよくわかりませんが、前川説はかなりの信頼度があるようです。

桃に辟邪の力をみとめる習俗も、日本に伝わりました。たとえば平安時代の『延喜式』は、宮廷で大晦日の大祓《おおはらえ》についで行う追儺《ついな》（鬼やらい）行事には、人々が桃の弓、葦の矢、桃の杖を手にして鬼を追いかけるとします。『今昔物語集』巻二七の第二三話は、播磨国で死者を出した家が、陰陽師に鬼が来るといわれ、「門ニ物忌《モノイミ》ノ札ヲ立テヽ、桃ノ木ヲ切塞ギテ、□法ヲシタリ」と述べます。

◎三月三日は〝桃花酒〟も

岡部伊都子氏は『花のすがた』（創元社）にいいます。

梅の次か。桜の前か。京・大和ではこの時期あたりに濃い美しさの桃の花が咲く。

桃の花は、影をもたない。

薄紅とか、淡紅とかいった言葉では、四方からうららかな光のさしているような明るい桃の花の色が表現しきれない。やはり、桃色。

その桃色の花を酒に浮かべた「桃花酒」の習俗が生じ、藤原道綱母の『蜻蛉日記《かげろうにっき》』は歌に詠みこみます。天暦一〇年（九五六）三月となって、桃の花など準備していた彼女たちの家に、夫の藤原兼家や姉の夫が現れたのは四日早朝でした。昨日の節供にと用意しておきながら、持ち出す機会のなかった桃の花を、夫が折って奥から持ち出すのをみて、彼女は心おだやかなら

桃園春興（『江戸名所図会』より）　八代将軍吉宗が植えさせた広大な桃園は、江戸市民で賑わったという。現在の中野区役所あたり

ずに書きます。

待つほどの昨日すぎにし花の枝《え》は今日折ることぞかひなかりける

「お待ちした昨日を過ぎてしまった桃の花枝は、今日折ってもなんの甲斐もありません」。

すると夫は、こんな歌を返します。

三千年《みちとせ》を見つべきみには年ごとにすくにもあらぬ花と知らせむ

「三千年に一度の仙桃のように長く変わらぬ思いの私（身＝実）は、年ごとに好くわけではない。変わらぬ心をわかってほしい」。

右の歌は、「過ぎ」「好き」に「食《す》き」（「食く」は食べ、のみこむ意）をかけており、三月三日に桃花酒を飲む習俗をふまえての歌とわかります（安和二年〔九六九〕三月三日の節供にも「食《す》き」をかけた歌を記す）。

江戸時代には『東都歳事記』が三月三日に、「艾餅《クサモチ》桃花酒炒豆《イリマメ》等を以て時食《ジショク》とす」と記します。また夏の土用には、「銭湯風呂屋にて桃葉湯をたく」とあります。いずれも桃の呪力を前提とする習俗です（中国では、『荊楚歳時記』が元旦に「桃湯を飲み」と記す）。

モモの品種分類では、果実に細毛のある品種群を一般にモモ、無毛品種群をネクタリン（油桃）、円盤状果実の品種群をバントウ（蟠桃。ザゼンモモとも）、矮性《わいせい》品種群をジュセイトウ（寿星桃）といいます。また東洋系（華北系・華南系・蟠桃系）と欧州系（ペルシア系・スペイン系）の分け方もあるそうです。中国では八〇〇品種以上が知られ、シルクロードを経て欧米へと広がりました。黄肉のモモやネクタリンは六～七世紀頃トルキスタン地方で生じ、中国やヨーロッパに伝わりました。日本での果樹栽培は江戸時代で、大果品種は一八七四年（明治七）におもにフランスからモモとネクタリン、七五年に上海水蜜《すいみつ》・天津水蜜が中国から入り、改良が進んだそうです。

水蜜桃《すゐみつ》を徒弟が顎にしたたらす　山口誓子

季語では「桃の花」は晩春、「桃の実」は初秋とされています。

蜂

蜜流れる地に

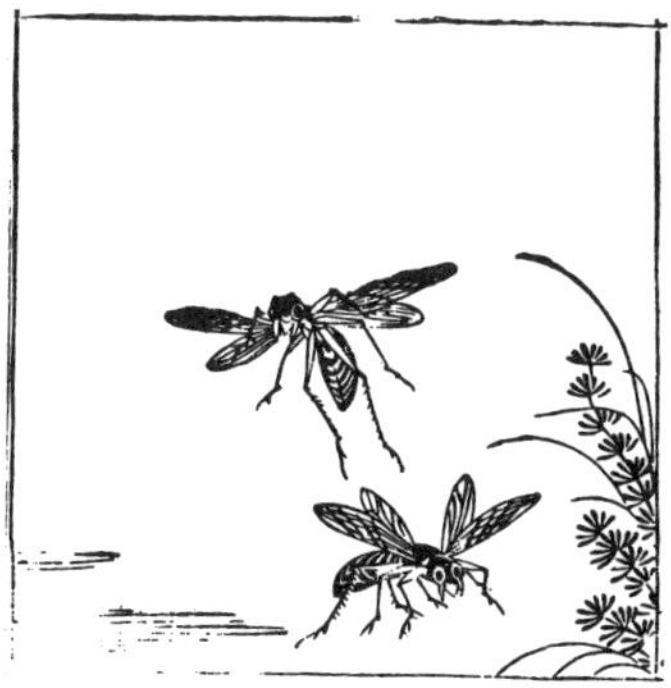

蜂（『訓蒙図彙』より）

◎「蜂のようにわたしを囲み」

飢饉でエジプトに移り住んだイスラエルの民は、やがて奴隷とされました。しかし苦役に耐えかね、モーセの導きでエジプトを脱出したのは前一三世紀といわれます。旧約聖書の『申命記』第一章は、彼らが荒野を彷徨中、その神であるヤハウェの命にそむいて山地へと進むと、

その山地に住んでいるアモリびとが、あなたがたに向かって出てきて、はちが追うように、あなたがたを追いかけ、セイルで撃《う》ち敗《やぶ》って、ホルマにまで及んだ。

と、執拗な追撃を蜂の群れのそれにたとえています。同じく『詩篇』の第一一八篇は、

彼らは蜂のようにわたしを囲み、

いばらの火のように燃えたった。

と、激しい包囲攻撃の敵勢を蜂の大群に見立てます。

雀蜂や蜜蜂など集団生活する蜂では、少数の興奮が全巣の蜂に広がって、襲ってくることがしばしばです。司馬遷《しばせん》（前八六年没?）は中国最初の通史『史記』の「項羽《こうう》本紀」に、

秦が政事を失い、陳渉が兵を起すや、豪傑蜂起して、ともにならび争うこと、数えることができないほど多数であったが、……（稲田孝訳）

と、始皇帝死後の秦末には群雄が各地で兵をあげ、手のつけられない状態になったことを「蜂

起」と強調します。

日本の蜂はまず神話に出ます。兄神たちに迫害された大国主神は地下の根の国に逃げ、その地に住む須佐之男命《すさのおのみこと》の娘須勢理毘売《すせりびめ》と婚しました。聞いた父神は大国主に難題を課し、まず「蛇の室《むろ》」に寝させますが、夫は妻の与えた「蛇のひれ」を振って蛇を退けます。そこで次に、

呉公《むかで》と蜂との室《むろ》に入れたまひしを、且《また》呉公蜂のひれを授けて、先の如《ごと》教へたまひき。故《かれ》、平《やす》く出でたまひき。

と『古事記』はいい、やはり無事でした。

山野に生きる古代の人々にとって、蛇や蜈蚣《むかで》や蜂は日常接する毒虫です。なかでも蝮《まむし》や雀蜂の猛毒は生命にかかわり、トビズムカデ（全長約一五センチ。単にムカデとも）も、かまれると激痛で大きくはれます（そこで、払うための呪物として細長い布の「ひれ」が登場する）。

毒虫は都市にも、もちろんいます。平安時代の清少納言は『枕草子』に、「故殿の御服（関白藤原道隆の服喪）のころ」、あまりに暑くて夜も御簾《みす》の外に臥したが、

古き所なれば、むかでといふ物の、日一日《ひひとひ》落ちかかり、蜂の巣の大きにて、つきあつまりたるなど、いとおそろしき。

「蜈蚣が一日中上から落ちてきたり、大きな巣に蜂がくっつき集まっていてこわい」、と記しています。

◎狩人蜂と花蜂

ハチとアリの仲間は膜翅《まくし》目の昆虫に分類され、一二万種以上といわれます。ハチ類は、①広《こう》腰《よう》類（ほとんどが食植性）、②有錐《ゆうすい》類（ほとんどが昆虫やクモに寄生して食べ殺す寄生蜂《やどりばち》。産卵管は産卵前に寄主を麻酔させる役割をもつ）と、③有剣類に三大別できます。②と③の腹部は第一、第二環節間がくびれ、胸部と腹部の間のくびれのように見えます。

有剣類の原始的な一部は寄生蜂ですが、多くは営巣性の生活で、育児用につくった巣房に幼虫用の食物を貯えて産卵し、進化した種には一回ごとに給食するものがあります。また産卵管は、餌への攻撃用や、巣や自身の防御用の刺針となっており、産卵は別の排出口から行います。ハチの毒物質はヒスタミン、アセチルコリン等々が知られますが、複雑で不明な点が多いとのことです。

有剣類のうち、子育ての巣をつくって昆虫やクモを餌として狩るハチが狩人蜂《かりうどばち》です。日本で最大のスズメバチ（雀蜂。体長は女王蜂四センチ、働き蜂三センチ）は、直径八〇センチに及ぶものもある大きな巣をつくり、一群は一〇〇匹から数百匹となります。獰猛で攻撃性が強く、毒性も日本一で、秋にはミツバチの巣を襲って殺し、蜜を奪います。同じスズメバチ科のクロスズメバチは地中に巣をつくってジバチともいい（地蜂。数千匹の大群）、やはり同じ科のアシナガバチ（脚長蜂。一〇〇匹以下の小群）の巣は、ハスの実型でぶら下り、木の枝や軒下などによく見かけます。

アナバチ科のジガバチ（似我蜂）は、翅をジイジイ鳴らしつつ地中に穴を掘り、獲物を埋めて幼虫の餌にします。古名に「すがる」があり、万葉歌に出る蜂は、「すがる」を詠む三首のみです。

……末《すゑ》の珠名《たまな》は　胸別《むなわけ》の　広き我妹《わぎも》　腰細の　すがる娘子《をとめ》の　その姿《かほ》の　きらきらしきに
……　（一七三八）

「末の珠名は胸のゆたかな女、すがるのように腰の細い乙女で、容姿は端正」と形容します（三七九一歌も「すがるのごとき　腰細に　取り飾らひ」という）。また、

春さればすがるなす野の霍公鳥《ほととぎす》ほとほと妹《いも》に逢はず来にけり　（一九七九）

「春になればすがるが音をたてる野の霍公鳥《ほととぎす》」と、そのとびかう羽音が相聞歌に詠みこまれています。

狩人蜂に対し、花を訪れて蜜と花粉をあつめ、巣に運んで幼虫の餌とするのが花蜂《はなばち》です。虫媒花にとっては大切な訪問者の花蜂は、花粉のつきやすいように体に毛が多く、口も花蜜を吸うのに適しています。ミツバチ科のずんぐりしたマルハナバチ（丸花蜂）は、雌がミツバチと同じく臘物質の巣をつくりますが、幼虫はミツバチのように各巣房に一匹ずつではなく、数十

匹の大部屋で、巣も一年巣です。

体長約二・二センチと大型のクマバチ（熊蜂）も同科の花蜂です。単独生活で、夏に羽化した成虫が越冬後、顎で木材や枯枝に長い穴をあけて数個の育房に仕切り、それぞれにマメ科植物の花粉などを餌用に蓄えてから、八個ほど産卵します。日本固有種で、刺針はあっても攻撃性はなく、つかまなければ、おおむね刺さないそうです（ドイツのW・ボンゼルスの名作『蜜蜂マーヤの冒険』〔一九一二年刊〕は、かつて読んだ訳書ではマーヤが捕らえられた熊蜂の巣から脱出し、自分が生まれた巣に熊蜂群の襲撃を予報しますが、これは狩人蜂の類でしょう）。

◎ミツバチは社会性昆虫

スズメバチ、アシナガバチ、ミツバチ、マルハナバチなど集団性ハチの一部を、アリやシロアリとともに社会性昆虫というそうです。そこで、集団が女王蜂、雄蜂、働き蜂の三者で構成されるミツバチ社会の分業を見てみました。

女王蜂は、ときに一群が五万〜六万匹ともなる集団でも、ただ一匹です。多数の働き蜂と同じ有精卵（雌）ですが、特殊な巣房（王台）に産みつけられ、一生ローヤルゼリー（王乳）のみを与えられて女王蜂となり、交尾飛行に出た後に、寒い冬季以外は毎日、夏の繁殖期は一日当り一五〇〇個も産卵します（ミツバチの餌は花粉と蜜だが、ローヤルゼリーは若い働き蜂の分泌する乳白色で酸味のあるホルモン物質で、蜂蜜とは成因・成分がまったく違う）。女王蜂の体重は働き蜂の二〜四倍、寿命は自然状態で二〜四年ですが、働き蜂の寿命は繁殖期一ヵ月、越冬期五ヵ月ほどといわれます。

雄蜂は生殖期のみに現れ、新女王蜂との交尾が役目です。吉田忠晴氏の観察では、四月の晴れた午後、多数の雄蜂が巣箱を出入して一日に一〜四回で一〜三〇分の飛行をし、「女王蜂は一日に一〜三回の飛行の後、五〜一九分の飛行で交尾して巣箱に帰ってくるのが一般的」といいます（酒井哲夫編著『ミツバチのはなし』〔技報堂出版〕所収）。

栗本丹洲『千蟲譜』（江戸後期）に描かれたさまざまな役割のミツバチ

働き蜂は労働専門です。羽化後はまず育児、女王蜂の世話と掃除、次に蜂蜜づくり、花粉貯蔵と巣づくりにあたります（分泌した酵素で花蜜の庶糖をブドウ糖と果糖に分解し、濃縮したのが蜂蜜）。次に巣門での門番を経て、いよいよ花粉や花蜜集めに従事します。一〜

四キロ、ときには十数キロ先まで訪れ、蜜源を発見した蜂は帰巣して円形や8の字形のダンスをし、彼を囲む仲間たちに蜜源の場所を伝えます。蜜胃にためて運ぶ蜜の一回の量は〇・三〜〇・五グラム、花粉は後脚の脛節《けいせつ》にあるバスケットにためて運びます。

春の流蜜期の中・後期には、巣内は蜜・花粉・蜂で満杯となり、数個の王台をつくって新女王蜂育てが始まります。旧女王蜂は、群れの約半分の働き蜂と分封（巣分れ）のため飛びたち、騒乱状態で近くの木の枝などに蜂塊《ほうかい》をなし、偵察蜂の探した新住居（木の空洞、空の巣箱など）に飛び去ります。古巣では、他の女王候補蜂を殺した一匹が新女王となり、第二の分封をするときもあります。

育児に必要な巣の適温は摂氏三二〜三六度で、働き蜂は暑いときは水を運んで翅の扇風行動で冷やし、寒いときは固まって互いの体毛をかさねての保温、内側の蜂たちの飛翔筋を震わせての熱発生と、これも見事というほかはありません。

古代ローマの詩人ウェルギリウス（前一九年没）は、蜜蜂を長篇『農耕詩』第四巻のテーマに選び、その社会性昆虫ぶりを次のように歌いました（第一五三〜一六七行の部分）。

彼らだけが子供たちを共有し、都市の家々を共有し、
法の権威の下で生涯を送る。
彼らだけが祖国を知り、固定した家というものを知っている。

夏には来るべき冬を思って懸命に働き、
手に入れたものを共同の倉庫に貯える。
あるものは食料を集めることを任務とし、野外で働く。
またあるものは家の敷地の内にあって、水仙の涙と、樹皮から集めた粘り気のある樹脂で
巣の最初の土台をつくり、つづいて、ねっとりした蜜臘の壁を取り付ける。
あるものは民族の希望たる若者たちを外へ連れ出し、
またあるものは、いとも純粋な蜜を濃縮して、
澄明な蜂蜜《ネクタル》を巣房に満たす。
門の見張りに立つ役は籤《くじ》で割り当てられ、
交替で、天の雨と雲を監視し、
帰ってくるものから荷を受取り、あるいは隊列を組んで、
無精な雄蜂の群れを巣箱から遠ざける。
（河津千代訳）

◎「わが子よ、蜜を食べよ」

琥珀《こはく》の中に封じられたミツバチの化石には、働き蜂の立派な遺体があるそうです。ミツバチ属の最古の化石は三五〇〇万年前と推定され、また現在のミツバチがその社会を完成させたの

は、少なくとも三〇〇〇万年前と考えられるそうです。

七種に分類されるミツバチのうち、北海道以外の日本にいるニホンミツバチ（アジアに広く分布しており、アジアミツバチともいう）は、今は養蜂されず、輸入されたセイヨウミツバチのいない山間部などで、樹木の空洞や岩陰などに、数枚の巣板を縦に並べた巣をつくっています。アフリカ、ヨーロッパの原産といわれるセイヨウミツバチは、アメリカ大陸やオーストラリアにも導入され、全世界に広がっています。同種からは、多収蜜で早期産卵性の黄色系イタリア品種など諸品種がつくられ、養蜂されています。

スペインのバレンシア地方には、蜂蜜の採集を描く前六〇〇〇年頃の洞窟壁画があるそうです。エジプトの前二五〇〇年頃の神殿壁画には、巣の入った甕《かめ》に煙を吹きかけて蜂を追い出そうとしたり、蜂蜜を壺に入れて封印する場面があり、すでに養蜂のあったことが考えられるとのことです。

冒頭の旧約聖書に戻ると、まず『出エジプト記』第三章では、イスラエルの民の苦役を知った主なる神が、指導者モーセにいいます。

わたしは下って、彼らをエジプトびとの手から救い出し、これをかの地から導き上って、良い広い地、乳と蜜の流れる地、すなわちカナンびと、ヘテびと、アモルびと、ペリジびと、ヒビびと、エブスびとのおる所に至らせようとしている。

この「乳と蜜の流れる地」は、旧約各書によく登場します。『申命記』第八章は、苦難のすえに達するであろう「良い地」カナン（パレスチナおよびシリア南部）を、次のような豊饒の地に描き、この地に蜜は欠かせません。

谷にも山にもわき出る水の流れ、泉、および淵のある地、小麦、大麦、ぶどう、いちじく及びざくろのある地、油のオリブの木、および蜜のある地、あなたが食べる食物に欠けることなく、なんの乏しいこともない地である。

カナンの地の豊かさを象徴するミツバチと巣箱（中世イギリスの寓話集より）

さらに『箴言《しんげん》』第一六章には「ここちよい言葉は蜂蜜のように、魂に甘く、からだを健やかにする」とあり、第二四章もいいます。

わが子よ、蜜を食べよ、これは良いものである、また、蜂の巣のしたたりはあなたの口に甘い。

◎「一畠まんまと蜂に住れけり」

日本での蜜蜂の初見は、『日本書紀』の皇極天皇二年（六四三）の記事です。

中世の絵巻『地獄草紙』（奈良国立博物館蔵）には、他人に不潔なものを食べさせた者が堕ちる膿血地獄で、巨大な蜂に襲われる亡者たちの姿が描かれている

百済の太子《こんきし》余豊、蜜蜂《みちはち》の房《す》四《よつ》枚を以て、三輪山に放ち養《か》ふ。而《しかう》して終《つひ》に蕃息《うまは》らず。

「百済から来た太子の余豊が大和の三輪山で蜜蜂を放養したが殖えなかった」とあり、養蜂を伝える最初の記述でもあります。

平安末期の『今昔物語集』は、巻二九の第三六話に次の話を載せます。

京の水銀商が鈴鹿山中で、馬一〇〇余頭に積んだ財貨を八〇人余の盗人に強奪された。しかし彼が高い峰で呼ぶと、半時ほどしてまず大きな蜂が一匹、次に赤い雲のような蜂の大集団が現れて盗人全員を刺し殺し、商人は盗人のためた富も得た。この商人は酒を造ってもっぱら蜂に飲ませていたので、蜂たちが恩返しをしたのだ。

また「大きな蜂を見ても打ち殺してはいけない。蜂の群れが必ず怨みを報じにくる」ともあり、蜂の飼育や、蜂の習性の一端にふれています。

熊野蜂蜜（『日本山海名産図会』より）

蜂蜜は奈良時代、聖武天皇の天平一一年（七三九）一二月一〇日に、渤海《ぼっかい》の王から虎と羆《ひぐま》の皮各七張、豹《ひょう》皮六張、朝鮮人参三〇斤とともに、「蜂蜜三斛《こく》（石）」が贈られたと『続日本紀《しょくにほんぎ》』が記します。天平宝字四年（七六〇）閏四月二八日には、仁正皇太后（光明皇太后）が五大寺（奈良の東大寺・興福寺・元興寺・大安寺・薬師寺）に、種々の薬二櫃《ひつ》と蜂蜜一缶《ほとぎ》（缶＝胴のふくらんだ口の小さな容器）を各々寄進したが、これは皇太后が健康不調で、その回復をねがってのことだ、ともあります。

平安時代の貞観一四年（八七二）五月一八日には、渤海国王から「蜜五斛《こく》」が贈られたと『日本三代実録』にあり、蜂蜜は貴重品と察せられます。同中期の『宇津保物語』（蔵開上）も、産養《うぶやしない》に贈られた品々のうちに、一斗入りほどの金《かね》の甕《かめ》は、「一《ひとつ》には蜜《みち》、一《ひとつ》には甘葛《あまづら》」であるといいます。

当時の国内からの貢進では、『延喜式《えんぎしき》』の「内蔵寮《くら》」が「蜜」として、甲斐・相模・備中は各一升、能登・越中は各一升五合、信濃・備後は各二升と定めています。同じく「典薬寮」は「雑薬」として記す、摂津からの四四種中に「蜂房《ハチノス》七両」、伊勢からの五〇種中に「蜂房一斤十二両」をあげており、巣は薬品でした。いずれもその量は少なく、養蜂によるものかどうかはわかりません。

人家での養蜂記事は、江戸前期の宝永六年（一七〇九）刊の貝原益軒『大和本草』が早いそうです。寛政一一年（一七九九）刊の木村蒹葭堂《けんかどう》『日本山海名産図会』巻之二は、蜂蜜を「一名百花精、百花蕊」といい、

凡《およそ》蜜を醸《かも》する所諸国皆有。中にも紀州熊野を第一とす。芸州是に亜《つ》ぐ。其外勢州、尾州、土州、石州、筑前、伊予、丹波、丹後、出雲など昔より出せり。

として養蜂・採蜜等を記し、そのようすを図示します。江戸後期には多数の養蜂書が出、漢方の丸薬は蜂蜜を使いました。西欧の技術の紹介は一八七三年（明治六）、セイヨウミツバチの輸入は一八七七年が最初です。

一畠まんまと蜂に住れけり　　一茶

「蜂」は春の季語。蜜集めで、一面に咲く蓮華草の花をとびかう光景が、彷彿《ほうふつ》としてきます。

燕

飛翔六七〇〇キロ

燕（『訓蒙図彙』より）

◎「燕来る時になりぬと」

『日本書紀』は持統天皇三年（六八九）八月、伊予総領《いよのすべおさ》田中法麻呂《のりまろ》らに、

讃吉《さぬき》国の御城《みき》郡に獲《え》たる白燕《つばくらめ》、放ち養《か》ふべし

と詔したと伝えます。白い燕《つばめ》は瑞祥とされたのでしょう。燕が「つばくらめ」と称される早い例で、「つばくら」「つばくろ」ともいい、中国での異名「玄鳥《げんちょう》」「乙鳥《いっちょう》」も、日本で用いています。

ところで、万葉の大歌人大伴家持《おおとものやかもち》は、越中国守時代の天平勝宝二年（七五〇）三月、

燕来る時になりぬと雁《かり》がねは国しのひつつ雲隠り鳴《がく》　（四一四四）

と詠みました。年ごとにめぐる四季の移りかわりに人々は思いを深め、その思いを誘う一つが、右の歌のように季節の交代を告げる渡り鳥です。

日本で知られている約五〇〇種の鳥のうち、四割ほどが渡り鳥とのことです。そのうち春に南方から渡ってきて繁殖し、秋に再び南方へ去る鳥を夏鳥、秋に北方の繁殖地から来て越冬し、春に北方へ去る鳥を冬鳥といいます。また春・秋の二回、めざす北方や南方への旅の途中で日本に立ち寄る鳥を旅鳥、暴風などでたまたま日本に来てしまった鳥を迷鳥といいます（渡らずに一年中同一地域にすむ鳥は留鳥、繁殖場所と越冬場所は異なるが同一地域を出ない鳥は漂鳥）。日

本に来る夏鳥は二一科七〇種以上、冬鳥は一五科七五種以上、旅鳥は七科三〇種以上です。家持が雪深い北陸で迎えた待望の春は、渡り鳥交代の季節。燕は今日いう夏鳥の、雁は冬鳥の、いわば代表的な鳥と目されていました。季語では、「燕」は仲春、「岩燕」は晩春とされます。

日本に渡ってくる燕の越冬地は、台湾やフィリピン付近が通説で、ほかにマレーシアで二例、ベトナムと中国で各一例が標識法によって確認されているそうです。そして「日本のツバメ 海越え六七〇〇キロ」と、朝日新聞が一九九二年一月四日に報じました。山階《やましな》鳥類研究所の尾崎清明氏が、インドネシアの西ジャワ州の村で約一万羽の燕を見つけ、そのなかの一羽が足環をつけていて、「昨年八月、北海道・七飯町」でつけられたものと判明したそうです。あの小さな燕が、今までの三、四千キロの渡りでさえ大変なのに、倍も遠い海の彼方からもやってきていたのです。

はるばるやってきた燕たちを、島崎藤村は父が子に語る童話の形式で「燕の来る頃」(一九二〇年刊『ふるさと』所収)に描きます。故郷の木曾馬籠《まごめ》(長野県山口村)で、幼き日に実見した燕たちがモデルでしょうか。

沢山な燕が父さんの村へも飛んできました。一羽、二羽、三羽、四羽、——とても勘定することの出来ない何十羽といふ燕が村へ着いたばかりの時には、直ぐに人家へ舞ひ降りようとはしません。離れさうで離れない燕の群は、細長い形になつたり、円い輪の形になつたりして、村の空の高いところを揃つて舞つて居ます。そのうちに一羽空から舞ひ降りたかと思ふと、何十羽といふ燕が一時《いちどき》に村へ降りて来ます。そして互に嬉しさうな声で鳴き合つて、旧い馴染の軒端を尋ね顔に、思ひ〳〵に分れて飛んで行きます。父さんの家へ、隣りの大黒屋へ、一軒おいた八幡屋へ、……といった具合です。

◎巣はビル街に多く緑地にない

平安時代、菅原道真は燕の夏鳥ぶりを、七言絶句「燕」に簡潔にとらえます。

梁《はり》の頭《ほとり》に翅《つばさ》を展《ひろ》げては　幾《いく》たびか泥《こひち》を銜《ふふ》める
一一《いついつ》に雛《ひな》を将《も》ちて　暮《ゆふべ》の棲《すみか》に起《おこ》す
春尽《はるつ》きて先《ま》づ帰《かへ》る　秋至《あきいた》る日《ひ》
涼風《りやうふう》万里《ばんり》　羽毛《うぼう》斉《ひと》し

（『菅家文草』巻五。川口久雄校注書）

燕は枯草の茎や葉と泥を口で運び、椀状の巣を建物の壁面などにつくります。漢詩の第一句はそのようすでしょう。垂直な面に泥をつけるのは大変で、「わずかなでこぼこに足のつめをひっかけ、フォークのような長くてとがった尾羽を思いきり広げて壁につけ、からだをささえ」、「この姿勢で口からどろどろしたどろを出しながら、くちばしでこすりつけるようにして壁につけ」ると、唐沢孝一氏は『おかえりなさいツバメたち』（大日本図書）の写真と文で説

鎧の渡し小網町（安藤広重『名所江戸百景』より）

明します。東京周辺の巣づくりは四月下旬〜五月上旬で、大部分は古巣を少し修理するか、そのまま使っているそうです。

唐沢氏は一九八四年春、都市鳥研究会員と東京駅を中心に三キロ四方の地域で燕の巣を調査し、右の子供向きの楽しい本を著しました。調査区域は銀座・丸の内・兜町・神田など日本の代表的な繁華街、ビジネス街で、見つけた三三の巣は、ビル一階駐車場の天井や蛍光灯の笠の上、郵便局・銀行・倉庫の入口上部の壁面、地下鉄出入口の天井や文字板の上、などです。皇居や日比谷公園などの緑地には一つもなく、普通の鳥とは逆で、人目につきやすく、手のとどきそうな建物の一、二階に限られています。人々が休祭日にも、燕の出入りのためにビルのシャッターをあけてやるようすなども書かれています。

燕は一回に五、六個を産卵し、抱卵は一四、五日、雛は二一〜二三日で巣だち、さらに数日は親から餌をもらいます（親は通常一年に二回産卵）。前掲の道真の漢詩第二句は、雛の一羽一羽に給餌する夕暮れのようすです。燕は餌の昆虫（アブ、カ、ハエ、ヨコバイ、トビケラや小さな甲虫類など）を、ときには地面すれすれに迫る低空で飛びながら捕食し、人間にとっては多くの害虫を捕らえてくれる益鳥です。そこで人々はその来訪を歓迎し、家に営巣すると喜ぶといったつきあいをしてきました（後述）。燕が他の鳥と異なり、人間の生活領域に巣づくりし、少しも恐れずに雛を育てるのは、自分たちに危害は加えられず、逆に天敵が自分たちに近づきにくいことを知っているから、ともみられます。人々は身近にその育雛を見、燕は子への愛情が深い、夫婦仲がよいとのイメージが昔話などにあります。

道真の漢詩の第三・第四句は、秋となって燕たちの帰る日、雛たちの羽毛はすでに親鳥と同じようになって、いっせいに万里の空の彼方へと飛び去るさまを詠みます。

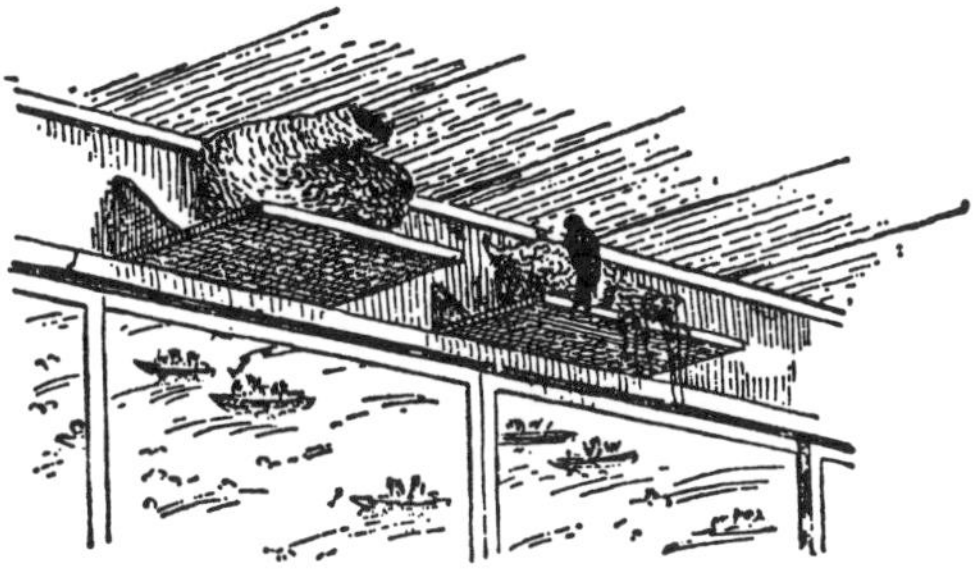

屋内の燕の巣。明治初期に「燕が屋内に住みつくことは吉兆とされている」とモースは記している(E.S．モース『日本人の住まい』八坂書房刊より)

◎日本に来るツバメ類

スズメ目ツバメ科の鳥は約八〇種。東南アジアとアフリカに分布のカワラツバメ亜科二種以外はツバメ亜科で、ニュージーランドと極地を除く全世界に分布し、熱帯産以外は長距離の渡りをするそうです。体色は黒色・褐色系が多く、体型がスマートで空中生活に適応し、空中で昆虫を捕食します。日本に渡ってくるツバメ類は次の五種です。

ツバメ　全長約一六センチ。ユーラシアや北米の温帯から亜寒帯とアフリカ北部で繁殖。アフリカ周辺部以外はそれぞれの熱帯から南半球で越冬。日本には三月上旬に南九州、下旬から四月上旬に本州中部、五月上旬に数は少ないが北海道に現れ、種子島以北で繁殖。なお本州中部の太平洋側や四国・九州で越冬する群れがあり、日本以北から秋に渡来した冬鳥とみられる。市街地・村落の建物などに営巣し、繁殖後は河原・湖沼・水田・海岸などに群集。平野部の崖地や森縁など段差地形にも飛来する。

イワツバメ　全長約一三センチ。ユーラシアの温帯から亜寒帯とアフリカ北部で繁殖し、温帯以北産は熱帯から南半球で越冬。日本には三月上旬から五月上旬に来て一〇月下旬に去る。九州以北で繁殖し、紀伊半島や九州などでは越冬個体もある。ツバメより高空が好きで、アマツバメと混群にもなる。山地や海岸の垂直な岩場に群棲するので岩燕と呼ばれ、また洞窟やコンクリートの建物に集団営巣し、泥で深椀形の巣をつくる。西欧の都市には古くからすみ、日本でも第二次大戦後は市街地に進出している。

ショウドウツバメ　全長約一二センチ。ユーラシアと北米の温帯から亜寒帯で繁殖し、それぞれの熱帯と南半球で越冬。日本には五月上旬に来て八月中旬から九月下旬に去る。本州以南は通過する旅鳥で、北海道で繁殖。秋には各地の川や湖沼・海岸で群れがみられ、浜名湖や霞ヶ浦では少数が越冬。砂泥質の崖に深さ三〇～一〇〇センチ、入口直径五～一〇センチの横穴を掘って集団営巣するので、小洞燕と呼ばれる。

コシアカツバメ　全長約一八センチ。ユーラシア南部とアフリカの温帯から熱帯で繁殖し、温帯産は熱帯地方で越冬。日本には三月下旬から四月上旬に来て九月上旬から一一月下旬に去る。北海道、本州中部以北は少なく、静岡県天竜市や熊本県人吉市では少数が越冬。飛行高度はツバメとイワツバメの中間。腰の赤さび色から腰赤燕といわれ、集団営巣が多く、口の小さな半徳利形の泥の巣を天井の下などにつくるので、トックリツバメともいう。

リュウキュウツバメ　全長一四センチ。インド、東南アジアからタヒチ島まで分布し、日本の沖縄諸島と奄美大島では留鳥か夏鳥。海岸の崖地に多く、洞窟やコンクリートの建物に営巣し、イワツバメほどの集団性はない。

なおアマツバメ類の三種が日本では夏鳥として分布し、燕とよく似ていますが、全然別なアマツバメ目アマツバメ科に分類されます。そのうちアマツバメは全長一九センチ。四月中旬から五月上旬に来て九月中旬から一一月上旬に去り、曇りや雨の日には低空を飛んで人目につくので、雨燕と呼ばれます。

◎冬は〝ナイルに隠れる〟とも

旧約聖書の『エレミヤ書』第八章は、ユダ王国の人々に対する災いの預言を記すなかで、

空のこうのとりでもその時を知り、
山ばととつばめとつるはその来る時を守る。
しかしわが民は主のおきてを知らない。

といいます。燕が渡りの季節に必ずやってくることは、古くから自明の理でした。ではどこからくるのか？　呉茂一訳による『アナクレオンテイア』はギリシアの詩人アナクレオン（前五世紀前半没）風の詩をあつめたもので、ローマ時代の作が多いそうですが、そのなかの「燕に寄せる歌」はいいます。

いとしい燕　年毎に
　来てはおまえが　夏のころ
巣をくみ上げては　行くけれど、
　冬ともなれば　メンフィスや
ナイルへ影を　かくすというに、
　わたしの胸に　巣をかけた
このもの思い《も》は　時しらず。

（其の一）

この詩では、冬にはエジプトのメンフィスやナイル河に姿を隠すと思われています。日本では常世国《とこよのくに》から来るとも思われていました。

イギリスのG・ホワイトの一七七一年二月一二日の書簡（寿岳文章訳『セルボーン博物誌』）は、燕が「昆虫やカウモリのやうに、謂はば麻痺状態のまま蟄伏し」て冬眠すると主張する人にあてたものです。彼は、スペインにいる弟が季節に応じてジブラルタル海峡を北から南へ、南から北へ横切る燕の大群を見ており、とくに燕類は海を渡るのに「甚だ骨惜しみ」をし、一番近道をえらんでいると説明しています（今は渡りの研究に国際的な協力が行われている）。
燕と人間のつきあい、人間の燕への関心はきわめて古くからでした。たとえば旧約聖書の『詩篇』第八四篇では、主なる神の近くにありたいとの願いを、イスラエルの民は燕の巣づくりにたとえます。

燕（G．ホワイト『セルボーン博物誌』原書の挿絵）

すずめがすみかを得、つばめがそのひなをいれる巣を得るように、万軍の主、わが王、わが神よ、あなたの祭壇のかたわらに、わがすまいを得させてください。あなたの家に住み、常にあなたをほめたたえる人はさいわいです。

人々が燕を我が家に迎えていた現実があっての、願いの言葉です。燕たちは、巣づくりした建物の内部を自在に飛び交いました。古代ギリシアの大叙事詩『オデュッセイア』の第二二巻は、学芸や戦いなどの女神アテナが、

燕の姿となって飛び上がり、煤だらけの広間の梁

に坐った。　　　　（高津春繁訳）

といいます（ギリシア神話はまた、燕を愛と美の女神アフロディテの聖鳥とするとのこと）。

燕はスズメ目では最も空中生活に適応した鳥で、機敏な飛翔・旋回能力を駆使して餌をとるだけでなく、水面に接してすばやく飲水、水浴も行うそうです。古代中国では『詩経』邶《はい》風の「燕燕」詩が、三節までの冒頭各二句で、鮮やかな飛翔を強調します。

○燕燕于飛　　ひらひらと
　差池其羽　　羽さし交わすつばくらめ
○燕燕于飛　　高くとび低くとびゆく
　頡之頏之　　つばくらめ
○燕燕于飛　　鳴きのぼり鳴いては下る
　下上其音　　つばくらめ　　　　（目加田誠訳）

◎〝春を告げる鳥〟迎えて

司馬遷（前八六年没?・）による中国最初の通史『史記』は、殷《いん》の契《せつ》の母簡狄《かんてき》があるとき、三人づれで川へ水浴びにゆき、燕が卵をおとしてゆくのをみて、ひろってのんだ。そのため身ごもって契を生んだ。　　　　（野口定雄訳）

と殷本紀に伝えます。殷王朝の創立は前一七世紀末か前一六世紀初頭で、その始祖の契が燕の卵によって誕生したとの伝説です。中国では、燕の再来を旧友との再会のように思い、燕の爪を切ったり足に紐をつけて目印にしておき、燕の再訪を確認した、ともいわれています。

燕は春の社日《しやにち》に来て秋の社日に去るとされ、社燕《しやえん》の別称が生じます。唐代の社日は立春と立秋後の各五番目の戊《つちのえ》の日で、この日は村の社で土地神を祭り、春は豊作祈願、秋は収穫感謝と翌年の作占いをし、共同飲食をして楽しみます。

六世紀頃の長江中流域、湖南・湖北省地方の民俗を記す『荊楚歳時記《けいそさいじき》』は、立春の日、

悉く綵《あやぎぬ》を翦《き》りて鷰《つばめ》を為《つく》り、以て之を戴き、「宜春」の二字を〔門に〕貼る。

（守屋美都雄訳注書）

と述べます。立春（二月四日か五日）は農業を開始する春の出発点の日、「色糸で美しい燕の形を造り、女子が髪を飾った」ようで、門には迎春の喜びをこめた「宜春」の文字を貼りました。中村喬氏は『続中国の年中行事』（平凡社）に、「燕は古来春を示す鳥」で、この風習は晋代の甘粛省泥陽の人傅咸《ふかん》の「燕賦」にあって華北で行われており、南北朝時代には長江中流域でも行われたと記します。また宋代の開封では、「彩絵に羽毛を加えて燕や鶏をつくり、春鶏・春燕と称した」と、『歳時雑記』にあるそうです。

ギリシアのトラキアでは、今も春を告げる燕を歌で歓迎し、ロードス島では子供たちが木製

の燕を円筒の上に回るようにつけ、燕の歌をうたって練り歩いて食物を集める行事があったと、谷口幸男氏は『世界大百科事典』の「ツバメ」の項に紹介します。ドイツでも燕は幸運をもたらし、家を守護する鳥で、燕第一号の到着を歌と歓声で迎え、ウェストファーレンでは家族全員が門で燕を出迎えておごそかに納屋の戸を開き、ヘッセンでは塔守が最初の燕を見つけて村の役所に知らせた、ともあります。燕は神聖な鳥で、シュワーベンでは「主の鳥」、シュレジエンでは「聖母の鳥」と呼ばれ、巣をつくる家は不幸から守られる、といわれました。

シェークスピアは『リチャード三世』第五幕第二場の最後に、次の言葉を置いています。

正しい希望はスピードが速く、つばくろの翼に乗って翔んでゆく。
王者はそれによって神となり、より低いものは王となる。

（大山俊一訳）

牡丹

王者の春愁

牡丹（『訓蒙図彙』より）

◎李白の歌う〝名花・傾国〟

ボタンはボタン科の落葉低木で、中国西北部に自生し、古木は高さ三メートル、太さ一五センチほどになるそうです。またボタン属の木本性の他種も含めて広くボタンといい、群では中国西北部からヒマラヤ東部に分布します。中国ではすでに前漢時代、根皮を鎮静・鎮痛や血行障害除去等の薬用にしていたようです。観賞用の栽培は南北朝時代からといわれ、唐代には大流行して、さまざまな品種群が作出されました。なおボタン科の多年草のシャクヤク類は東シベリアから中国北部に分布し、古く『詩経』鄭《てい》風の「溱洧《しんい》」詩に出る「勺薬」は芍薬《しゃくやく》のことだといわれます（日本ではシャクヤクの根にボタンを接木する栽培法が明治末期に始まる）。

唐の段成式（八六三年没）は、『酉陽雑俎《ゆうようざっそ》』前集巻一九、草篇の「牡丹」に、「私は隋朝の『種植法』七十巻を検したが牡丹のことは全然記していない」といいます。また唐の玄宗の開元末、裴士淹《はいしえん》が山西省汾《ふん》州の衆香寺で白牡丹を得て長安（西安）の私邸に植え、次の「天宝年間、都下の人々は、これを珍重して賞翫した」ことや、ある詩に「長安の年少　春の残を惜しむ／争《いか》でか慈恩の紫牡丹を認めん」（以下略。慈恩＝今も大雁塔の現存する慈恩寺）とあると、述べています（今村与志雄訳）。

玄宗皇帝が、わが子寿王瑁《ぼう》の妃である楊玉環（後の楊貴妃）を召したのが開元二八年（七四

鳥文斎栄之筆『唐美人図（楊貴妃図）』江戸時代、大英博物館蔵

〇）です。玄宗は彼女を溺愛し、「開元の治」とたたえられたその政治を顧みなくなります。各地を遍歴した放逸の詩人李白（七六二年没）が、その玄宗に召し出されたのは天宝元年（七四二）でした。玄宗はあるとき、楊貴妃と興慶池の沈香亭で牡丹を賞し、李白を呼び出して作詩させ、楽師に演奏させて自分は笛を吹いたと伝えます。李白の献じた「清平調詞」三首は、牡丹の美を貴妃の美貌に重ねたものでした。第一首は、

雲には衣裳を想い花には容を想う
春風檻《おばしま》を払って露華濃《こま》やかなり
若《も》し群玉山頭にて見るに非ずんば
会《かなら》ず瑶台《ようだい》月下に向て逢《おい》わん

「雲には貴妃の衣裳、牡丹の花には貴妃の美貌を想う。春風は欄干に吹き露の玉はこまや

か。かかる美妃は群玉山（女神の西王母が住む）で見かけないのなら、月下の瑶台（有娀氏《ゆうじゅう》の美女が住む宮殿）で出会う人であろう」の意です。

第二首も「一枝の濃艶　露　香を凝《こ》らす」と、牡丹の濃艶を貴妃に重ねます。第三首は「名花傾国両《ふた》つながら相歓《よろこ》ぶ」として、牡丹と傾国の美女はともに長く皇帝の寵愛を得ていると歌います。第二首でも美女、巫山《ふざん》の神女や前漢の成帝が愛した趙飛燕をあげており、興慶宮を彩るさまざまな牡丹の花容・花色に対応するかのようです。長安の都の最も繁栄した時代でした。

◎「花開き花落つ二十日」

中国古典詩の諸形式は唐代（六一八〜九五九）に完成したそうで、唐詩と呼ばれ、四期に区分されます。まず初唐（七〇九年まで）は官人の宮廷詩が主流で、次の盛唐（七五六年まで）には、李白・杜甫らの大詩人が出、その一人の王維（七六一年没）が「紅牡丹」を詠みます。

緑艶にして閑且《か》つ静
紅衣浅く復《また》深し
花心愁えて断えんと欲す
春色豈《あに》心を知らんや

つづく中唐（八三五年まで）には白居易（白楽天。八四六年没）や韓愈（八二四年没）らが活躍します。生前から日本の平安朝文化人にも知られた白居易には、長詩「牡丹芳」があります。

牡丹の芳《はな》
牡丹の芳《はな》
黄金の蘂《ずい》は紅玉の房に綻《ほころ》ぶ

と花の讃美に始まり、花の色・香・姿がさまざまな形容で歌われ、世の草花で牡丹に比べうるものはなく、石竹や金銭花はあわれ、芙蓉や芍薬も平凡だとなります。

ついで、牡丹に遊ぶ王侯、大臣や姫君、金持ちの息子たちの往来はひきもきらず、名所の西明寺では花に舞う蝶を眺めあきず、牡丹を強い陽光から守るために幕を張る等々と述べ、

花開き花落つ二十日
一城の人　皆な狂えるが若《ごと》し

と、都長安の、開花期二〇日間の熱狂的な牡丹ブームを指摘します。玄宗の盛唐期にはまだ珍貴であった牡丹も、中唐には都全体を熱気につつむほどになったようです。白居易はこの風潮を、華美に流れ質実を重んじない結果とし、「願わくはわが造物の力にて　牡丹の花の色艶《つや》減らし　牡丹に狂う大宮びとをして　帝《みかど》（憲宗）にならいて農事を憂えしめなむ」と批判します。

白居易は「買花」詩でもブームを歌います。

都の春の　暮れるころ

車ひしめき　人は往く
牡丹の花の　散らぬうち
いそいで花を　買おうとて
一株いくらの　きまりなく
咲く花数で　値をきめる
燃えるばかりの　紅《あか》い花
ちまちまとした　白い花

（須田禎一訳）

濃い花一株の値は、普通の世帯一〇軒の一年の納税額と同じだといって、詩は閉じます。「牡丹芳」詩の詠まれた元和年間（八〇六〜八二〇）、長安の名刹興唐寺の牡丹の一本には「花が一千二百朶」咲き、花色は「正暈・倒暈・浅紅・浅紫・深紫・黄白檀など」で、「花葉の中に抹心のないもの」もあり、「重台花というのは、その花の径が七、八寸」、と『酉陽雑俎』は伝えます。人々は値を惜しまず競って新品種をもとめ、牡丹は百花王・富貴花などの異称を得ました。なお下って北宋の周叙と欧陽修は別々に『洛陽牡丹記』を著し、洛陽は現代も牡丹栽培の中心だそうです（塚本洋太郎『私の花美術館』朝日選書）。

◎不思議な話のあれこれ

円山応挙筆『牡丹に孔雀図』江戸時代、萬野美術館蔵　牡丹と孔雀の取り合わせは、吉祥富貴をあらわすものとして好まれた

中唐の著名な政治家でもある韓愈の家では、牡丹に不思議な花が咲いたと『酉陽雑俎』は述べます。上京した遠縁の甥《おい》の勉学態度がよくないと、預けた僧院からいわれた韓は、甥に帰郷を命じて「お前にどんな得手があるのだ」と叱ります。ところが甥は落ち着きはらって、「一つの技があります」と階前の牡丹を指し、御所望の色の花をつくるというのです。不思議に思って試みさせると、牡丹を見えぬように囲って七日間手入れをしました。ときは初冬、もとは紫の花でしたが、囲いを開いてみると白紅の花が現われ、花の一つ一つには、韓が役人をやめたときの詩の一韻「雲は秦嶺に横たわって家何《いず》くにか在る、雪は藍関を擁して馬前《すす》まず」の文字が浮き出ていました。

……
浙江省の天台山は、日本の天台宗を開創する最澄が入唐して学んだ山でもあります。明末清初の張岱《ちょうたい》（一六八九年没）の『陶庵夢憶』は、「天台山には牡丹が多く、一抱えくらいの大きさは普通」と、某村の一例をあげます。

五聖祠の前に立っているが、生い茂った枝葉が、軒の瓦の上に出て、三間の間口をいっぱいにふさいでいる。花ざかりのときには数十輪の鬱金色・鶯色・樺色・栗色の花が、幾重にも幾段にもうち重なって、ぞっくり花を咲かす。土地の人々はその外に小屋掛け四五台をつくって芝居を演じ、神を楽しませる。勝手に花を摘んで髪に挿したりすると、立ちどころに祟りを受けるために、土地の人は決して摘んではならぬと戒めている。それで花はこのようによく茂って長寿を得ているのである。（松枝茂夫訳）

清初の蒲松齢《ほしょうれい》（一七一五年没）の『聊斎志異《りょうさいしい》』には、牡丹の怪異小説が二話あります。「牡丹と忍冬《にんどう》」――山東省労山の道教寺院には大きな忍冬と牡丹がある。ここに別荘を作った黄《おう》は、二人の女を見かけ、立木に詩を書いて思いを伝え、一人と結ばれた。女はある日、泣く泣く別れを告げたが、その翌日、寺に遊びに来た男が牡丹を持ち帰り、黄は女が「実は花妖《かよう》であったことを悟った」……と悲嘆にくれる場面から、さらに話はつづきます。次に「牡丹の精」の話も、洛陽の牡丹マニアが山東方面で牡丹といえば一番の曹州（菏沢《かたく》）へ行き、女と親しくなって筋が展開します。

中国には、こうした花の精と結ばれての話がいろいろあり、牡丹もその一つです。また一年の各月ごとに花神が考えられており、長崎奉行の中川忠英が清国の風俗を聞きとらせた『清俗《しんぞく》紀聞《きぶん》』（一七九九年刊）は、「年中行事」の「二月十二日」に、「花神は都合十三体なり」といいます。ちなみに各月の花は、

正月＝梅　二月＝杏　三月＝桃　四月＝薔薇　五月＝榴（石榴）　六月＝荷（蓮）　七月＝秋海棠　八月＝桂　九月＝菊　一〇月＝芙蓉　一一月＝山茶花　一二月＝臘梅

で、同書は「閏月は牡丹花を持ちたる神像を安置す」と記します。

◎平安朝の牡丹

観賞用牡丹の日本への伝来は、平安前期といわれ、菅原道真（九〇三年没）には漢詩「法花寺白牡丹」があります（この法華寺は讃岐国の国分尼寺）。

色《いろ》はすなはち貞白《ていはく》たり
名はなほし牡丹《ぼうたん》と喚《よ》ぶ
凡草《ほむさう》に随《なら》ひて種《う》ゑられむことを嫌《きら》ふ
法華《ほふくゑ》に向《なん》なむとして看《み》るに好《ことむな》し

地《ところ》に在《あ》りては　軽《かろ》き雲縮《くもしじま》る
時非《ときな》らずして　小《すこ》しき雪寒《ゆきこ》いたり
叢《くさむら》を繞《めぐ》りて何《なに》の念《おも》ひをかなす
清浄《しやうじやう》なるに　心肝《しむかん》を写《そそ》かむ

（『菅家文草』巻四）

「純白の牡丹は凡俗の草と異なり、仏法の華とみられる。地上に薄雲の収縮したかのようで、時ならぬ雪のように寒さをさえ思わせる。牡丹の叢をめぐりながらどんな念願がわが心に生じるだろう。花の清浄に心肝をそそぎたい」と讃えます。川口久雄氏によるこの詩の注は、白居易の「春詞」に「春の風吹き綻ばす牡丹の花」、『白氏文集《はくしもんじゆう》』の「白牡丹詩」に「素華人不レ顧、亦占二牡丹名一」があると指摘します。

藤原道綱母は『蜻蛉日記《かげろうにっき》』に、天禄二年（九七一）六月、幾度か参った西山の寺（京都市右京区鳴滝にあった般若寺という）に参籠に来て、次のように述べます。

まづ僧坊《そうばう》におりゐて、見出《みいだ》したれば、前に籬《ませ》ゆひわたして、また、なにとも知らぬ草どもしげき中に、牡丹草《ぼうたんぐさ》どもいと情《なさけ》なげにて、花散りはてて立てるを見るにも、「花も一《ひと》時《とき》」といふことを、かへしおぼえつつ、いと悲し。

僧坊に落ち着くと庭前に籬垣《ませがき》があり、名も知らぬ草の繁るなかに牡丹がどうにも風情なく、花の散り終えて立っているのをみて、「花も一時」との歌を繰り返し思い、とても悲しくなりました。
一条天皇の中宮定子に仕えた清少納言は、貴族の邸宅の牡丹を『枕草子』（「殿などのおはしまさで後……」の段）に記します。中宮が一時期「小二条殿」にいたとき、出仕せず家にいた清少納言を右中将（源経房）が訪れ、中宮周辺のようすを話し、あなたも、

　まゐりて見給へ。あはれなりつる所のさまかな。台の前にうゑられたりける牡丹《ぼうた》などのをかしき事。

「参上なさい。しみじみとしたようすで、露台の前の牡丹など趣きがありますよ」とすすめました。

右のように、日本でも牡丹はまず寺院や貴族の邸宅の庭で栽培されています。
平安前期の漢和薬名辞書『本草和名《ほんぞうわみょう》』は牡丹の和名を「布加美久佐《（深見草）》、一名也末多知波奈《（山橘）》」とし、末期の『千載《せんざい》和歌集』には次の歌があります。

　人しれずおもふ心はふかみ草花開《さき》てこそ色にいでけれ　　賀茂重保

◎「牡丹ノ陰ニ獅子ノ戯《タハムレ》テ」

『詞花和歌集』の「春」の部には、崇徳天皇が牡丹を詠んだときに自分も詠んだという、関白藤原忠通の歌があります。

咲しよりちりはつるまでみしほどに花のもとにてはつかへにけり

白居易の「牡丹芳」詩がいうように、牡丹の花期は晩春〜初夏（季語は初夏）の二〇日間ほどなので、二十日草《はつかぐさ》の異名もつきました。中世の『曾我物語』では、庭の千草のなかに咲く深見草を見た兄の十郎が、弟の五郎に、

いかに咲くとも、二十日草、さかりも日数のあるなれば、花の命もかぎり有。あはれ、身にしる心かな。（巻七）

といって涙ぐんだりしています。前引の『蜻蛉日記』には、「花も一時」で「いと悲し」とすでにありましたが、日本では豪華な牡丹花にも、移ろいゆくものの姿を見ました。

塚本洋太郎『花の美術と歴史』（河出書房新社）によると、盛唐期には大智禅師（百丈懐海《ひゃくじょうえかい》）碑に牡丹・石榴《ざくろ》を配する唐草文様があり、牡丹をあしらう老子像もあります。日本で最も古い牡丹の絵は平安時代の木器（東寺蔵）で、鎌倉時代の蝶牡丹唐草文の手箱は、「大きな蝶に、金または青色のボタンの花がまざりあった」螺鈿蒔絵《らでんまきえ》で、「いかにも日本的な、すばらしい作品」だそうです。

織物では、護良親王の着用と伝える直垂《ひたたれ》の赤地錦蟹牡丹模様が、白・黄・桃色の花の間に緑色の葉を唐草状に配します。後醍醐天皇の子の大塔宮護良親王は鎌倉武家政権打倒に奔走し、倒幕後、天皇から征夷大将軍の宣旨を得て入京します。軍記物語『太平記』巻十二の「公家一

統政道事」は、「其《ソノ》行列、行装《カウサウ》尽《ツクセリ》二天下ノ壮観ヲ一」と述べるなかで、

宮ハ赤地《アカヂ》ノ錦ノ鎧直垂《ヨロヒヒタタレ》ニ、火威《ヒヲドシ》ノ鎧ノ裾金物《スソカナモノ》ニ、牡丹《ボタン》ノ陰《カゲ》ニ獅子《シシ》ノ戯《タハムレ》テ、前後左右ニ追《オヒ》合《アヒ》タルヲ、草摺長《クサズリナガ》ニ被《レ》レ召《メサ》、……

といいます。威風堂々の勝者の軍装を、牡丹と獅子が飾りました。

百花の王たる牡丹と百獣の王たる獅子の組合せは、能では『石橋《しゃっきょう》』に登場します。文殊菩薩の住むという清涼山（中国山西省の五台山の別称）で、菩薩に仕える霊獣の獅子が、全山の紅白の牡丹に戯れて勇壮豪華に舞います（歌舞伎舞踊にも『鏡獅子』など石橋物がある）。

『花壇地錦抄』の増補版として刊行された『増補地錦抄』に見えるボタンの図

獅子団乱旋《ししとらでん》の、舞楽の砌《みぎン》、獅子団乱旋の、舞楽の砌、牡丹の花房、匂ひ満ち満ち、大筋力《たいきんりきン》の、獅子頭、打てや囃《はや》せや、牡丹芳、牡丹芳、黄金《コオキン》の蘂《ずい》、現はれて、花に戯れ、枝に伏し転び、げにも上なき、獅子王の勢ひ、靡《なび》かぬ草木も、なき時なれや、万歳千秋《ばんぜいせんシウ》と、舞ひ納め、万歳千秋と、舞ひ納めて、獅子の座にこそ、直り

けれ。

日本では江戸時代に牡丹栽培が盛んとなり、元禄期の園芸書『花壇地錦抄』は三三九品種を記します。「牡丹」は初夏の季語で、蕪村（一七八三年没）には多くの名吟があります。

方《はう》百里雨雲よせぬぼたむ哉

牡丹散て打かさなりぬ二三片

桐

むらさきに燃え

桐（『訓蒙図彙』より）

◎白秋と賢治の〝桐の花〟

若き北原白秋（一八八五〜一九四二）は、一九一三年（大正二）刊の処女歌集を『桐の花』と題し、冒頭の小品を書きだします。

桐の花とカステラの時季となつた。私は何時《いつ》も桐の花が咲くと冷めたい吹笛《フルート》の哀音を思ひ出す。五月がきて東京の西洋料理店《レストラント》の階上にさはやかな夏帽子の淡青い麦稈《むぎわら》のにほひが染《し》みわたるころになると、妙にカステラが粉つぽく見えてくる。さうして若い客人のまへに食卓の上の薄いフラスコの水にちらつく桐の花の淡紫色とその暖味のある新しい黄色さとがよく調和して、晩春と初夏とのやはらかい気息のアレンヂメントをしみじみと感ぜしめる。……

（桐の花とカステラ）

短歌四四六首と小品六篇からなる同集は、「フランス印象派風の繊細鋭敏な感覚、官能への陶酔、頽唐味の濃い都会情調、異国情調、江戸趣味など」がまじりあって（『世界大百科事典』「桐の花」の項）、伝統詩形の短歌に新風を吹きこんだといわれました。

さしむかひ二人暮れゆく夏の日のかはたれの空に桐の匂へる

桐の花ことにかはゆき半玉の泣かまほしさに歩む雨かな

と、花にロマネスクの香がただよい、「桐の花ちるころ」とする歌は次のようです。

人妻のすこし汗ばみ乳をしぼる硝子杯《コップ》のふちのなつかしきかな

「人妻」は、姦通罪に問われて懊悩の日々を送ることとなる恋の相手でしょうか。白秋は「集のをはりに」に、「わが世は凡《すべ》て汚されたり、わが夢は凡て滅びむとす。わがわかき日も哀楽も遂には皐月《さつき》の薄紫の桐の花の如くにや消えはつべき」と言いそえます。

白秋より少し遅れて生まれた宮沢賢治（一八九六〜一九三三）は、南部桐の名で知られる桐材産地の岩手県（県花は桐）で生涯を送りました。詩「公子」に歌われる花は、都会の哀楽に匂うそれではなく、農村の大地にあって「むらさきに燃え」ています（別に「桐の花むらさきに燃え」で始まる異稿もある）。

桐群に蠟の花洽《み》ち
雲はいや夏を鋳そめぬ
熱はてし身をあざらけく
軟風のきみにかぐへる
しかもあれ師はいましめて
点竄の術得よといふ
桐の花むらさきに燃え
夏の雲遠くながるる

（文語詩稿壱百篇）

◎「むらさきに咲きたるは」

中国古代の儒教経典『礼記《らいき》』の「月令」は、季春（晩春）の自然を次のように述べます。

桐始めて華さき、田鼠《でんそ》化して鴽《じょ》と為《な》り、虹始めて見え、萍《うきくさ》始めて生ず。

また二十四節気をそれぞれ三分する七十二候（一年を七二分）では、右の「桐始華」を清明（三月節）の初候（現太陽暦の四月上旬後半頃）にあてます。七十二候で開花をあげているのは、他には啓蟄《けいちつ》（二月節）初候の「桃始華」だけです。中国の人々は春の花、それも桃と桐に、季節の進行を強く実感していたのでしょうか。なお日本では、「桐の花」は初夏の季語となっています。

日本では平安時代、清少納言が『枕草子』の「木の花は」に、桐の花・葉・伝説（鳳凰）・材（琴）の四点について述べています。

桐の木の花、むらさきに咲きたるはなほをかしきに、葉のひろごりざまぞ、うたてこちたけれど、こと木どもとひとしういふべきにもあらず。もろこしにことごとしき名つきたる鳥の、えりてこれにのみゐるらん、いみじう心ことなり。まいて琴に作りて、さまざまなる音《ね》のいでくるなどは、をかしなど世のつねにいふべくやはある、いみじうこそめでたけれ。

「①紫色の花はまことに心ひかれ、②葉の広がり方はひどく仰々しいが、他の木々と同じに論じるべきではない。③唐土では鳳凰（ことごとしき名つきたる鳥）は桐だけを選んですむと言われ、特別な感じがする。まして④桐材は琴に作り、さまざまな音色の出るのは、魅力的だと平凡に言う以上に申し分なくすばらしい」。――右の四点に基づいて、ここでは日本の桐文化と、その中国からの影響をみることにします。

まず花色の紫には、美しい色への感嘆以上のものが付加されています。中国で紫は漢代から高貴な色とされ、唐代には天子のいる正殿を紫宸殿と呼び、紫衣は五位以上の服としています。日本もそれに学び、『大宝令』の衣服令は二〜五位の諸王と二、三位の諸臣の色を赤紫、親王と右以上の諸臣は黒紫と定めます。次の『養老令』では、二、三位の諸王・諸臣が浅紫、親王と右以上の諸臣は深紫で、紫は天皇（白）と皇太子（黄丹《おうに》）以外の最高位の色でした。

この高貴な「紫」の花をつける桐と藤を、『源氏物語』はたくみに利用しています。皇居の後宮部分にあたる内裏五舎のうち、庭に植えられた木から、凝花《ぎょうか》舎は梅壺、飛香《ひぎょう》舎は藤壺、淑《し》景《げい》舎は桐壺、昭陽舎は梨壺と呼ばれました。紫式部は、帝《みかど》に寵愛されて源氏君（物語の主人公）を産む女性を、桐壺に住まわせて桐壺更衣と名づけます。また幼くして母に死なれた源氏君が、母の面影に似ることから恋い慕う重要な女性が藤壺女御であり、彼の生涯で最も大切な女性が紫上です。

『桐鳳凰図屛風』（部分）、桃山時代、林原美術館蔵

◎「和やかに鳳凰は鳴く」

中国最古の詩集『詩経』（大雅）の「巻阿《けんあ》」詩は、周代の「王の出遊に際して歌われためでたい頌徳の歌」と目加田誠訳にあり、その一節は「梧桐」に鳳凰が来鳴くといいます。

鳳凰鳴矣　鳳凰は鳴く
于彼高岡　高き岡の辺
梧桐生矣　梧桐は生うる
于彼朝陽　朝日照る岡
菶菶萋萋　萋々《せいせい》とその葉茂り
雝雝喈喈　和《なご》やかに鳳凰は鳴く

朝日照る岡に来る鳳凰は伝説上の霊鳥で（鳳＝雄、凰＝雌）、祖霊と祥瑞の性格を合わせもつ天下泰平の瑞徴とされます。また、『荘子』外篇の秋水篇は、荘子の言として、夫れ鵷雛《えんすう》は南海より発して北海に飛ぶ。梧桐に非ざれば止《とど》まらず。

と記し、鵷雛は鳳凰の一種といわれます。

右の二例は、鳳凰の止まる木を「梧桐」としており、これはアオギリ（青桐）です。キリとアオギリは科が異なり、次のような植物です。

キリ　ゴマノハグサ科（ノウゼンカズラ科とも）の落葉樹で生長が速く、高さ一〇～一五メートル、幹の直径は四〇～五〇センチ。中国原産で古く日本に入ったといわれ、本州や九州の一部には自生群落がある。樹皮は白っぽく平滑、葉は大型で軟毛が密生し、葉柄が長く対生する。五、六月、多数の両性花が枝端に円錐状の花房をつくり、花冠は長さ五、六センチの筒状鐘形で淡紫色、果実は長さ三、四センチの蒴果で、種子は多数（木材の用途は後述）。

アオギリ　アオギリ科の落葉樹で生長が速く、高さ一〇～一五メートル、直径三〇～六〇センチ。中国原産で、日本には葉裏に毛のないケナシアオギリが自生する。緑色の樹皮は平滑だが、老木には灰白色の横縞が多数できる。直立した幹に輪状に出た枝が階段状をなし、小枝は太く、大型の葉が枝先に集まって互生する。六、七月、黄緑色の小さな雄花・雌花の混生する大型の円錐花序を枝端に生じ、果実は袋果。街路樹としてよく植えられ、材質は比較的軽軟で狂いやすい。耐久性も低いので特別な用途はない。樹皮は強靱で縄にし、その粘性物質は和紙原料となる。

生駒等寿筆『幔幕図屏風』(部分)、江戸時代、醍醐寺蔵　秀吉の醍醐の花見に題材をとったもので、五七の桐を描く

類似点もある右の二種は、しばしば同一視ないし混用されました。八重樫良暉《よしてる》氏の『桐と人生』(明玄書房)に訳出されている宋の陳翥《ちんしょ》の『桐譜』は、諸例をあげて「このように『詩経』や『書経』に、あるときは桐といい、あるときは梧といい、また梧桐というが、これらはみな同じ」だと述べています。

鳳凰は竹の実だけを食べると中国では伝え、日本の平安時代には天皇の衣服に桐竹鳳凰の模様が描かれました。『続日本後記《しょくにほんこうき》』の天長一〇年(八三三)一一月一六日の記事には、大嘗祭の悠紀《ゆき》殿・主基《すき》殿に立てる標山《しめ》のうち、

悠紀則□(慶)山□(之)上栽二梧桐一。両鳳集二其上一。

「悠紀殿の標山には梧桐を植えて二羽の鳳がその上に集う」とあり、梧桐と鳳凰が瑞祥とされています。桐は竹、鎌倉時代になると菊とともに皇室で最高の文様とされ、足利尊氏や豊臣秀吉は、桐の紋章を皇室から与えられました(秀吉は「五七の桐」の紋を用い、太閤桐という)。

今日の桐と鳳凰の図柄では、花札の一二月の役札(桐。二〇点)がよく知られ、結婚式など

めでたいときには、留袖の和服や帯に桐と鳳凰をよく見かけます。

◎「伐りて琴瑟とせむ」

『詩経』鄘《よう》風の「定之方中」詩は、前七世紀の「衛の文公をほめる歌」だそうです。

定之方中　定星のま南にかがやく時
作于楚宮　楚の丘に宮居作る
揆之以日　日景揆《かげはか》りて方位を定め
作于楚宮　楚の丘に宮居作る
樹之榛栗　榛《はしばみ》・栗・椅《あやき》・桐
椅桐梓漆　梓・漆をここに樹《う》え
爰伐琴瑟　やがては伐りて琴瑟とせむ

（目加田誠訳）

と最初に歌われ、桐などが古くから栽培され、琴瑟の材料にされているとわかります（中国では琴《きん》は七弦琴、瑟《しつ》は大琴）。孔子は琴を好み、儒教では「琴を左に書を右にして楽しむ」といい、琴は君子・貴人の楽器でした。

『万葉集』には、大伴淡等《おおとものたびと》（旅人）が藤原房前《ふささき》に琴を贈った際の書状があり、「梧桐の日本琴《やまとごと》一面対馬の結石山《ゆひしやま》の孫枝《ひこえ》なり」とまず記します（日本琴＝和琴《わごん》。桐材を伐り出した結石山は対馬の上島にあり標高一八三メートル）。ついで桐の身になりかわり、「朽ちはてると思っていたのが運よく良い匠《たくみ》に伐られて小琴となり、君子の貴方の傍に置いてください」等々と記して、歌を添えます。これに対する房前の返書は、

言《こと》問《と》はぬ木にもありとも我が背子《せこ》が手馴《たな》れのみ琴地に置かめやも　（八一二）

「もの言わぬ木でも、貴方の扱いなれた琴を粗末にするものですか」と応じています。正倉院に伝存する琴・和琴・箏（日本でいう琴）など諸種の弦楽器には桐材を用いたものがあり、また百数十面の伎楽面《ぎがくめん》の約三分の一は桐製だそうです。

桐材は軽く、細工しやすく、温かで軟らかな質感があり、さまざまな用途に用いました。『枕草子』なども記す火桶の多くは桐製で、江戸前期の貝原益軒は『大和本草』（三・炭火）に次のように説明します。

古我邦ニ桐火桶アリ、今モ其製アリ、真鍮ニテマルク小爐ヲ作、其外ニ桐ノ木ヲクリタルヲ室トシテ入、其フタニモ桐ヲ用ヒ穴ヲヒラキ、フタノウラヲ真鍮ニテハル、其小爐ニ炭火ヲ入レ、寒キ時客ニ与ヘテ手ヲ令ㇾ温、主人モ別ニ用テ客ニ対シテ手ヲアブル、

西鶴の『好色一代男』（巻三の四）には、「桐の引下駄」が出てきます。今日も柾目《まさめ》の桐下駄は高級品です。木工製品の刳物《くりもの》にもよく使われます。産地により桐の材質は異なり、「会津桐は杢目に変化があって美しく、また硬く〝銀が出る〟と通称される輝きがある。南部桐は杢目

赤坂桐畑（安藤広重『名所江戸百景』より）

が揃っていて、工作上適切な軟質で加工に最適」だそうです（『桐と人生』所引の女子美大教授故福岡縫太郎の言葉）。桐の大鋸屑《おがくず》と糊を練って作る人形は桐塑《とうそ》と呼ばれます（命名は紙塑人形の創始者鹿児島寿蔵）。

なお、防水のためにかつては油紙《あぶらがみ》や雨合羽《あまがっぱ》などに用いた桐油は、キリではなくアブラギリ（油桐。トウダイグサ科）の種子の油です。

◎〝一葉落ちて天下の秋〟

箪笥《たんす》への桐材使用は江戸時代で、今日も主要な材料です。小泉和子氏は『箪笥』（法政大学出版局）に、「収納家具の素材として、まさに適材」である桐の特徴をあげており、ごく簡単に紹介してみることとします。

○淡黄色の木肌が上品で美しいこと、軽いこと、軟らかいこと――取扱いや加工に便利。桐材は発泡スチロールのような組織で、気乾比重（含水率一五％）は〇・一九～〇・四〇。

○収縮率がたいへん小さいこと――乾燥してしまえば狂いや割れが少なく（とくに柾目）、精密に製作できる。

○熱伝導率が低いこと――火鉢などにするのは、手が触れても容易に熱くならないから。

○水を吸いにくい、すなわち吸湿・吸水性が悪いから湿気が容器内に入りにくい（水をかけておけば燃えないというのは間違い)。
○国産樹中もっとも生長が速い――ニホンギリは肥培すると六、七年で胸高直径で二〇～三〇センチになり(杉・松の三〇年ほどに相当)、娘が生まれたときに桐を植えれば嫁入り箪笥にできるといわれるほど。またやせた土地に栽培でき、農作物に不適な礫質土壌などが適地。
なお「桐のうちでも、会津、南部、新潟、山形、秋田などの寒冷地の、しかも畠の桐より山の桐の方が」良質で、「材質が緻密で、軽く、年輪が細かく、春秋材の境目がはっきりしていて光沢がよい」そうです。

柳田国男は岩手県遠野地方に伝わる話を佐々木喜善から聞いて、『遠野物語』(一九一〇年)にまとめました。「白望《しらみ》の山」(白見山。標高一一七二メートル)の霊威を語る箇所は述べます。

此山の大さは測るべからず。五月に萱を苅りに行くとき、遠く望めば桐の花の咲き満ちたる山あり。恰も紫の雲のたなびけるが如し。されども終に其あたりに近づくこと能はず。

深山に群生する桐の例はなく、桃源郷ならぬ桐源郷的なイメージは、南部桐産地の人々こそが想像し描きうるものでしょう。

ところで最後になりましたが、清少納言が「葉の広がりはひどく仰々しい」というように、桐や梧桐の葉は大きく、よく茂ります。それだけに落葉も人の心をひき、

秋庭は掃《はら》はず藤杖に携《たづさ》はり
閑《しづ》かに梧桐の黄葉を踏みて行《ある》く

と唐の白居易は「晩秋閑居」詩にいい、菅原道真の「葉落ちて庭の柯《えだ》空しきを賦す」詩も、

葉は晩風を逐《お》ひて従ふ
詎《なん》ぞ見む桐の鳳《おほとり》を棲《す》ましむるを

「落葉は夕風に吹かれて動き、桐に鳳凰が棲むなどと思えるだろうか」と詠みます。

その落莫たる情景をまたず、わずか一葉の木を離れるさまに秋の兆しを見る心も生まれ、「桐一葉」は初秋の季語とされました。「一葉」の言葉をさかのぼると、前漢の劉安《りゅうあん》編『淮南《えなん》子《じ》』に「見㆓一葉落㆒、知㆓歳之将㆒㆑暮」、後の李子卿『秋虫譜』に「一葉落兮天地秋」などとあり、『書言故事』が「一葉知㆑秋」の注に「一葉者、梧桐也」とするそうです。また「一葉落ちて天下の秋を知る」は衰亡の兆しのたとえで、坪内逍遥は大坂落城へと歩む豊臣氏（桐の紋）の命運や片桐且元の孤忠を描く戯曲を、『桐一葉』と題しました。

我宿の淋しさおもへ桐一葉　　芭蕉

鮎

香魚さ走《ばし》る

年魚（『訓蒙図彙』より）

◎吉野の〝魚影〟

天智天皇の同母弟の大海人《おおあま》皇子は、皇太子となっていましたが、病床の天皇が子の大友皇子を後継者にしたいと考えていることを察し、出家を願い出て、吉野に入りました（六七一年）。天皇はやがて近江大津宮で没し、当時の政情を諷した童謡《わざうた》（児童に歌わせたという）に、次の歌謡があったと伝えます。

み吉野《えしの》の　吉野《えしの》の鮎《あゆ》　鮎《あゆ》こそは　島傍《しまへ》も良《え》き　え苦《くる》しゑ　水葱《なぎ》の下《もと》　芹《せり》の下《もと》　吾《あれ》は苦《くる》しゑ

（『日本書紀』）

この歌について、高木市之助『吉野の鮎』（一九四〇年発表。全集第五巻所収）は述べています。

……語句を適宜還元して大意を要約するならば、「吉野川の鮎こそは島辺の芹や水葱の蔭に棲んでいるのもけっこうだろうが、人間の私はこんな山奥の吉野川のほとりに蟄居していては苦しくてたまらない」という意味になるであろう。してみればこの一首に諷喩されているものは大海人皇子が天智天皇の御本心を察して、吉野に遁れ入り給うた御心境に対する、時人の同情にほかならぬのである。

大海人皇子は翌年挙兵して近江朝を倒し（壬申《じんしん》の乱）、天武天皇となりました。

右の童謡は、本来は農漁民の民謡ともみられ、また吉野川の川漁は記紀の神武天皇伝説に出

ます。大和平定の兵を進める神武天皇が、

吉野《よしの》河の河尻に到りましし時、筌《うへ》を作《ふ》せて魚《うを》を取る人有り。（『古事記』）

水《かは》に縁《そ》ひて西《にしのかた》に行きたまふに及びて、亦梁《やな》を作《う》ちて取魚《すなどり》する者有り。（『日本書紀』）

とあり、漁者は「贄物《にへもつ》の子」と名乗り、記紀は彼を「阿陀《あだ》（阿太）の鵜養《うかひ》（養鸕部）の祖」とします。

筌《うけ》（筌《うえ》とも）は水中に仕掛ける筒型の漁具、梁《やな》（簗）は川水をせき止めてその一ヵ所に簀《す》を張って魚を取る仕掛け、「贄物」の贄《にえ》は神や首長に供える土地の魚鳥果実などの食物です。「阿陀」は吉野川沿いの阿陁《あだ》郷（五条市東部）の地で、記紀成立の頃には朝廷に属する鵜養部《うかいべ》が置かれていたのでしょうか。彼らの梁漁を詠みこんだ歌が、『万葉集』にあります。

安太人《あだひと》の梁《やな》打渡す瀬を速み心は思《おも》へど直《ただ》に逢はぬかも（二六九九）

天武朝を継いだ持統天皇（天武の皇后で天智の娘）は、内乱への出発点など、思い出深い吉野に三〇回以上も行幸しています。従った柿本人麻呂の長歌は、その吉野宮を讃え、山の神は天皇への貢物に春の花、秋の紅葉を飾り、川の神は天皇の食事に仕えようと、

……　上つ瀬に　鵜川を立ち　下つ瀬に　小網《さで》さしわたす　……（三八）

と、鵜飼漁や小網（すくい網）漁を詠みこみます。

吉野宮のあった所は、平城京以前の掘立柱建物等の遺構のある宮滝遺跡（吉野町）と考えら

れています。吉野川北岸の同遺跡は、縄文～弥生時代からの複合遺跡で、人々が古くから、長い期間にわたって生活していたことがわかります。古代政治史上の大動乱に魚影を映す「吉野の鮎」は、最たる川の幸でもあったでしょう。後に大宰府長官時代の大伴旅人《おおとものたびと》は、「吉野の離《と》宮《みや》を遥かに思ひて」歌います。

隼人《はやひと》の瀬戸の巌《いはほ》も年魚《あゆ》走る吉野の滝になほしかずけり　（九六〇）

◎春くれば「鮎子《あゆこ》さ走る」

鮎の釣りは、神功皇后伝説に登場します。仲哀天皇は熊襲《くまそ》征討の途次、宝の国（新羅）を授けるとの住吉大神の神託を疑って筑紫で急死し、次の神託は、皇后の胎内にある子（応神天皇）に宝の国を授けるというものでした。『日本書紀』によると皇后は夏四月、肥前松浦県《まつらのあがた》の玉嶋里《たましまのさと》（佐賀県玉島町付近）で針を曲げて鉤《ち》（釣針）とし、飯粒《いいぼ》を餌、裳《みも》の糸を釣糸にし、鉤を投げて占います。

「朕《われ》、西《にしのかた》、財《たから》の国を求めむと欲《おもほ》す。若《も》し事を成すことあらば、河の魚《いを》鉤《ち》飲《く》へ」とのたまふ。因《よ》りて竿《さを》を挙《あ》げて、乃《すなは》ち細鱗魚《あゆ》を獲《え》つ。

すなわち鮎がかかったのです。以来、この国の女は毎年四月上旬に玉島川で「年魚《あゆ》」を釣り、男は釣っても魚はかからないといいます（中国でナマズを指す「鮎」字を日本でアユとするのは、

八月枯鮎（『日本山海名物図会』より）　産卵のため川を下るさびアユを、流れをせき止めて捕らえる方法を記す

この魚占いによるとの説がある）。

アユは本州・四国・九州のほか、北海道南西部、朝鮮半島、中国南部、台湾南部に分布します。サケ・マス類のように背びれの後方にあぶらびれがあり、分類では一般に一種単独のアユ科アユ属の魚とされます（異説もある）。秋に川の上流から中・下流に下って川底の砂礫に一ミリ前後の卵を産み、卵は水温一五度では約一五日で孵化して体長約七ミリ、二日以内に海に下って、動物性プランクトンを食べて成長します。

やがて春、六、七センチになった稚アユは川を上りはじめ、五、六月には一〇センチほどになります。『万葉集』には、先の神功皇后伝説をふまえ、「松浦川に遊ぶ序」に始まる一連の歌があり、

春されば我家《わぎへ》の里の川門《かはと》にはあゆこ《鮎子》さ走《ばし》る君待ちがてに　（八五九）
わかゆ《若鮎》釣る松浦の川の川なみのなみにし思《も》はば我《われ》恋ひめやも　（八五八）

の二首は、遡上の姿をとらえています。昆虫を餌とした稚アユは、櫛状の歯の発達で「水あか」（石に着くケイ藻、ラン藻）を食べるようになり、水あかの豊富な石の多い場所を占有しようと、「縄張り」をつくって成長し、体長三〇センチになるものもあります。

日の短くなりだす初秋、鮎は成熟し、産卵場所へと下りはじめます。下りアユ（落ちアユ）は産卵間近には黒ずみ、腹部に赤色が出、雄は「追星《おいぼし》」と呼ぶ突起を生じ、体表はざらざらします（さびアユ）。産卵がすむと約一年の生涯を閉じますが、低水温での生息や、餌不足で成熟不十分だと、越年アユ（古瀬《ふるせ》とも）になることもあります。なお俳句では、「若鮎」を晩春、「鮎」「鵜飼」を夏、「落鮎」を仲秋の季語としています。

琵琶湖などには陸封のアユがすみ、湖に入る川の河口で産卵します。湖で成長しますが一〇センチ以上にはならず、小アユといいます。

◎「西川より奉れる鮎」

鮎は古くから「年魚」と書きます。平安時代の『和名類聚抄《わみょうるいじゅうしょう》』は「崔禹食経云」として、
貌似㆑鱒而小、有㆓白皮㆒無㆑鱗、春生、夏長、秋衰、冬死、故名㆓年魚㆒也。

鮎の生涯は一年だから「年魚」と名づける、と説明しています。

鮎には独特の香りがあり、餌の水あかによるといいます。日本でも記す「香魚」の表記は、『大漢和辞典』に「鮎の漢名」とあり、『甌江逸志』は「香魚、細鱗不レ腥、春初生、月長一寸、至二冬月一長尺余、則赴二潮際一生レ卵」と生態を記すそうです。宮地伝三郎『アユの話』（岩波新書）は、「本草学の書物では、細鱗魚・銀口魚・渓鰛（谷川のいわし）などと書くが、それぞれアユの特徴をよく捉えた命名」と述べます。

『香魚蒔絵盆』桃山時代頃、東京国立博物館蔵

ところで女房言葉（女官の使う独特な用語）で鰯《いわし》は「おむら」だそうです。「紫《むらさき》」の略で、紫は藍《あい》より濃い＝鰯は鮎（アイとも発音）よりうまい、の意です。鈴木晋一氏の『たべもの史話』（小学館ライブラリー）は、季節には毎日献上されていた桂川《かつら》の鮎が、応仁・文明の乱後は宮廷の衰微で食べられなくなり、女房たちが負けおしみに鰯のほうがいいと使いはじめたと「邪推したくなる」と楽しんでいます。

平安時代の故実書『西宮記』（巻一五）は、埴河《はに》と葛野河《かどの》（上桂川と下桂川）は「禁河」で、「夏供レ鮎」とします。桂川（大堰川《おおい》）は左右の衛《え》門府《もんふ》が管理して一般の漁獲を禁じ、宮中に鮎を供しました。また『源氏物語』は、

いと暑き日、東《ひむがし》の釣殿《つりどの》に出でたまひて涼みたまふ。中将の君もさぶらひたまふ。親しき殿上人《てんじやうびと》あまたさぶらひて、西川《にしがは》より奉れる鮎、近き川のいしぶしやうのもの、御前《おまへ》にて調《てう》じまゐらす。（常夏）

と、六条院（源氏の邸宅）の釣殿での納涼に、桂川（西川）の鮎や賀茂川などの鰍《かじか》（石伏《いしぶし》）などを、源氏君の前で調理して供したと述べます。

桂川では鵜飼が行われ、同書は源氏の「桂殿」での饗応に「鵜飼ども」を召集したと述べ（松風）、明石上の住む大堰の山荘から見える漁火《いさりび》に、夜漁の情趣を伝えます。

いと木《こ》繁き中より、篝火《かがりび》どもの影の、遣水《やりみづ》の蛍に見えまがふもをかし。（薄雲）

『延喜式《えんぎしき》』は、平安時代の各国からの鮎の貢納を記します。煮塩・煮乾・火乾・塩漬の鮎は塩蔵・乾燥品、都に近い伊賀・近江の「塩塗年魚」は薄塩のようで、塩漬説もある「押年魚」は乾燥品だそうです（押鮎は『土佐日記』に正月用として出る）。「鮨年魚《すし》」や子（卵）持ちの「内《こ》子《もり》鮨年魚」は、鮎を飯で漬けた強臭のある熟《な》れ鮨で、室町時代の料理書『四条流庖丁書』は「スシノ事、鮎ヲ本トスベシ」とさえいいます（『たべもの史話』）。吉野の下市《しもいち》町には、「弥助鮨」で知られる鮎の熟れ鮨があります。

山城・近江からの「氷魚《ひうお》」は、まだ半透明な二、三センチの稚鮎で、鮮魚です。氷魚は万葉歌（三八三九）にも出ます。なお鮎のはらわたの塩辛「うるか」は、文献では室町時代に出ます。

◎鵜飼いと友釣

ペリカン目ウ科の鳥は三一種といわれます。日本で鵜飼いに使うのは日本近海特産のウミウ（海鵜）、世界に広く分布するカワウ（川鵜）、の二種で、両種とも留鳥または漂鳥です。

ウミウは候鳥で、本州の外洋に臨む海岸に越冬し、捕獲は難しいそうです（一九九一年一一月二五日の朝日新聞は「鵜飼、〝求鳥難〟に?」と題し、捕獲が唯一認められている茨城県大王町でのようすを報道）。しかしカワウより漁獲が多く、多数のウがチームをつくって捕魚する長良川などの深い大川では、二歳未満のウミウをならして、ふつう一五～二〇年間飼育します。カワウはならしやすく、内湾や湖沼で繁殖するので入手しやすく、かつては多数のウを使う放ち鵜飼いなどに使いました。東北日本では、越年飼育の煩わしさと経費を省くため、漁期が終わると放してしまう地方もありました。

漢字「鵜」は中国ではペリカンで、ウは「鸕鷀《ろじ》」、鵜飼いは「魚鷹」だそうで、今もカワウを使って漁をしています。唐代初期の史書『隋書』は、日本の鵜飼いを「倭国伝」に、

小さい環を鵜のくびにかけ、水に入って魚を捕えさせ、日に百余頭は得られる。

（石原道博訳）

と伝えます。ウは大食で巧みに潜水して魚をくわえ、浮上して飲みこみます。そこで頸部の下端をしばり、大きい魚が食道にたまったのを、もどさせます。

記紀の久米歌《くめうた》が「鵜養《うかい》が伴《とも》」と歌うように、鵜飼いの漁師は古くから活躍しています。鵜は、もちろん他の魚も捕まえますが、漁師にはなんといっても美味で高級な鮎が魅力です。

こもりくの　泊瀬《はつせ》の川の　上《かみ》つ瀬に　鵜を八《や》つ潜《かづ》け　下《しも》つ瀬に　鵜を八つ潜け　上つ瀬の　年魚《あゆ》を食はしめ　下つ瀬の　鮎を食はしめ　麗《くは》し妹《いも》に　鮎を惜しみ　投ぐるさの　遠ざかり居て　……（三三三〇）

と万葉歌にあります。初瀬川（奈良県桜井市）で、漁師が上の瀬でも下の瀬でも八羽の鵜を使って鮎を捕らせ、その鮎を惜しんで妻には与えぬうちに死に、……と嘆く歌です（「投ぐるさ」は「遠ざかる」の枕詞で「さ」は矢の古語といわれ、矢や槍で鮎をとる漁法があっての用語か、といわれる）。放ち鵜飼いのようで、鵜飼いを生業とする者にとっては、鮎は一匹でも貴重（妻にもやれぬほど）でした。

梁漁、網漁、筌の設置など、さまざまな鮎漁があり、「友釣《ともづり》」は縄張りをつくる鮎の習性を利用した漁法です。鮎は自分の縄張りに近づく他の鮎を、追い出そうと攻撃します。そこで糸をつけた囮《おとり》の鮎に掛け針をつけて泳がせ、囮鮎を見つけて体当りしてくる鮎が掛け針にかかったのを、釣りあげます。川那部浩哉氏は『アユの博物誌』(写真＝桜井淳。平凡社)に、友釣は「今でこそ日本中に拡まっているものの、京都近辺でいえば、丹後半島の宇川には第二次大戦直前まで知られず、由良川でも大正時代にはじめて知ったと言う」と述べます。氏はまた江戸時代の『本朝食鑑』に、「洛(京都)の八瀬の里人、馬の尾の長きを以てこれ(鮎)を結び止め、澗水《かんすい》に投じ、岸畔《がんばん》草苔《そうたい》の間に臨んで鮎を繋ぐ。よくこれを捕ふる者は一日に五六十頭をう」とあるのは友釣のことか、気になる記述だと指摘しています。

◎名産から放流へ

文政一一年(一八二八)成立の『新編武蔵風土記稿』は、多摩川沿岸各村の記事に、

多磨川ニテ夏ノ間ハ鮎ヲトリ、是等ヲモチテ生業ノ資ヲナス、尤モ其分ニ応シテ運上銭ヲ収ム。

などと記します(引用は三田領・川井村＝青梅市の例)。水野祐氏の「多摩川鮎漁史考」(『立川市史研究』第四、第六冊)によると、鮎漁場は支流の秋川・浅川も含めて二二ヵ所です。「将軍家の御用鮎」の「役が沿岸諸村には課され」ており、文政三年序の『武蔵名勝図会』巻五「玉川打魚」は、

公へ奉る鮎は鸕鷀《うのとり》を以て捕らず。網を以て漁し、その生を破らざるを第一とし、これを生

簀に養ひて、御用のとき日を違へずに奉る。その魚は大ならず、小ならず、五寸有余を定格として、……

と網漁、活魚使用等を伝えます。また巻十の秋川「五日市村」辺の「渓鰮魚《あゆ》」は、多摩川との合流点の「拝島辺にて鵜を使ふとは異なり、夜陰に火を焚きて鵜を使ふ」と述べます。

さらに天保五年（一八三四）刊『江戸名所図会』三之巻の「多摩川」は、

鮎を以ってこの川の名産とす。故に初夏の頃より晩秋の頃まで、都下の人遠きを厭《いと》はずしてこゝに来り遊猟せり。

と記し、その「玉川猟鮎《たまがはあゆかり》」図は釣る人、網を打つ人、漁具の「もじ」（返しのない筌）を扱う人などを描きます（安斎忠雄『多摩川中流域の漁撈具』〔立川市教育委員会〕は漁法、漁具等を写真・図版で解説）。また「代太橋」（世田谷区代田）の図は、多くの鮎籠を天秤棒でかつぎ、鮮度の落ちぬうちにと急ぎ運ぶ人々を描きます。大都市江戸の市民に、鮎は季節の嬉しい味覚でした。

江戸が東京となって明治三一年（一八九八）八月の『風俗画報』一七〇号は、「多摩川の鮎漁」を納涼にいかがと案内し、カラーで鵜飼いの図を載せます。川のなかで二人が網を引いて魚の行く手をさえぎり、一人の鵜匠の使う紐で繋いだ二羽の鵜が、網の手前で魚を捕ります。舟には乗らない徒歩《かち》鵜飼いで、客は舟上で見物したり、食べたりしています。多摩川のこうした観光の鵜飼いは、昭和一〇年（一九三五）頃まで見られました。

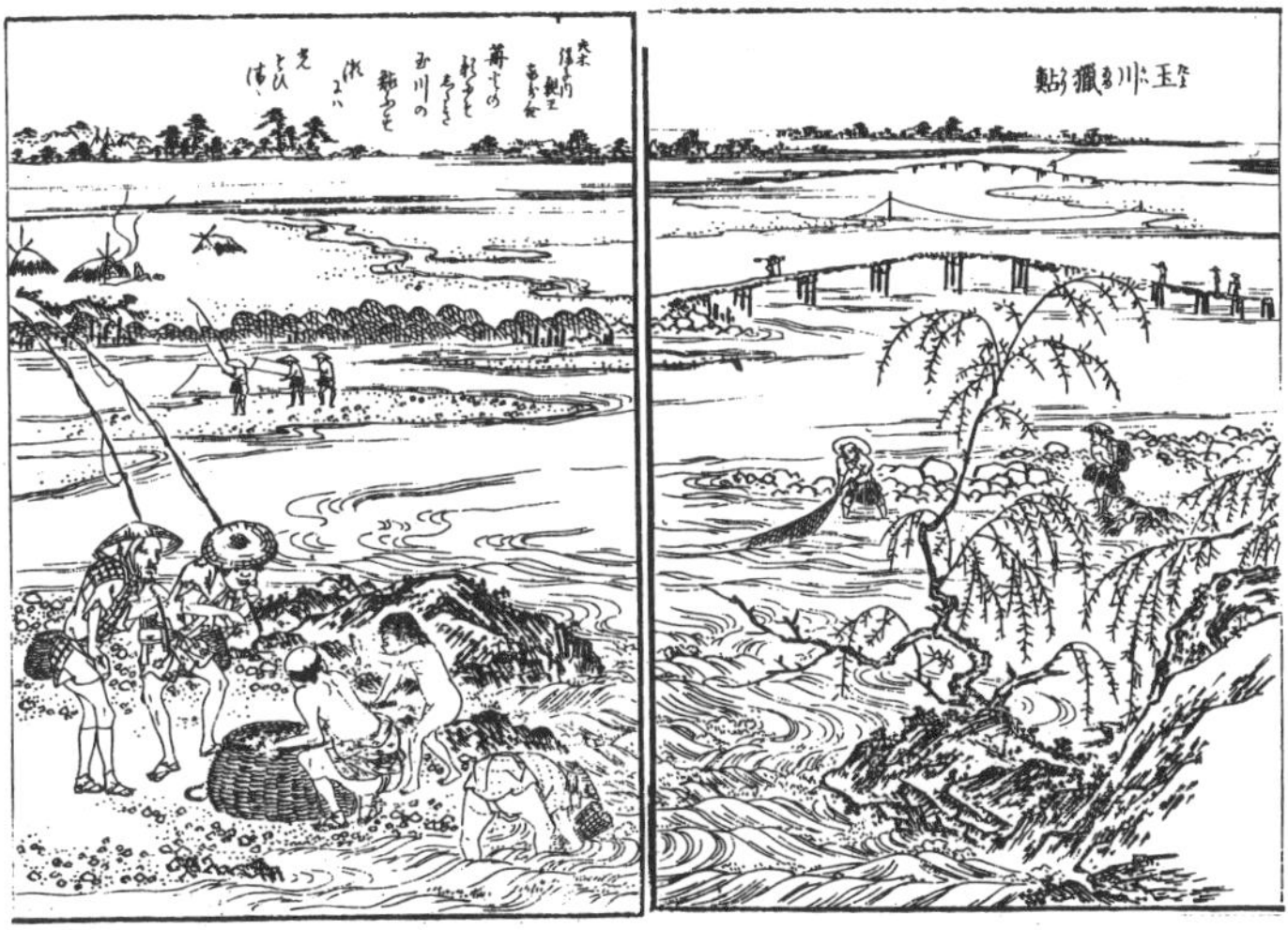

（上）玉川猟鮎（『江戸名所図会』より）
（下）代太橋（『江戸名所図会』より）

今も鵜飼いを行うのは、観光によって支えられる長良川など、数川のみです。しかし可児弘明氏『鵜飼』（中公新書）によると、北は雫石《しずくいし》（岩手県）・角館《かくのだて》（秋田県）から南は人吉《ひとよし》（熊本県）まで、かつて鵜飼いをした土地は全国一五〇ヵ所に及び、本来は漁が目的でした。

琵琶湖の小アユ（先述）を川へ放流すると大きくなるのでは、——と考えたのは石川千代松博士で、大正二年（一九一三）に三〇〇尾を青梅《おうめ》市の多摩川河畔で放流しました（柳淵橋近くに「若鮎碑」が建つ）。やがて河川産のように大きく成長しているとわかり、同一三年には三万六〇〇〇尾を放流し、本格的になります。

海産鮎の放流実験場も多摩川で、石川の発案により昭和一二年に小田原の海産稚アユを青梅の万年橋付近で放流しました。今の多摩川・秋川の鮎漁はすべて放流です（浅川は鮎漁をしない）。全国の河川でも盛んに放流され、釣り人の期待に応えています。

現代の多くの川は、ダムをはじめいくつもの堰堤で分断され、下流は汚染され、魚の遡行は困難です。上流への放流は人間の知恵ですが、海と渓谷の間を回遊する鮎の生態は、自然と時の長い流れのなかで適応してきた姿であることも、忘れたくないものです。

山の色釣り上げし鮎に動くかな　　原　石鼎

薔薇

永《と》久《わ》にあせぬ

薔薇（『訓蒙図彙』より）

◎牧歌的なギリシア世界で

愛と美の女神といえばビーナス。ビーナスはローマ神話のウェヌスの英語読みです。ウェヌスは菜園を守る小女神でしたが、ギリシア神話のアフロディテと同一視されるようになりました。通称「ミロのビーナス」もエーゲ海に浮かぶギリシア領ミロス島で、一八二〇年に発見されたアフロディテ像です。この恋多きオリュンポスの女神には、美青年アドニスとの間に、薔薇のエピソードがあります。

アドニスの美しさにうたれたアフロディテは、冥府《めいふ》の女神ペルセフォネと彼を奪いあい、最高神ゼウスの裁定で、アドニスは一年のうち四ヵ月をアフロディテと地上で、四ヵ月をペルセフォネと冥界で、そして残りの四ヵ月は自由に、暮らすように決められます。アフロディテは、彼と野山を駆けめぐって狩りを楽しんでいましたが、ある日「お前の若さや美しさも獅子や猪には通じない」と戒めて、白鳥のひく二輪車で大空へと去りました。けれどもアドニスはその言葉を無視し、猪をねらって槍を投げたのです。しかし急所をはずし、逆に猪の牙にかかって倒れます。空の彼方で恋人の呻き声を聞いた女神は引き返しますが、彼は息絶えていました。物語は、彼の血潮からアネモネが、嘆き悲しむアフロディテの涙から薔薇が生じたと伝え、それは赤い花であるともいいます。

ボッティチェリ『ビーナスの誕生』1485年頃、ウフィツィ美術館蔵
西風ゼフュロスが、春の息吹と薔薇の花びらを吹き付けて祝福する

二世紀頃の作家ロンゴスが、エーゲ海東部のレスボス島の青春を牧歌的に讃えた小説『ダフニスとクロエ』にも、薔薇が登場します。初めてキスをされたダフニスは、「いったいクロエーの口づけが、ぼくにどういうしわざを及ぼしたんだろう。唇はばらの花よりさわやかに口は蜜蠟よりも甘いものを……」（松平千秋訳）とつぶやきます。薔薇の花壇を荒らされる話もあり、薔薇は栽培されていました。

前六世紀の詩人サッフォーは、「薔薇こそは花の中の花」と歌いました。また呉茂一選・訳の『ギリシア詞華集』は、作者不明の次の詩を掲げます（「そうび」は「薔薇」の音読み）。

薄紅《うすあけ》の　花そうびとも
　なりたしや、
手ずからとりて、

雪をなす
君が胸わに　飾りたもうと

薔薇はなによりもまず、愛と美のイメージにふさわしいものでした。

◎香りに魅せられた人々

エーゲ海地方には前三〇〇〇年頃、①六〇以上のピンクの花弁がキャベツ状をなすローザ・センティフォリア、②赤やピンクの多数の花弁が散房状につき、芳香の強いダマスクバラ、③上向きに咲く濃いピンクや深紅のローザ・ガリカ、などの薔薇があったといわれます。クレタ島はエーゲ文明を代表するミノス文明の花開いた島で、クノッソスの新宮殿の時代（前一七〇〇～前一四〇〇年）、その壁画に植物では百合、アネモネ、サフランなどとともに薔薇が描かれ、②や③とみられています。ほかに④薄紅色～桃色の一重花で西アジア～ヨーロッパに分布するローザ・カニナ、⑤つる性で濃厚な香りの白色花が散房花序に一〇～三〇個ついて一日で散り、北アフリカ～南ヨーロッパに野生するローザ・モスカータもありました。

前述の『ダフニスとクロエ』の舞台でもあるレスボス島に生まれたテオフラストス（前三七二頃～前二八八頃）は、その『植物誌』（大槻真一郎・月川和雄訳）に、まずいいます。

バラには花弁の多寡、粗さと滑らかさ、色の美しさ、香りのよさという点において多くの

（六巻六章）

相違がある。

ついで、多くは花弁が五枚だが、一〇枚、二〇枚のもの、「百弁花」と呼ばれるものもあり、それらはピリッポイ付近に生え、人々は「パンガイオス山からそのバラを採ってきて植えている」。色や香りは生育地で異なり、同じ土地でも香りには差があり、「最も香りのよいのがキュレネのバラで、そのため、それから採れる香水も最も甘い香りがする」。種子からも発芽するが、生長が遅いので茎を挿木し、「枝先を焼いたり、刈りこんだりすると、より優れた花をつけ」、しばしば「移植も行わなければならない」が、こうして「バラはより美しくなるといわれる」。「野生のものは枝でも葉でも栽培種よりざらざらしており、さらに花はより色が淡く、より小さい」。——などと、美しく香りのよい花への期待、その産地、栽培方法と、当時の薔薇への関心の深さがわかります。

エジプトの女王クレオパトラ（前六九〜三〇）は、床に三〇センチも薔薇の花を敷きつめたと伝えます。ギリシアやローマでは、宴会のたびに薔薇の花をさし、花びらをまきました。薔薇は香りで人を魅了し、香料としても高く評価されました。薔薇を蒸溜して得た香水は浴場に入れたり、化粧に使いました。王侯貴族の間で珍重された薔薇水や薔薇油は、前述の『植物誌』やプリニウスの『博物誌』（七七年完成）がふれており、トロイア戦争の時代に「バラ油はすでに発見されていた」（一三巻）と、プリニウスは記します。薔薇水の製法は、半開の花を蒸溜し、蒸気を冷やして凝縮します。薔薇油はそれを再蒸溜して得た上層の精油で、生花四トンから約一キロとれるそうです。品種により香りが異なり、ダマスクバラなどから現在もとられています。

現代の薔薇は、バラ科バラ属 *Rosa* の低木やつる性植物から育成作出されたものです。バラ属には約二〇〇種の野生種があり、北半球の亜寒帯から熱帯山地に分布します。園芸品種は一万以上あり、それらは、ルネサンス期以降におもにアジア各地からヨーロッパに導入されて、品種改良の原種となったり、ヨーロッパ在来種と交雑したりして、数々の新系統がつくり出された結果によるものです。

◎イスラムと中国では

『千夜一夜物語（アラビアン・ナイト）』は、美女を月や薔薇にたとえています。イラン最大の民族叙事詩、フィルドゥーシーの『王書《シャー・ナーメ》』（一〇一〇年完成）のザールの巻は、主人公を産む後宮の美女を「頬は薔薇色」と形容します。同じくイランの詩人サーディーは、代表作を『薔《グリ》薇園《スターン》』（一二五八年作）と題しました。イスラム世界の薔薇のうち、先述のローザ・ガリカは七世紀のイスラム教徒のヨーロッパ侵入で、ダマスクバラは一六世紀に、小アジアからヨーロッパに入ります。またイラン、イラク、アフガニスタン原産のローザ・フォエティダは一五四二年頃ヨーロッパに導入され、後に現在のバラの黄色・かば色・朱色や、花弁の表裏変色の花の原種となったそうです。

中国の薔薇で著名なのはコウシンバラです。棘《とげ》が少なく、花は八重または半八重、桃色ないし深紅色で、白色もまれにあります。特徴は四季咲性で、月に一度咲く意から月季花、また長春花の美称もこのゆえです。一八世紀以降にヨーロッパに入って、現代の四季咲性バラの原種となりました。ほかに白色や淡ピンクのローザ・オドラータ、乳白色か黄色のローザ・ギガンテア、小輪で白色か黄色のモッコウバラも、同様に品種改良の原種となります。

明《みん》初の叢書『説郛《せっぷ》』に収める『賈氏説林《かしせつりん》』には、漢の武帝と美姫麗娟《れいけん》との薔薇問答がありますす。二人が薔薇を見たら、花が初めて開き、武帝が「この花は佳人の笑《え》みに勝る」というと、麗娟が戯れて「(花は買えるが)笑いは買えますすか」と返答します。武帝ができるというと彼女は黄金一〇〇斤をさしだし、「一日中お歓び下さい」といいました。「薔薇」の別名「買笑」は麗娟に始まるという逸話です。

清《しん》代の小説『紅楼夢《こうろうむ》』第六五回では、「三の姫さま(探春)のあだ名は玫瑰《はまなす》さん」と言って理由を問われます。「玫瑰の花は赤くっていいにおいがいたしましょう、だれだってあれを好かない者はございませんが、なにぶん刺《とげ》があって手を刺されかねません……」(伊藤漱平訳)、と答えています。ハマナスは日本にも自生する薔薇の仲間です。薔薇に棘《とげ》はつきもので、薔薇を愛した詩人L・M・リルケ（一九二六年没）も、薔薇の棘からの化膿がもとで生命を落とします。一方、薔薇には薬効があり、ハマナスの乾燥花は生薬《しょうやく》の玫瑰花《まいかいか》で下痢止めや月経過多に、ノイバラの果実は営実《えいじつ》という生薬名で下剤・利尿剤として、古くから用いられています。

◎平安貴族は邸宅の庭に

日本に自生するバラは、北海道から九州まで見られるノイバラのほか、テリハノイバラ、フジイバラ、モリイバラ、ヤブイバラ（ニオイバラ）と近似のミヤコイバラ、ヤマイバラが白色花、高山のオオタカネバラと変種のタカネバラが紅色、サンショウバラが淡紅色で、これら約一〇種が各地に野生し、ハマナス（ハマナシ）も鳥取・茨城県以北の海岸砂地に生えています。「いばら」はノイバラ（野茨）など棘のある低木をさす言葉で、「ばら」の呼称はこれによるとされます。「いばら」の古語は「うばら」、その東国方言が「うまら」で、『万葉集』に、

道の辺の茨《うまら》の末《うれ》に延《は》ほ豆のからまる君をはかれか行かむ　丈部鳥《はせべのとり》（四三五二）

と詠む防人《さきもり》の歌の「うまら」は、薔薇だろうといわれます。平安中期、曾禰好忠《そねのよしただ》の『曾丹集《そたん》』には、

懐しく手には折ねど山賤《しず》の垣ねのうばら花咲にけり

があり、野茨類は民家の生垣《いけがき》に用いていました。

薔薇《ばら》は中国風に音読みで「しょうび」「そうび」と読み、平安初期には菅原道真の漢詩「薔《しょう》薇《び》」が、『菅家文草』巻五に登場します（なお白居易に「薔薇の架《たな》に題する詩」があるとのこと）。

一《おな》じ種《くさ》　薔薇の架《たな》
芳《かむば》しき花　次第に開《さ》く
色は膏雨《かうふ》に追《したが》ひて染《そま》る
香は景風を趁《お》ひて来る
数《しばしば》詩人の筆《ふむで》を動《うごか》す
頻《しきり》に酔客《すいかく》の杯《さかづき》を傾《かたぶ》けしむ
愛し看《み》て腸《はらわた》断たむとす
日落つるまで廻《かへ》らむことを言はず

（川口久雄校注書）

『古今和歌集』にある紀貫之《きのつらゆき》の物名《もののな》歌にも、

われは今朝《けさ》初《うひ》にぞ見つる花の色をあだなるものといふべかりけり

と、一、二句の間に「さうひ（薔薇《そうび》）」を隠し詠んだ歌があります。音読みされることから、梅や菊のように中国から渡来したコウシンバラか、といわれています。

『源氏物語』賢木《さかき》の巻は、頭中将の邸宅で詩などを作りあう場に、「階《はし》のもとの薔薇《さうび》けしきばかり咲きて」と、ほんのわずかの薔薇が、春秋の花の盛りよりもしめやかに趣きあるさまを述

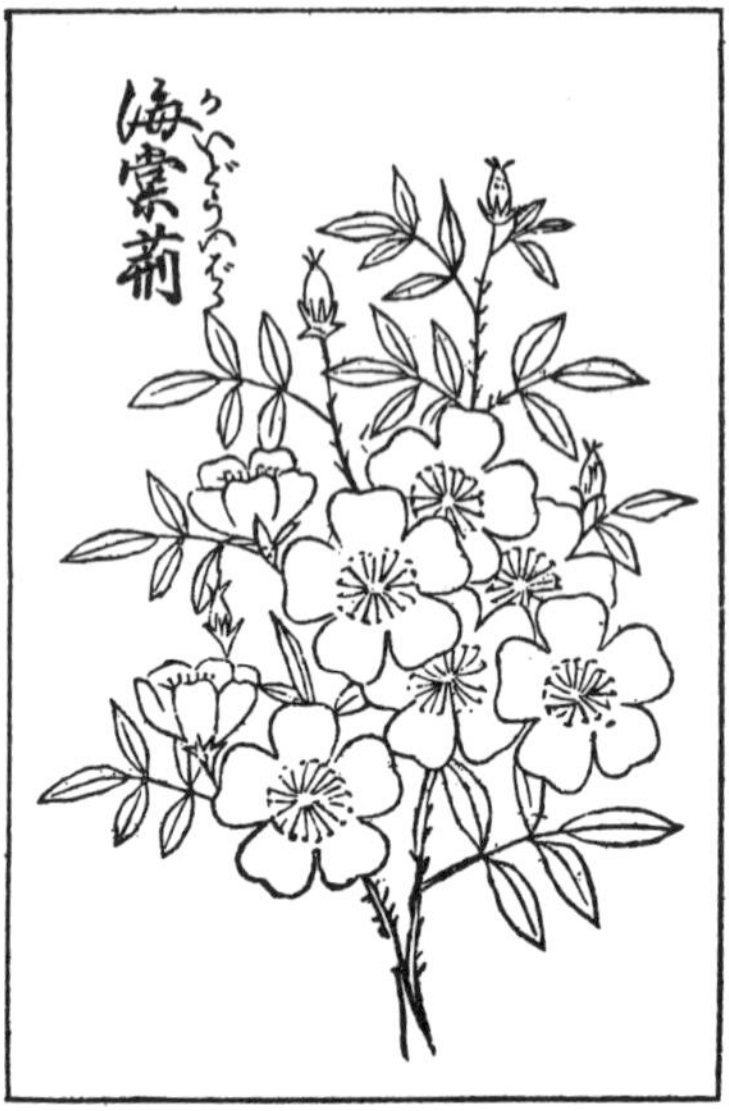

『花壇地錦抄』の続編『広益地錦抄』
に見える海棠莿（ノイバラ）の図

べます。また少女《おとめ》の巻には、源氏の邸宅である六条院が新築されての庭造りに、山里風の卯花《うのはな》垣をこしらえ、「昔覚ゆる花たちばな、なでしこ、薔薇《さうび》、くたになどやうの花、くさぐさを植ゑて」とあり、薔薇は平安貴族の夏の庭園を彩っていました。薔薇は『枕草子』『栄華物語』『源平盛衰記』にも出、鎌倉初期の歌人藤原定家の日記『明月記』には「長春花」（コウシンバラ）が記されます。

平安時代にはまた、伊勢国からの調（税の一種）として「薔薇《シャウビ》綾四疋」が、『延喜式』（主計上）に記されていて、薔薇の花色が色名となっています。さらに、公家社会の美意識によって選定された衣服や紙の色などの組合せを、「襲《かさね》（重）の色目《いろめ》」といいますが、「薔薇《そうび》」は夏の色目の一つで、表が紅、裏が紫の組合せとなっています。

平和な世となった江戸時代には園芸ブームが起こり、園芸書が出版されます。水野元勝の『花壇綱目』（一六六四年成）には長春花が見え、元禄時代になると伊藤伊兵衛が『花壇地錦《かだんちきん》抄《しょう》』（一六九五年刊）で、夏木の「荊棘《いばら》のるい」に一三品種をあげ、花色や大輪・中輪などの大きさ、一重・八重の違いを記します。四季咲のコウシンバラは長春、白長春、猩々《しょうじょう》長春の三種類です。貝原益軒の『大和本草』（一七〇九年刊）も薔薇をとりあげ、「牡丹《ぼたん》イハラ」すなわち外来の先述ローザ・センティフォリアが顔を出しています。日本の薔薇は、ヨーロッパで「ノイバラの多花性と強健性、テリハノイバラのつる性と耐寒性、ハマナスの美しさなどが近代の品種改良におおいに貢献」（『世界大百科事典』「バラ」の項）しました。なお季語としては、「薔薇」「茨の花」は初夏とされています。

◎象徴とヨーロッパ世界

シェークスピアの作品には、薔薇が七〇ヵ所に出るそうです。イギリス人は薔薇を愛し、多くの花言葉にしました。花＝愛、一重＝単純、白＝私は貴方にふさわしい、黄＝愛の衰え、赤と白＝結合、赤い蕾《つぼみ》＝清らかに美しい、白い蕾＝少女、葉＝望みをもってよい、……。

薔薇の「愛」には俗と聖の面があります。赤い薔薇は美と愛欲の象徴で、愛欲は大地の豊饒性と生命力を神格化した地母神のもの。先述のアフロディテもセム系の豊穣神アスタルテに起源し、キプロスを経てギリシアに入ったと考えられ、その愛にはこうした意味が含まれます。また愛は花のようにはかなく、時を逃さぬ性的快楽の追求には、ラテン語で「薔薇を摘め《カルペ・ロサス》」という詩的表現があるそうです。

キリスト教では、白薔薇は聖母マリアの純潔と霊的な愛を象徴します。ダンテの『神曲』の最終場面は、巨大な一輪の白薔薇のビジョンとなります。カトリック教会の祈り「ロザリオ」の原語はラテン語 rosarium で、「薔薇で編まれた花冠」の意です。これは「ロザリオ」における一五の「主の祈り」と一五〇のアベ・マリアを唱えての祈りを、花輪になぞらえたことによるとのことです（『世界大百科事典』「ロザリオ」の項による）。また、中世ゴシック建築の聖堂は、薔薇窓が美しい光を投じ、宗教的世界のアレゴリーが意匠されます。

一一世紀末からの十字軍遠征では、薔薇の紋章使用が流行しました。ルネサンス期には、薔薇はボッティチェリの絵などで図像学的に多様な意味を表します。一七世紀のドイツに興った薔薇十字団は、古代キリスト教（十字）とルネサンス魔術（薔薇）の総合をめざす精神運動でした。昔話によるJ・コクトーの映画『美女と野獣』は、末娘への土産に、父親が薔薇を摘んだ瞬間、異次元的世界となって野獣を出現させます。そのほか、象徴としての薔薇は、じつに多様で、多義的です。

イギリスの薔薇戦争（一四五五～八五）は、ヨーク家派が紅薔薇、ランカスター家派が白薔薇を標識にして王位を争ったことによる呼称といいます。実際には紅薔薇のほうは標識とはされていず、争いに終止符を打って成立したチューダー朝が紅白の薔薇を紋章としたそうです。

（上）ジャン・ルイ・ビジュール『マルメゾンのナポレオンとジョゼフィーヌ』19世紀、マルメゾン宮殿蔵
（下）ルドゥーテ『薔薇図譜』の中の一図

同朝の女王エリザベス一世（一五三三～一六〇三）は薔薇を愛し、王室の象徴、さらにイギリス、とくにイングランドの国花のような位置を薔薇は占めます。

フランスの薔薇では、ナポレオンの最初の妻ジョゼフィーヌがパリ郊外のマルメゾン宮殿の庭に、薔薇をはじめ多くの植物を集めました。植物画家ルドゥーテ（一七五九～一八四〇）がそれらを描き、地方や外国の薔薇を求め、自分でも栽培し、『薔薇図譜』（一八一七～二四年刊）には一六九点が精細に描かれています。N・デポルトはパリのバガテールの薔薇園で品種改良を進め、その一八二九年のカタログには二五六二品種が載るそうです。

多くの品種改良者が現在も情熱を傾けて華麗な薔薇の美を追求し、私たちは恩恵に浴しています。薔薇は世界で最もファンの多い花の一つで、イギリスの推理作家R・ヒルは『薔薇は死を夢見る』（原題はDeadheads）で、現代の薔薇をストーリー展開のイメージに次々と用いています。全三〇章の各冒頭のエピグラフは、たとえば第一部1章「禍い」では、「ハイブリッド・ティー系――花は赤色および淡紅色で甘い香り。庭での栽培に適するが、黒斑病に感染しやすい」（嵯峨静江訳）といった具合で、薔薇好きを楽しませてくれます。

ドイツやフランスでは、薔薇祭を行います。ゲーテの詩で知られる、少年の想いを託した『野ばら』は各地で歌われ、シューベルトなど一五四もの曲があったそうです。

愁ひつつ岡にのぼれば花いばら　　蕪村

蟻

寓話世界の賢者

蟻（『訓蒙図彙』より）

◎中国・戦国時代の寓話

群雄割拠の中国の戦国時代には、多くの思想家が輩出し、後に諸子百家といわれます。なかでも法家《ほうか》の韓非《かんぴ》（前二三四年頃没）は君主による厳格な法治を説き、中国史上初の統一帝国を実現した秦の始皇帝（前二一〇年没）も、大きな影響を受けたと伝えます。その言説集『韓非子』（後学の作も含む）には、蟻の寓話があります。

○老子は「易しいうちに難しくなってからを考え、小さなうちに大きくなってからを考えて為す」といった。すなわち、

千丈の堤は螻蟻《ろうぎ》の穴を以て潰《つい》え、百尺の室は突隙《とつげき》の烟《けむり》を以て焚《や》く。

「高さ千丈の堤も小さな蟻の穴から水が浸透して崩れ、高さ百尺の家も煙突のわずかな隙間からの熱い煙りで燃えてしまう」。だから治水の大家白圭は堤の蟻の穴をふさぎ、老翁は煙突の隙間を塗った。何事も容易なうちに手をうち、小事に気をつければ大事に至らない。（喩老）

○斉の桓公の孤竹国征伐に従った管仲と隰朋《しゅうほう》は、道に迷ったとき、管仲が「老馬の知恵を用いよう」と馬を放し、その馬について行くとついに道に出た。また山中で水のないとき、隰朋が次のようにいい、水を得た。

蟻は冬は山の陽《みなみ》、夏は山の陰《きた》に居り、蟻壌（蟻塚）が高さ一寸ならその下一仞（八尺）に水がある。

聖人・知者の二人は、老馬や蟻を師とすることをはばからない。現今、自分は愚かなのに聖人の知を師としないのは誤りだ。（説林上）

○昔の聖人は「山につまずかず蟻塚につまずく」といっている。山は大きいので用心するが、蟻塚は小さいから軽視する。もし刑罰を軽くすれば民は必ず軽くみる。罪を犯しても罰しなければ国をあげてすてることであり、罰すれば民のために落し穴をつくることになる。だから軽罪は民の蟻塚だ。つまり軽罪は国を乱すか民の落し穴をつくるかであり、それは民をそこなうものである。（六反）

儒教の経典『礼記《らいき》』の学記篇は、国の大学での学問は一年、三年、五年、七年の各段階を経て、九年でようやく大成することを述べ、

記に曰《いわ》く、蛾子《ぎし》時に之を術《まな》ぶと。其《そ》れ此《これ》の謂《いい》か。

と加えます（蛾はここではアリ）。「記」は古書のことで、「蛾術《ぎじゅつ》」とは、「小さい蟻が大きい蟻の所為に習って絶えず土を運んで終に垤《アリツカ》を成すやうに、人も聖賢の教に服習して大成すべきをいふ」（『大漢和辞典』）ことだそうです。

著名な兵法書『孫子』は、前五世紀頃の呉の孫武の著とされますが、実際は戦国初期（前四

世紀）の書か、とみられています。謀攻篇は「攻城の法」を記すなかで、戦闘が始まり、
　之に蟻附し、士を殺すこと三分の一にて、城抜けざるは、此れ攻の災《わざわい》也。
と、敵の城に兵士が密集して攻めることを、蟻の食物に群れ付くさまにたとえます。
戦国後期の楚の歌謡『楚辞』は、死んで肉体を遊離した魂よ早く都に帰れと歌う「招魂」に、西方の辺土の恐ろしさは「沙漠が千里　雷淵に捲きこまれれば　バラバラに身が砕けてやまぬぞよ」「幸いに逃げ出しても　あたりは果てない荒野じゃぞよ」とおどし、
　象のような赤蟻や　瓢簞《ひさご》のような黒蜂が居ろうぞよ　　（目加田誠訳）
と、荒野に巨大蟻の恐怖を幻想しています。

◎クロナガアリの〝知恵〟

旧約聖書の『箴言《しんげん》』は、知者ソロモン（前九二八年頃没のイスラエルの王）の手になるとされますが、実際はヘレニズム時代の著作とみられている第六章に、次の言葉が載ります。

　なまけ者よ、ありのところへ行き、そのすることを見て、知恵を得よ。ありは、かしらなく、つかさなく、王もないが、夏のうちに食物をそなえ、刈入れの時に、かてを集める。

（六～八）

また三六章も、「この地上に、小さいけれども、非常に賢いものが四つある」として、まず

「ありは力のない種類だが、その食糧を夏のうちに備える」（二五）といいます。

前六世紀にギリシアのイソップ（アイソポス）が作ったという『イソップ物語』には、夏に小麦や大麦を拾い集める蟻に冷淡だった甲虫《かぶとむし》や蟬が、冬には蟻に食物を乞う話があります。また蟬のいない北フランスやイギリスでは、これは蟻と螽蟖《きりぎりす》の話となっています（蟻は昔は人間で、農業をしていたが、自分で働いて得るだけでは満足せず、隣人の果実も盗むのでゼウスが蟻に変えた。しかし姿は変わっても心は変わらず、今も畑をはいまわり、他人の小麦や大麦を集めて蓄えている、との話もある）。

蟻の唱歌（明治26年の「小学唱歌」）

美しい姿の蝶や蜻蛉《とんぼ》、声を聞かせる蟬や蟋蟀《こおろぎ》などに比べると、蟻はいわば地味な昆虫でしょう。しかしその姿は、人間の目には、勤勉、知恵者と古くから映じていました。

太平洋戦争の敗戦直後に旧制小田原中学校の生物教師だった久保田政雄氏は、学校の裏山でクロナガアリの巣を掘り、それがアリ研究四〇年の出発点となったと『ありとあらゆるアリの話』（第一出版センター）に述べます。季節は秋、「日あたりのよい空地では、クロナガアリがせっせと草の実を運んで」いました。苦労して掘りおえた穴の深さは四メートルもあり、「巣の底に近づくにつれて、四方に広がった巣穴にびっしり草の実が貯えられて」、氏には「わずか五ミリぐらいの小さな虫が、こんなに深く巣を掘っているとは驚き」でした（五メートルまでの例は珍しくなく、二メートルでも下に水があればストップするとのこと。蟻の穴から堤が崩れるとか、蟻塚の下八尺には水があるとか、先に述べた『韓非子』の記述が思いうかぶ）。

幼虫はこの草の実（種子）を食べて成長し、草の実は貯蔵中は発芽しません。取り出してまくと芽を出します。これは①日光のささない暗い場所で空気にもあまりふれない、②地中だから一年中ほぼ安定した低温、であること、のほか、③アリが放出する揮発性物質のフェロモンが「発芽抑制作用を持っている」らしく、「人間の穀物貯蔵技術より、よっぽど優れていそうだ」と氏はいいます。なおクロナガアリは、東北地方中部以南から九州のほか、朝鮮半島、中国にも生息します。四、五月頃の羽アリの婚姻飛行以外は春・夏も巣口を閉ざし、巣外活動は秋から初冬だそうです。

◎〝アリ社会〟をのぞく

アリとハチは膜翅《まくし》目の昆虫で、アリ類（アリ科。一三亜科に分類）は世界に約一万種が、環境に適応してさまざまな生活をしています。

二三〇〇年以上も前、ギリシアの哲学者アリストテレスは、動物には群集性、単独性、その両方を兼ねるものがあるといい、さらに、

社会的動物というのはその全員の仕事が或る一つの、そして共通なものになる場合で、群集性のもののすべてがこういうことをするわけではない。そういう社会的動物はヒト、ミツバチ、スズメバチ、アリ、ツルである。

（島崎三郎訳）

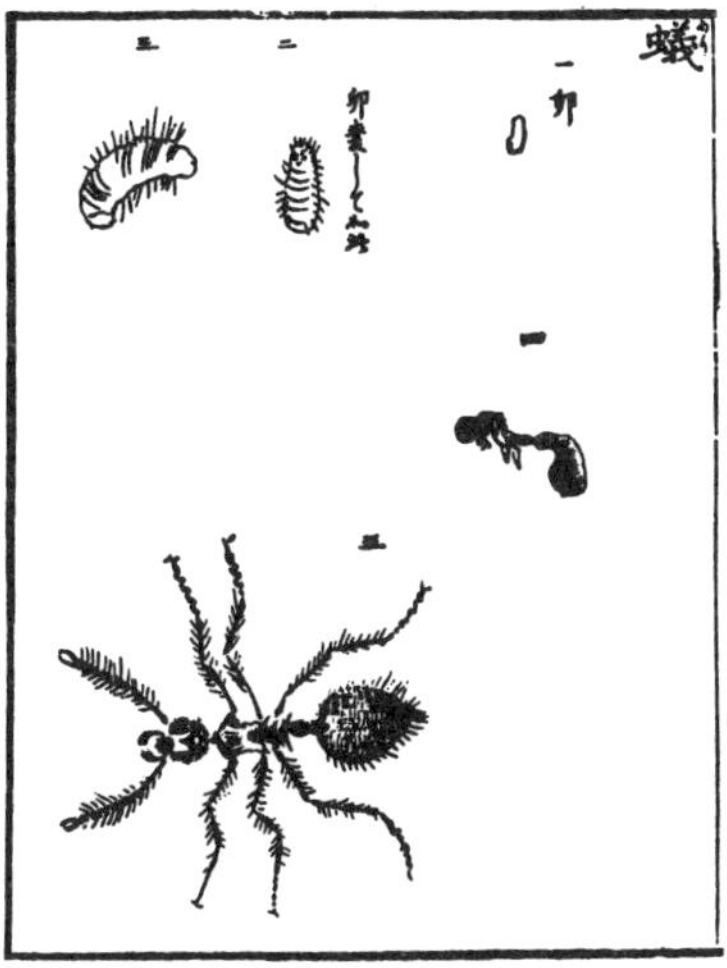

江戸時代に顕微鏡を用いて描いた蟻の発生過程の図（『紅毛雑話』より）

と『動物誌』（一巻一章）に記しました。現代の生物学はアリ類を、ミツバチ、スズメバチなど集団性ハチ類の一部、シロアリ類（シロアリ目の昆虫。アリ類とは異なる。世界に二〇五〇種、日本に一六種）とともに、カースト制によってコロニー（集団）を維持している点から、社会性昆虫ととくにいいます。

アリ社会は原則的に、雌（女王）アリを中心に雄アリ、働きアリの三カーストです。一

般に雌アリは最も大きく、寿命も一〇年以上のものがあり、雄アリは無精卵から発生して体細胞の染色体は雌性の半数です。働きアリは無翅で、雌性ですが発育不全で成虫となるので体は小さく、寿命は一、二年です（働きアリに大・小二型のある種では大型を兵アリという）。アミメアリには雌アリ階級がなく、働きアリの産卵で繁殖します。アリ類は卵→幼虫→蛹→成虫の完全変態で、繭をつくる種もあります。

繁栄するコロニーでは、毎年ほぼ一定時期に羽アリ（有翅の雄アリ、雌アリ）が生まれ、婚姻飛行による交尾の後、雌アリは翅を落として小さな隙間にかくれ、新コロニーをつくります。少数の卵を産卵し、女王アリはかえった幼虫を唾液で育て、何匹かの働きアリが生まれて働きだすと、女王アリは巣内労働をやめ、産卵に専念します。働きアリは巣外の食物集め、卵や幼虫や女王アリの世話、巣づくり、巣の防衛などを行い、多少の分業があるそうです。多くの種では、働きアリは嗉嚢《そのう》にためた食物を仲間に口移しに分け与え、仲間を巣の匂いで区別し、分泌するフェロモンや身振りなどで情報を伝達するなど、コロニーは整然と維持されていきます。

一コロニーの働きアリは、日本産クビレハリアリが約二〇匹、クロヤマアリ数千匹、エゾアカヤマアリ数万匹です。ときには動けない牛馬も食い殺すアフリカ産サスライアリなどは、数百万匹にもなります。働きアリの体長は二〜一〇ミリくらいが多く、コツノアリは一ミリ、東南アジア産のギガスオオアリなどは三〇ミリのものもいるそうです。なお種により、毒針があったり、尾端から蟻酸《ぎさん》を放出する雌アリや働きアリがおり、攻撃や防御に用います。

◎日本のアリたち寸見

日本産のアリのいくつかを、『世界大百科事典』などの記述に見てみました（体長は働きアリの長さを記す）。

トビイロケアリ　体長三〜四ミリ。日本で最も普通に見られ、北アフリカ、ヨーロッパ、アジアの温・亜寒帯、北米に分布。巣は土中より樹木の根元の腐朽部や湿った朽木中に多く、アブラムシの排出液や花蜜を集め、室内の砂糖などに群らがり、小型昆虫も食べる。行列して活動し、通路の一部をおがくず状の木や土でトンネル状にし、なかでアブラムシ類を飼養することもある。女王アリは春期に数千個の卵を出産。羽アリは七、八月頃の日没前後に飛びだし、灯火に飛来。

エゾアカヤマアリ　体長五〜八ミリ。日本では北海道から本州中部に生息し、シベリア東部、中国東北部、朝鮮半島に分布。本州中部では標高一四〇〇〜一八〇〇メートルのカラマツ林にすみ、地中の巣の上に高さ五〇センチほどの蟻塚をつくる。日本産で蟻塚をつくる唯一のアリで、その蟻塚は枯葉を重ねているので空気層が多く、断熱性がよくて夏も涼しく、幼虫には好環境。一家族一塚のほか、いくつかの塚を往来して全体が一家族と見える例があり、約二〇キ

蟻除けのまじない。蟻の通路の柱に「蟻一升十六文」と書いて貼っておく俗習は、明治頃まで残っていた

ロに広がる北海道石狩湾岸のスーパーコロニーは世界最大とのこと。長野県では缶詰食品に加工する。

クロオオアリ　体長七〜一三ミリ。日本産では最も大型の部。北海道中部から九州におり、人家周辺で普通に見られる。シベリア東部、中国東北部、朝鮮半島に分布。日当りよく乾いた土地に地下一メートル以上に達する巣をつくり、アブラムシの排出液や花蜜を集め、昆虫なども食べる。五月頃の穏やかな好天の午後に行う婚姻飛行は、数県の広範囲でいっせいに起こる。

クロヤマアリ　体長五、六ミリ。日本では北海道から九州におり、人家周辺でも普通に見られる。シベリア東部、サハリン、中国、朝鮮半島と、台湾の山地にも生息。本州中部では、標高一五〇〇メートル付近からは、別種のヤマクロヤマアリ分布域となり、動物垂直分布の明瞭な例とされる。日当りのよい地の地下三メートルに達する巣もあり、おもに昼間活動し、小動物を巣に運ぶほか、アブラムシの排出液、花蜜も集める。婚姻飛行は七月頃の日中。

サムライアリ　体長五、六ミリ。本州、四国、九州、朝鮮半島に分布。初夏の日中の婚姻飛行後、雌アリはクロヤマアリの巣をさがして侵入し、大あご（大腮《だいさい》）で女王アリをかみ殺す。数日後、クロヤマアリの働きアリはサムライアリの女王（雌）アリに仕え、以後はサムライアリのみが産まれる。サムライアリの働きアリは食物を集めたり幼虫を育てる労働力を欠き、奴隷狩りで労働力を補充する。すなわち夏の日中、数百匹が隊列をなして繰り出し、クロヤマアリの巣から幼虫や繭を奪って持ち帰り、それから成虫になったクロヤマアリが、サムライアリに一生奉仕する。巣はクロヤマアリがつくり、まったく同じ巣になる。

なお、アリが植物体の一部にすみ、共生関係にあると見られる植物をアリ植物といい、熱帯地方に多くみられます（代償に植物体が外敵から保護されているというが、確かめられていない）。

◎「蟻と蟻うなづきあひて」

日本の蟻はまず、平安初期の仏教説話集『日本霊異記』に出ます。

○紀伊の狭屋《さや》寺で、奈良薬師寺の禅師を招いて法要があり、文忌寸《ふみのいみき》の妻も寺に詣でた。妻が出かけたことを知って怒った夫は寺に行き、仏の道を説く禅師に向かって「お前は俺の妻を犯したな」などとわめき、妻を連れ帰って犯した。すると「卒爾《にはか》に閉《まら》に蟻著《つ》きて嚙《か》み」、痛がって死んでしまった。……

（中巻・一一）

○紀伊の貴志寺に一人の優婆塞《うばそく》（在家信者）がいたが、ある夜「痛い〳〵」と老人のうめくような声を聞いた。旅の者が病気で宿っているのかと建物を見回ったが、誰もいない。塔建立の用材が腐って放置されており、この木の霊かと疑った。声は夜ごとに聞こえ、ある夜明け、ものすごいうめき声がし、弥勒《みろく》菩薩像の首が大蟻千匹ほどにかみ砕かれて落ちていた。……

（下巻・二八）

平安中期の紀貫之《きのつらゆき》は紀伊国から帰る途中、馬がにわかに病となり、死にそうになったと伝えます。道ゆく人から、土地の蟻通《ありとおし》明神にとがめられたのだと聞いて、

かき曇りあやめも知らぬ大空にありとほしをば思ふべしやは

と詠むと、馬はなおったといいます（『貫之集』）。この話は諸書がとりあげ（世阿弥の能にも『蟻通《ありどおし》』がある）、『枕草子』は明神の名の由来を、次のように説明しています。

唐土《もろこし》の帝《みかど》が日本の帝に出した難題の一つが、内部を曲りくねった細い穴の通る玉《たま》に緒を通せというものでした。老人嫌いの日本の帝は、かねて棄老令を出していましたが、ひそかに両親をかくまっていた中将が、両親から「緒を結んだ細糸を蟻にゆわえて穴に入れ、もう一方の穴の口に蜜を塗れ」と教わります。そのとおりにすると、蜜に誘われた蟻が糸を通し、老いた親の知恵で難題が解決したことを知った帝は、老人が都に住むのを許します。その後老父が蟻通明神に祀られた、という筋で、小さな蟻にも価値があるとのインド伝来の説話だそうです。

この話を記す清少納言はまた「虫は」の段に、

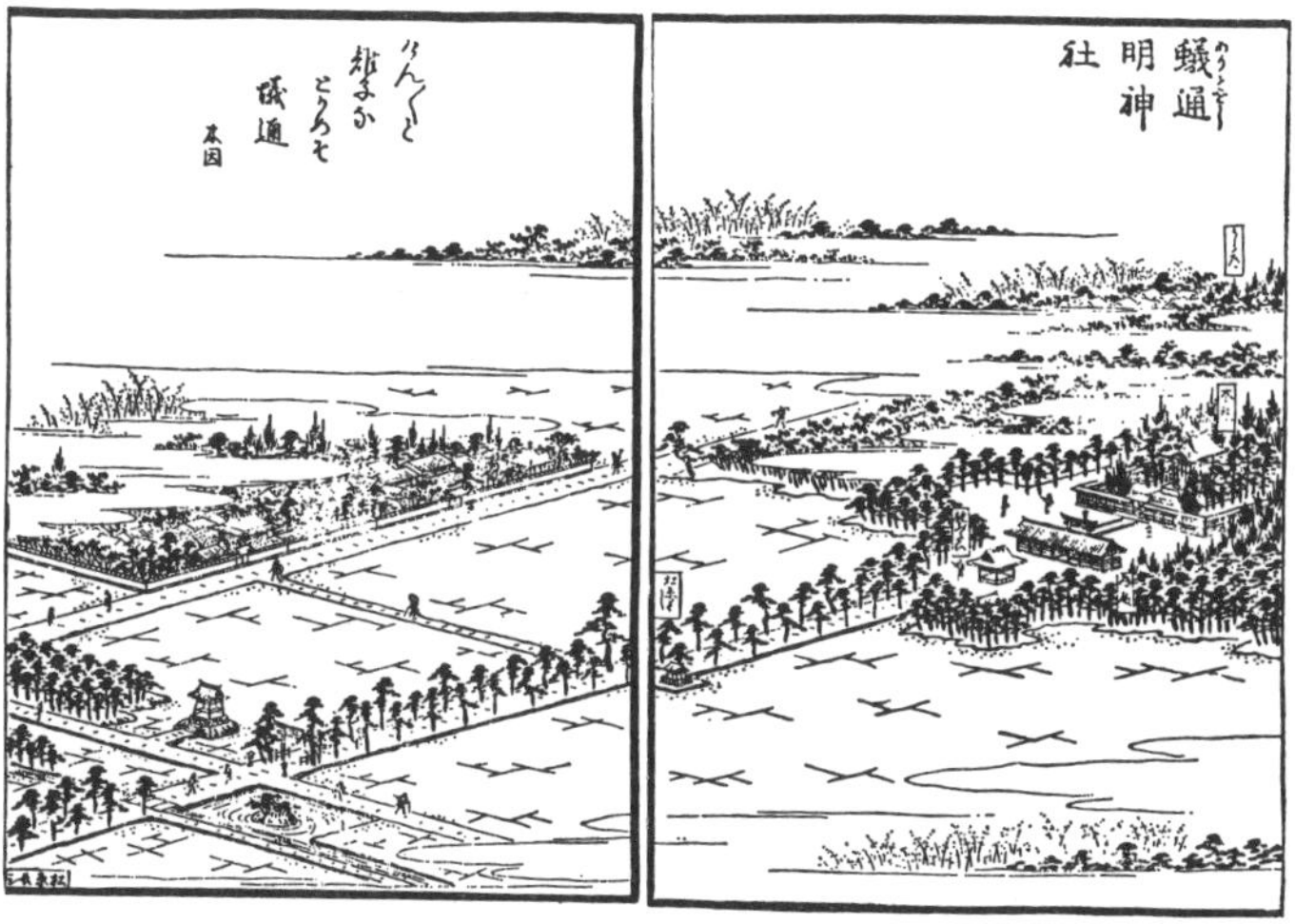

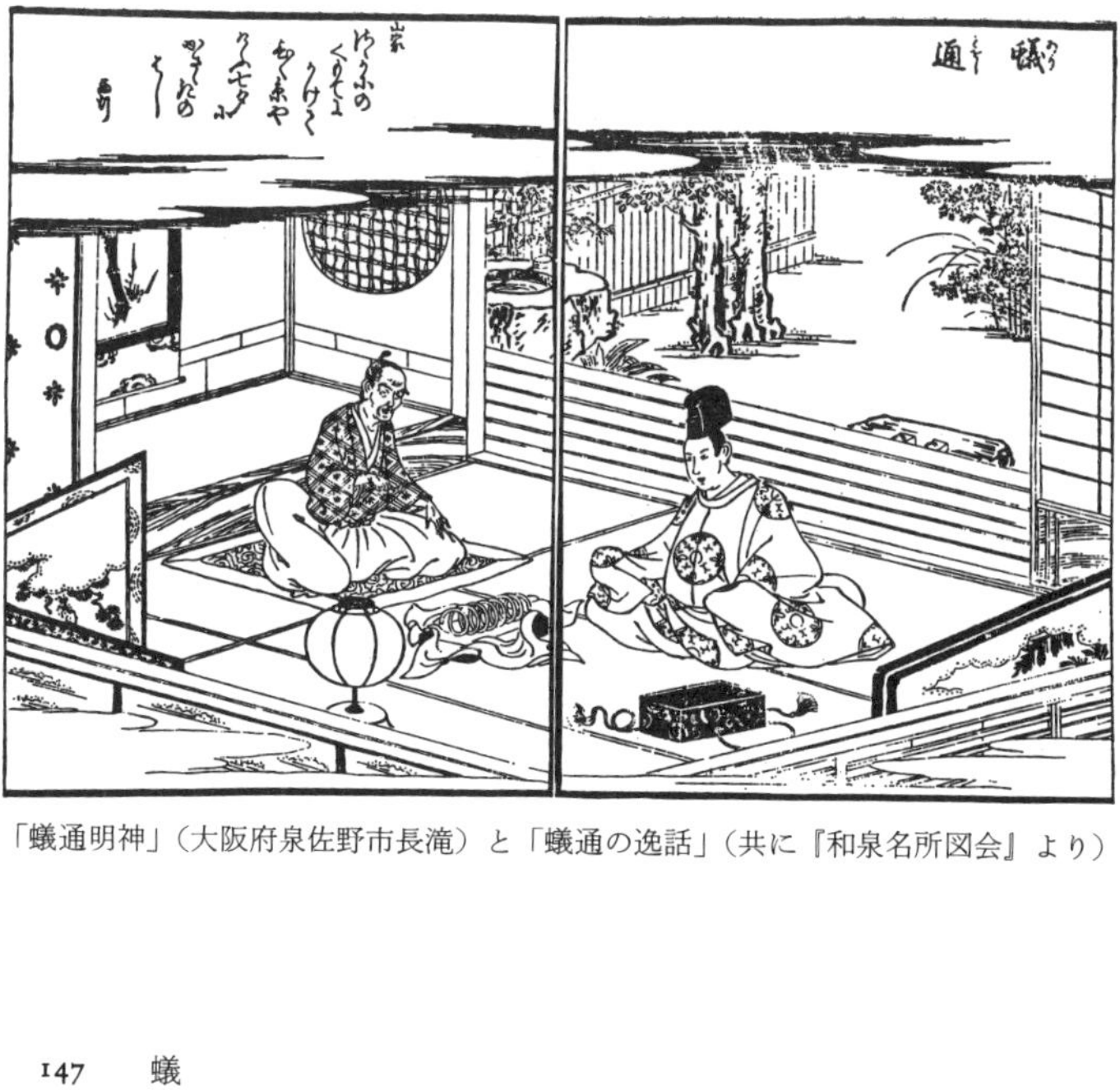

「蟻通明神」（大阪府泉佐野市長滝）と「蟻通の逸話」（共に『和泉名所図会』より）

蟻はいとにくけれど、軽《かろ》びいみじうて、水の上などをただ歩みに歩みありくこそをかしけれ。

と、水に沈まない軽さを面白がっています。

吉田兼好は『徒然草』七四段に、人々が「蟻のごとくに集まりて」右往左往する姿をとりあげました。多くの蟻たちが地をたえず歩きまわる姿は、よく見かけます。江戸末期の歌人橘曙覧《あけみ》は『君来艸《きみきぐさ》』に「聚蟻」と題し、次の歌など九首を残しています。

群よびにひとつ奔《はし》ると見るが中《うち》長々しくもつくる蟻みち

蟻と蟻うなづきあひて何か事ありげに奔《はし》る西へ東へ

蟻の長い列と熊野参詣者の多さとから「蟻の熊野詣」の言葉が生まれ、力弱き者も一念は天に通じることを期待して「蟻の思いも天に届く」といいます。蟻は季語としては夏。その天の壮大な入道雲と微小な蟻の延々と並ぶ姿に、小林一茶の句からは、超現実的ともいえる詩想が感じられます。

蟬

鳴きつつもとな

蟬（『訓蒙図彙』より）

◎古代ギリシアの夏に

「日本研究」(『明暗』所収)の一つに「蟬」をとりあげたラフカディオ・ハーン(小泉八雲。一九〇四年没)は、まず古代ギリシアの詩人アナクレオン(前五世紀前半没)の「美しき蟬の賦」を紹介しました。

蟬よ、人はおまえのことを、しあわせなやつだと思っている。それはおまえが王者のように、ほんのわずかな露を飲んでは、こずえの高みで楽しそうに鳴くからだ。おまえが野に見る物みなすべて、季節が持ってくる一切のものは、みんなおまえのものだ。しかも、おまえは人の物をとって、害をするようなことはしないから、野を耕す人たちの友だちだ。世にある人々は、おまえのことを楽しい夏の前触れと愛《め》で、ミューズの神もお前をこよなく愛する。日の神もおまえをいとしんで、あの高い声をおまえに与えたのだ。年は老いても衰えず、おまえこそは天のあやかりもの。大地に生まれて、歌が好きで、憂きも辛《つら》みも西の海、肉はあれども血がないとは、——ほんにおまえは神に近いのだ。

(平井呈一訳)

ハーン自身もギリシア生れ。イオニア海に浮かぶレフカス島での幼い日々の夏を、日本の蟬《せみ》時雨《しぐれ》に思い出したのでしょうか。

蟬は音楽・詩歌などをつかさどる、光明の神アポロンに捧げられた生物です。夜明に鳴きだして活動するので、曙の女神エオス（オーロラ）とも結びつきます。トロイア王の子ティトノスを恋人としたエオスは、その歓楽を永遠のものとするため、ゼウスに恋人の不死を願ってかなえられました。しかし不老の願いを忘れたのでティトノスは老い、声を出すのみの蟬になったといいます。

ギリシアのイソップ（アイソポス。前五四六年没?・）作と伝える『イソップ物語』の二寓話も、蟬の美声にかかわります。

○**蟬と狐**　高い木で歌っている蟬を食おうと狐は考えた。まず声をほめ、美声の持ち主を見たいと木から降りるよう勧めると、蟬は木の葉を落とした。飛びつく狐に、蟬は「私が降りるなんてとんでもない。私は狐の糞に蟬の翅を見てるんだから」。——近所の人の不幸は考えのある人を賢くする。

○**蟬と蟻たち**　冬、蟻たちが食糧を干していると、飢えた蟬が求めた。「なぜ夏に食糧を集めなかったか」と聞くと、蟬は「歌っていて暇がなかった」と答えた。蟻たちはあざ笑った。「夏に笛を吹いたのなら、冬には踊ったら」。——人はすべてに不用意ではいけない。

アリストテレス（前三二二年没）は蟬の生態等を、『動物誌』第五巻三〇章で次のように述べます。

セミは「休閑地に後部のとがった所で穴をあけて」、子を産む。また、葡萄の木を支える葦の茎中にも産卵し、かえると落ちて「土の中に入る」。蛆《うじ》は地中で生長して「セミの母」になり、食用にはこの時期が「一番うまい」。夏至の頃、夜に土から出て「すぐ外被が破れ、『セミの母』からセミが出て、すぐ黒く、硬く、大きく」なる。大小二種の蟬はともに「歌う方が雄で、そうでない方が雌」。「追い立てると、飛び去る時に水のような液を出す」等々（島崎三郎訳より）。

◎「蟪蛄《けいこ》は春と秋を知らない」

中国最古の詩集『詩経』の豳《ひん》風「七月」詩は、

　四月秀葽　　四月こぐさに実がなれば
　五月鳴蜩　　五月蟬《さつき》がなく
　　　　　　　　　　　　（目加田誠訳）

と歌います。蟬の声は季節を告げる指標で、儒教経典『礼記《らいき》』の「月令」も仲夏（五月）に、

鹿角解《お》ち、蟬始めて鳴き、半夏《はんげ》生じ、木菫栄《はなさ》く。

また孟秋（七月）にもいいます。

白露降り、寒蟬《かんせん》鳴き、鷹乃《すなは》ち鳥を祭る。

二十四節気の七十二候は、夏至の二候（現太陽暦六月二六〜三〇日頃）を「蜩始鳴」、立秋の

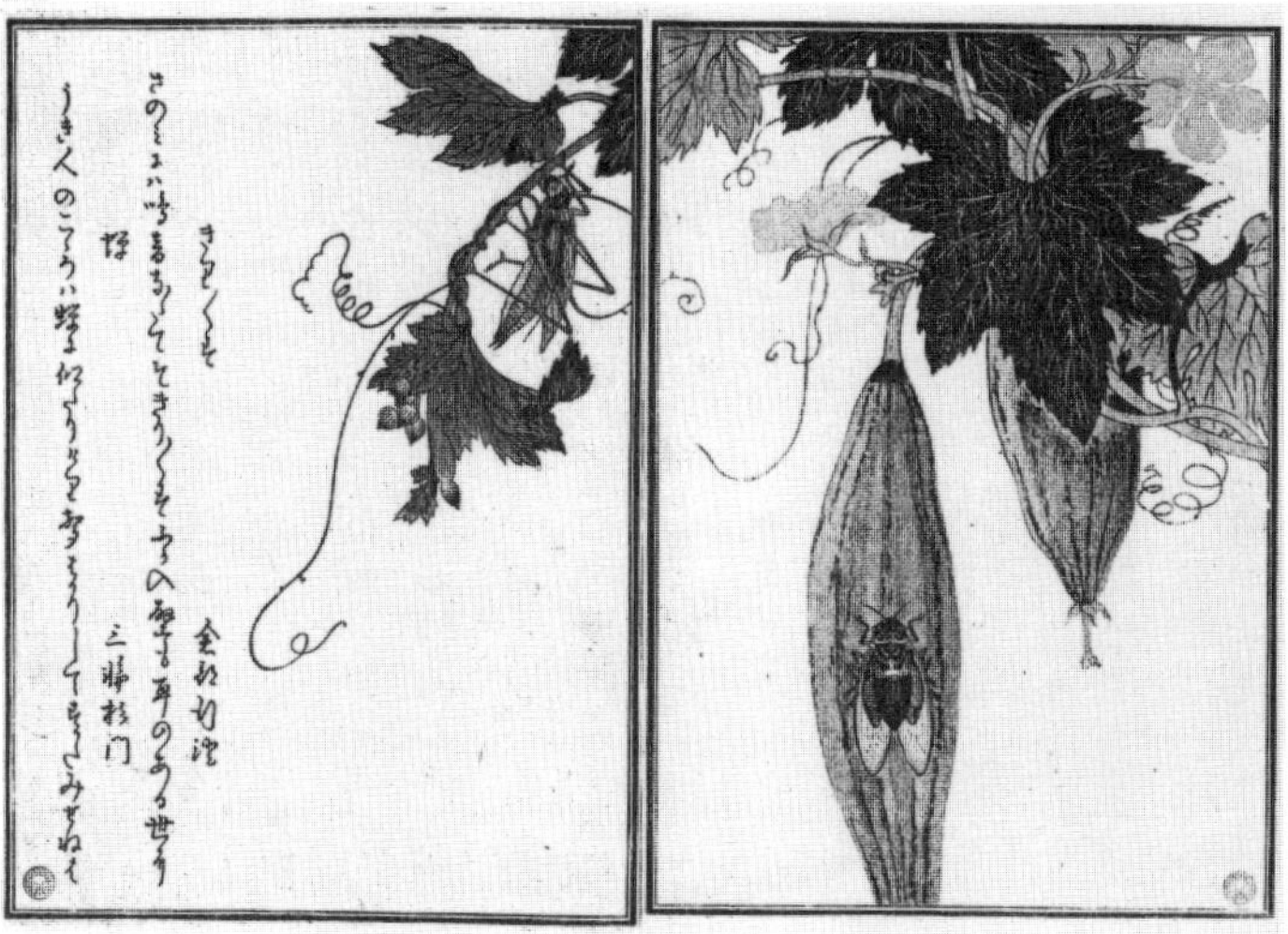

蟬ときりぎりす（喜多川歌麿『画本虫撰』より）

三候（八月一八～二二日頃）を「寒蟬鳴」とします（蜩＝セミ。日本ではヒグラシにあてる。寒蟬＝ヒグラシかツクツクホウシといわれる）。

古代華北の人々は蟬に思いを託しました。『詩経』大雅の「蕩《とう》」詩の一節は、

文王日咨　文王はのたまいき
咨女殷商　ああ汝殷商
如蜩如螗　民の怨声蟬のなくごとし

といい、文王は周王朝（前一〇五〇?～前二五六）の創始者です。詩は、周が滅ぼした殷の紂王の末路に、一〇代厲王《れいおう》の治政下での周朝の乱れをたとえたものと伝え、鳴きつづける蟬（螗）の大合唱を、無道な為政者への万民の怨嗟の声に見立てていいます。

戦国時代の荘子にも、次の蟬の寓話があります（『荘子』逍遥遊篇）。

南海へ飛ぶ大鵬は三千里の海に羽ばたき、風に乗って九万里を昇り、六ヵ月飛んで休む。蜩や小鳩は笑った。「自分らは飛びたって楡《にれ》や枋《まゆみ》の梢をめざすが、梢にとどくことができずに地面に投げだされることもある。なんのために九万里昇って南へ行くのか」……大鵬の南をめざす大志の実現に必要な九万里上昇を理解できぬ蜩や小鳩に、知恵少なき者の姿を見ています。

一夏の短命についても同様にいいます。

朝に生まれて夕に死ぬ朝菌という虫は晦《よる》と朔《あさ》とを知らず、蟪蛄《けいこ》（夏蟬）は春と秋を知らない。

愁い多き詩人に、蟬の声は夏より秋のほうが深く心にひびくのでしょうか。中唐の大詩人白居易（八四六年没）は「暮に立つ」として詠みます。

黄昏に立つ　仏堂の前
地に満つる槐の花　樹に満つる蟬
大抵《おおむね》　四時　心総《す》べて苦しきに
就中腹を断たるるは是れ秋天

（一海知義『漢詩一日一首』より）

◎「生まれて蟬のうすみどり」

セミは半翅目セミ上科の昆虫で、世界に一六〇〇種以上が分布し、二科に分類されます。

ムカシゼミ科はほとんどが中生代（二億四八〇〇万年前～一億八三〇〇万年前）の化石で知られ、現生はオーストラリア南東部の二種だけです。小頭で、不完全な発音器（発音不能）が雌・雄にあり、聴器はなく、昼は樹皮の下にいて夕方に飛びまわる、私たちには奇異と思えるセミです。

セミ科は普通のセミで、一般に発音器は雄にあり、聴器があり、熱帯～亜熱帯中心に北は北緯五〇度付近まで生息し、東南アジアと南米に多くの種がいます。ちなみに、ファーブルが観察して記した『昆虫記』の蟬は南フランスです。北フランスやイギリスなどに蟬はいないので、西欧では前掲『イソップ物語』の「蟬と蟻たち」は「蟻と螽蟖《きりぎりす》」の話ともなり、日本ではむしろこのほうが知られています。

セミ科は四亜科に分けられます。日本にいる三二種中の二九種は、雄の発音器が完全で背弁をもつセミ亜科です。三種が背弁を欠いて発音器がより原始的なチッチゼミ亜科で、北米・南米以外に分布します（なお南米アンデス山脈西側の中・高緯度地方にアティガデス亜科、北米西部の乾燥地にプラティペディア亜科が分布）。

セミは枯木などに産卵し、幼虫は落下して地中に潜り、木の根から吸汁して成長します。不明な点が多いのですが、アブラゼミは卵期間約三〇〇日、幼虫期間五年、五齢が終齢です。クマゼミ、ミンミンゼミもほぼ同じ年数で、ニイニイゼミは卵期間約四〇日、幼虫期間四年といわれます。蛹《さなぎ》期間はなく、地上に出て羽化した成虫は、樹液を吸って生きます。

暁や生まれて蟬のうすみどり　篠田悌二郎

羽化の「しずかな変身のドラマ」を、すぐれた観察者の橋本洽二《こうじ》氏は『セミの生活史』（誠文堂新光社）に記します（途中に邪魔の入らぬ順調な例）。

ある日の夕方、アブラゼミの幼虫がたまたま穴を出るところを見かけたので、そっとあとをつけてみました。幼虫は五〇センチほどはなれた若いコブシの木にのぼりはじめ、途中二回ほど枝の方にいきかけては思いなおしたようにのぼり続け、下から数えて九本目の横枝にきて初めて枝に移りました。地上からこの枝の根元までは一・六メートルあり、枝は水平に一メートルばかりのびています。幼虫は四三センチほどきて向きを変え、枝の根元の方を向いて定位を始めました。この時まで、穴を出てからわずか五分でした。幼虫はそのままあおむけの姿勢で定位を続け、途中で何回か向きを変えたりして、結局最後の静止状態にはいるまで三七分間をついやしていました。いよいよ背中が割れたのは、さらに一二分後でしたから、穴を出てから背中が割れるまで、五四分もかかったわけです。

北米ロッキー山脈以東の平地には、一三年、一七年の周期で出現する、各三種で計六種のセミ（周期年数の違いを除くと計三種）がおり、周期ゼミと呼ばれます。セミは成虫期間二〜三週間に比し幼虫期間が数年と長いのですが、ジュウシチネンゼミの幼虫期間一七年（正確には一六年と一〇ヵ月）は昆虫のなかで最長とみられます。中尾舜一氏の『セミの自然誌』（中公新書）はこのセミの生態等を紹介しており、一九九六年の発生地はノースカロライナ、バージニア、ペンシルバニア、メリーランド、ニューヨークほかだそうです。

◎場合によって違う鳴き方

普通のセミの雄には、腹部の「背側面に一対の発音膜、それに連なる発音筋、音を増幅させるための共鳴室など」（『世界大百科事典』「蟬」の項）の発音器官があり、種により独自の発音をします。また岩井洋一氏によると、ビワの幹で「本鳴き」するニイニイゼミの雄の上方に雌が飛来し、後ずさりで雄に近づくと、雄は「誘い鳴き」に変えて歩いて雌に近づき、雌は雄の誘い鳴きで停止して雄を待つそうです。この観察を紹介する中尾氏の前掲書は、一匹の雄のさまざまな鳴き方にふれ、右の「本鳴きすなわち普通音は遠くの雌を呼び寄せ」、「誘い鳴き、すなわち求婚音は接近して交尾を求める鳴き声」と説明しています。橋本氏前掲書の「セミ日記」は七月一三日、「朝からスズメに追われるニイニイの悲鳴しきり」とか、「午後塀ぎわの電柱の高い所にきて鳴く」と、すぐに「三〇センチほど高い所にもう一匹の雄が飛来」、「最初の雄が喜々として近づくと、後の雄はチッチッチッと強い音」で拒否の態度を示し、「なおしばらくチ・チ・チ・チとたがいに鳴きかわす」などと、場合に応じてのニイニイゼミの鳴き方を

江戸時代に描かれた蟬の仲間。右から、アブラゼミ、ニイニイゼミ、クマゼミの成虫と脱皮殻（水谷豊文『虫豸〔ちゅうち〕写真』より）

記します。

日本産のおもな蟬の出現時期、鳴く時間をひろってみました（おもに橋本氏前掲書）。

ハルゼミ　松にかぎってすみ、松蟬ともいう。日本産では最も早く五、六月に出現。朝七時半頃から鳴き、九〜一〇時が最盛。午後はぐっと減り三時すぎはほとんど鳴かない。

ニイニイゼミ　六月末〜七月後半が中心で九月初めまで。明け方に始まり午前・午後もよく鳴き、しいて言えば日没前後に最盛。

エゾゼミ　七〜九月の標高六〇〇〜一〇〇〇メートルの山地で晴れた朝よく鳴き、曇り時々晴の午後も陽の出たときに鳴く。

アブラゼミ　七〜九月に出現し、桜などや林檎《りんご》・梨に多く、果樹園では害虫視。朝五時前後に少し鳴き、一一時前後に再び鳴きだすことが多く、日没まで盛ん。

クマゼミ　体長四・五～五センチで日本最大。七～九月、六時すぎに始まり九時前後が最高潮で、一一時までにほぼ鳴きやむ。

ミンミンゼミ　七月中旬～一〇月上旬に出現し夏後半に多い。桜・欅《けやき》など広葉樹にすみ、九～一〇時頃を中心に早朝から午後まで鳴き、夕方はあまり鳴かない。

ヒグラシ　薄暗い杉・檜林などに多い。七月中旬～一〇月上旬。日の出前、日没前によく鳴き、夕方は長く鳴く。

ツクツクホウシ　八～九月。早朝に鳴いた後もとぎれず、最盛は午後でとくに日没前後。

チッチゼミ　体長一・八～二・四センチで日本最小。北海道の恵山《えさん》、本州、四国、九州の英彦山《ひこさん》などに分布の日本特産種。八月上旬～一〇月、ときに一一月も鳴く。近縁のクロイワゼミは午後七時一五分頃から三〇分ほど鳴くとのこと。エゾチッチゼミは飛翔時も鳴く。

◎「蜩《ヒグラシ》ノ声耳ニ満《ミテ》リ」

藤原氏の陰謀で自殺させられた左大臣長屋王（七二九年没）は、中国文化に憧れる貴族官人との詩宴を、よく自邸で催しました。日本最初の漢詩集『懐風藻《かいふうそう》』には、その際の下毛野虫麻《しもつけののむしま》

呂《ろ》の一首があります。秋日、来日した新羅の使者を客とした宴での作で、詩中に、

寒蟬鳴キ二葉後ニ一　朔雁度ル二雲前ヲ一

葉裏に鳴く寒蟬と北から渡ってきた雲間の雁を並べ、遠路の客人の心を思います。

平安中期の菅原道真の『菅家文草《かんけぶんそう》』は、「秋風詞」を「寒蟬爽序に驚く」と、晩秋（爽序）の寒蟬で始め、「阿満を夢みる」では「荘周は蛻《ぬけがら》を委《あつ》めて寒蟬に泣けり」（荘子は殻を脱いで鳴く寒蟬を悲しみ、空しく脱殻を集めた）といいます。

藤原公任《きんとう》撰『和漢朗詠集』は「秋晩」に、白居易の「李十一が東亭に題す」（『白氏文集』）からの文「相思ふて夕に松台に上り立てば、蛬《きりぎりす》の思ひ、蟬の声、耳に満てる秋なり」を載せます。紀斉名《きのただな》は「落葉賦」（『本朝文粋』）にこれをふまえて「黄落相催し、八月の寒蟬耳に満つ」といい、中世には鴨長明が、

秋ハ、蜩《ヒグラシ》ノ声耳ニ満《ミテ》リ。空蟬《ウツセミ》ノ世ヲカナシム楽ト聞コユ。

と、自身の閑居について『方丈記』に述べました。

『万葉集』巻一〇には、夏の雑歌に、

黙《もだ》もあらむ時も鳴かなむ日晩《ひぐらし》の物思ふ時に鳴きつつもとな　（一九六四）

が「蟬を詠む」として一首あり、蜩《ひぐらし》を詠みます（「鳴きつつもとな」は、「やたらに鳴く」意。歌意は「鳴きつづけるのは物思わぬときにしてほしい」）。また夏の相聞に「蟬に寄する」、秋の雑歌

に「蟬を詠む」が各一首あり、いずれも蜩を詠んでいます。

巻一五には、天平八年（七三六）六月に新羅国へ派遣された使者一行の幾人かの歌などが並びます。うち蟬を詠むのは四首で、まず、

夕さればひぐらし来鳴く生駒山越えてそ我《あ》が来る妹《いも》が目を欲《ほ》り　秦間満《はたのはしまろ》（三五八九）

生駒山は奈良から難波への途次で、六月一〜二日頃（現太陽暦七月一三〜一四日頃）の詠とみられます。次に、安芸国長門島（広島県の倉橋島）の舟泊りでは三首のうち一首が蟬で一首が蜩です。

石走《いはばし》る滝もとどろに鳴く蟬の声をし聞けば都し思ほゆ　大石蓑麻呂（三六一七）

恋繁《しげ》み慰めかねてひぐらしの鳴く島陰に廬《いほ》りするかも（三六二〇）

渡航目前の筑紫の館舎（福岡市）では一首。

今よりは秋付きぬらしあしひきの山松陰にひぐらし鳴きぬ（三六五五）

万葉歌に蟬は前引（三六一七）の一首のみで、九首が蜩を詠むのは、漢詩文が「寒蟬」に関心を示すのと同傾向といえそうです。蜩の声は、日本文芸の基調に流れる「移ろい」を、最も深く感じさせるものの一つと受けとめられていたのでしょうか。ちなみに季語では、春蟬が晩春、蟬一般が晩夏、秋蟬・蜩・蛁蟟《つくつくほうし》が初秋です。

『万葉集』の大和三山歌（一三）などには、「うつせみ」の語が出ます。「うつしおみ（現臣）」

から「うつそみ」→「うつせみ」になったといわれ(『岩波古語辞典』)、この世に生きている人」の意で、「虚蟬・空蟬・打蟬」と表記されます。平安時代にはこれが「空・蟬」、すなわち蟬の脱殻、さらに蟬をさすようになり、『源氏物語』の「空蟬」の巻など文芸作品に登場し、多くに「はかなさ」の思いがこめられました。

秋にかたよりましたが、夏の名吟では、芭蕉の句が知られています。

閑さや岩にしみ入蟬の声

頓《やが》て死ぬけしきは見えず蟬の声

蓮

またなき荘厳

蓮（『訓蒙図彙』より）

◎記・紀・風土記の三様

蓮の花を女性の美しさに重ねた歌謡が、雄略天皇の伝説にあります。天皇は大和の三輪川(桜井市の三輪山付近の初瀬《はつせ》川)で、洗濯する乙女に会いました。名は引田部赤猪子《ひけたべのあかいこ》、天皇は「召し出すから嫁がずにおれ」と言って帰ります。待つこと八〇年、老いて痩せ衰えた彼女は、せめて待ちつづけた心だけは知ってもらいたいと宮中に参上しました。聞いて驚いた天皇は、自分は忘れていたが「徒《いたづら》に盛りの年を過ぐししこと、是《こ》れ甚《いと》愛悲《いとほ》し」といい、老いて婚《まぐわ》いは無理として、歌を二つ歌います。涙にくれる彼女も二歌で応え、その一つが次の歌です。

日下江《くさかえ》の　入江の蓮《はちす》　花蓮《はなばちす》　身の盛《さか》り人《びと》　羨《とも》しきろかも　(『古事記』)

河内の日下江(東大阪市日下町辺か)の蓮の花のように、女盛りの人はうらやましいとの意です。

『日本書紀』は舒明天皇七年(六三五)七月、「瑞蓮《あやしきはちす》、剣池《つるぎのいけ》に生《お》ひたり。一茎《ひともと》に二つの花あり」といい、皇極天皇三年(六四四)六月六日には、

剣池《つるぎのいけ》の蓮《はちす》の中に、一つの茎《くき》に二つの萼《はなぶさ》ある者有り。豊浦大臣《とゆらのおおおみ》、妄《みだり》に推《お》して曰《い》はく、「是、蘇我臣《そがのおみ》の栄えむとする瑞《みつ》なり」といふ。即ち金《こがね》の墨《すみ》を以て書きて、大法興寺の丈六の仏に献《たてまつ》る。

と伝えます。剣池（橿原市石川町辺か）で一本の蓮の茎に二花が咲き、蘇我蝦夷《そがのえみし》（豊浦大臣）は「蘇我氏の栄える瑞兆」と考えて、それを金泥で描かせ大法興寺（飛鳥《あすか》寺。奈良県明日香村）の釈迦如来（六〇六年に鞍作《くらつくりの》止利《とり》作）に献じた、との記事です。同寺は仏教推進派の蘇我馬子《うまこ》（蝦夷の父）が建てた日本最初の本格的寺院とされ、伝説は蓮と仏教のかかわりを示します。

記紀と同時代に成立した風土記の一つ『常陸国風土記』は、香島郡に「天の大神《おほかみ》の社《やしろ》、坂戸《さかと》の社、沼尾《ぬまお》の社」を合わせ「香島の天の大神と称す」と、鹿島神宮（茨城県鹿嶋市）について述べます。また沼尾池について、

神世《かみよ》に、天より流れ来し水沼《みぬま》なりといへり。生ふる所の蓮根《はちす》は、味気太異《あぢはひいとこと》に、甘《うま》きこと他《あだし》所《ところ》に絶《すぐ》れたり。病有る者、此の沼の蓮を食へば、早く差《い》えて験《しるし》あり。

と、神池の蓮根が美味で、薬効もあると述べます。蓮根は『肥前国風土記』も、高来郡の土歯《ひじは》の池（長崎県千々石《ちぢわ》町辺か。付近は今も蓮根を栽培）に記します。

潮《うしほ》来れば常に突き入る。荷《はちす》・菱《ひし》多《さは》に生《お》ふ。秋七八月《ふみつきはつき》には荷《はちす》の根甚《いと》甘《うま》し。季秋九月《ながつき》には香《か》と 味《あぢはひ》 共に変《かは》りて用《もち》ゐるべからず。

◎インダス文明の地母神像に

ハス属の植物は、おもに東アジアの熱帯から温帯に分布する紅花や白花のハスと、北米南部

や南米の一部に分布する黄花のキバナバス（アメリカキバナバス）の二種です。ハス属は「スイレン科に分類されることもあるが、種子に周乳をもたない点、花粉の形態の違いなどを重視して、独立のハス科とする意見が一般的」（『世界大百科事典』「ハス」の項）だそうです。ちなみに、スイレン科は八属約一〇〇種が知られ、日本、沿海州、中国、インドなどのオニバス（一年草）、ボリビア、アマゾン流域のオオオニバス（多年草）も同科です。英語の lotus は両科を含み、ナイル川増水期に咲いて神話などにもかかわるエジプト・ハス Egyptian lotus はスイレンとみられ、古代ギリシア伝説のハスは不明の陸生植物をさすといわれています。

インドではサンスクリット（梵語）でパドマが蓮と睡蓮を総称し、カマラ（紅蓮）、プンダリーカ（白蓮）、ニーロートパラ（青睡蓮）、クムダ（夜開花性の白睡蓮または黄花のヒツジグサ）等の語、「水（泥）より生じたもの」などの異名など、多様な呼称があります。

インダス文明（インダス川流域に栄え、最盛期は前二三〇〇～前二〇〇〇年）には、頭部に蓮花を飾るテラコッタの地母神像があります。水から出て花開く蓮は前出百科の「ハス」の項によると、「生命の母胎である水や大地の生産力の象徴」ともみられ、この型の像は「後代の〈蓮女神〉ラクシュミー像の造形に影響を与えている」といわれます。また『リグ・ヴェーダのキラ（補遺）』にラクシュミー（仏教の吉祥天）は、「〈ハスより生まれた者〉〈蓮華に立つ者〉〈ハスの花輪を帯びる者〉などと呼ばれ、『生類の母なる者、大地なり』と讃嘆」されているそうです。なお阪本祐二氏の『蓮』（法政大学出版局）は、蓮について詳しく解説しています。

ヴェーダはバラモン教の聖典です。民間信仰に発する『アタルヴァ・ヴェーダ』の成立は前一〇〇〇年頃で、その「ブーミ（大地）の歌」（二四）は蓮華の香を讃えます。

蓮華の中に入りたる汝（大地）の香り、太古に神々がスールヤー（太陽神の娘）の婚姻（日神ソーマとの結婚）に際してもたらしたる香り、それによりわれをして香ぐわしき者たらしめよ。何人もわれらに敵意を抱かざらんことを。（辻直四郎訳）

古代インドの二大叙事詩では、『マハーバーラタ』が麗しい姫を「蓮弁の眼涼しく美しく、まばゆいばかり」（サーヴィトリー物語）と形容します。『ラーマーヤナ』の「アヨーディヤーの巻」には、

○（青）蓮の黒き色をなし、あらゆる敵を
打ち破るラーマ（第一章・五三）

○王は（彼等）すべての挙《こぞ》って（の願い
に）蓮華の合掌をなし（第三章・一）

○その露台より、（かの侍女）マンターラ
はアヨーディヤー（の町）がことごとく
都大路に水を打ち、紅、青の蓮華を撒き

ラクシュミー像　ニュー・デリー国立博物館蔵

散らしてあるのを見た。（第七章・二）

○（しかるに）汝は風によりて（吹き）曲げられし蓮華のごとく、美しき面をなしている。（第九章・四一）

といった詩句がみられます（前田式子訳）。このインドに花開いた蓮は、後世の仏教に〝法華〟として輝くことになります（後述）。

◎蓮採りの歌・恋の歌

中国最古の詩集『詩経』中の鄭《てい》風は、黄河下流域の民謡です（鄭は河南省新鄭地方）。その一つ「山有扶蘇」詩は女が男に戯れる歌で、

山有扶蘇　山に茂る木
隰有荷華　沢には荷華《はちす》
不見子都　子都がいるかと出て来て見れば
乃見狂且　ええ　この浮気もの
（目加田誠訳）

と、第一節に蓮が登場します。南の長江流域の楚（前二二三年滅亡）の歌謡集『楚辞』の「離騒」には、

菱《ひし》と荷《はす》の葉を裁《た》って衣とし　蓮の花あつめて裳《もすそ》とする

の言葉がみえます。中村公一氏の『中国の花ことば』(岩崎美術社)が「漢代、江南地方で流行した蓮採りの労働歌(楽府「江南」)」と紹介する歌は、

江南に蓮を採ろうよ
蓮の葉のなんと広々としたことか
魚は蓮の葉の間に戯《たわむ》れ
魚は蓮の葉の東に戯れ

と、のどかな蓮田の光景を彷彿させています(氏は、この蓮は「広義のハスだろう」とする)。

古代の字書『爾雅《じが》』は、ハスの総名は荷《か》・芙蓉《ふよう》・芙渠《ふきょ》など、花は菡萏《かんたん》、葉は葭《か》、茎は茄《か》、水中茎は蔤《みつ》、子房・果実・根はおのおの蓮《れん》(後には全草をさす)・的《てき》・藕《ぐう》と呼ぶのが正式、と記すそうです。藕節《ぐうせつ》(蓮根の節部)、荷葉(葉)、蓮鬚《れんしゅ》(雄しべ)は止血作用があるなど、他のほとんどの部分も、薬として用いる中国ならではの呼称がみられます。

唐初の張鷟《ちょうさく》の短編小説『遊仙窟』は、主人公が旅の途中で仙境に迷いこみ、二人の仙女と一夜の歓楽をともにする話です。

彼はまず、蓮《れん》と憐《れん》(愛の意がある。=恋《れん》)の同音にかけて「蓮は谷間に生い出でて、蓮の種のまことにふかく」と、仙女の一人十娘《じゅうじょう》に思いを伝えます。宴たけなわ、十娘も「殿さまの頭のうちに水あれば、まさしく出でて蓮の花」と〝水心あれば花心〟で応じます(前野直彬

訳)。ちなみに、この小説は日本にも知られています。『万葉集』の三八三五歌は、左注によると、勝間田《かつまた》の池に遊んだ新田部親王《にいたべのみこ》が「怜愛《れんあい》に忍びず」(怜=憐)、自分の見てきた光景を「水影濤々に、蓮花灼々なり、怕怜《おもしろ》きこと腹《はらわた》を断ち」などと一婦人に話しました。すると婦人は、「ご冗談を」とばかりに戯れの歌、

勝間田の池は我知る蓮《はちす》なし然《しか》言ふ君がひげなきごとし

を詠んだとあります。新田部は『遊仙窟』の蓮=憐をふまえた「怜愛」により、想いを蓮花に託したのです。

こうした音《おん》による語呂《ごろ》合せから、新年の吉祥図に蓮花と鯉魚を描く「蓮年有魚」が「連年有余」「連年利余」の意、荷花を描き「和気生財」の徴(荷《か》=和《か》)となります。また藕《ぐう》=偶《ぐう》で「夫婦佳偶」の意となり、一枝に二花のつく蓮は「並帯蓮」などと呼び、夫婦相和して離れないと、結婚を祝福する際の言葉となっています。

蓮は恋の花、『遊仙窟』の主人公は十娘に「摘みてぞ得まし顔に咲く、はちすの花のなつかしさ」と詩で言い寄り、仙女たちを、「眉は真冬に芽を出す柳　顔は日照りに咲き出た蓮《はちす》　見れば見るほどあでやかな」と歌います。

白居易の詩『長恨歌』は蓮の艶容を、唐の玄宗皇帝に愛された楊貴妃に見ます。貴妃の初めて召された寝所の帳《とばり》は、芙蓉(蓮花)の模様で、春宵はふけていきます。……はなやかな愛は、

安史の乱で長安から成都へ逃げる途中に貴妃が殺されて終わり（七五六年）、玄宗が翌年帰京してみると宮廷の庭園は昔のまま、

太液池《たいえきち》の蓮《はす》の花も未央宮《びおう》の柳も
蓮の花はかの人の顔のよう　柳は眉のよう

（前野直彬訳）

で、涙を落とさずにいられようかと、彼女を偲びます。

他方、江南の名勝廬山《ろざん》の蓮花峰《れんげほう》に書堂を構えた周敦頤《しゅうとんい》（茂叔。一〇一七〜七三）は、『愛蓮説』に「蓮は君子の花」と讃えます。

……予ハ独リ蓮ノ淤泥ヨリ出デテ染マラズ、清漣《レン》ニ濯《アラ》ハレテ妖ナラズ……香遠クシテ益々清ク、亭々トシテ浄ク植《タ》チ、遠ク観ルベクシテ褻翫《セツガン》スベカラザルヲ愛ス。予謂《オモ》ヘラク、菊ハ華ノ隠逸《インイツ》ナル者ナリ。牡丹ハ華ノ富貴ナル者ナリ。蓮ハ華ノ君子ナル者ナリ。……

◎仏の浄土に花開く

『法華経』はクマーラジーヴァ（鳩摩羅什《くまらじゅう》）による漢訳名『妙法蓮華経』の略称で、サンスクリットの原典名『サッダルマプンダリーカ・スートラ』は、「白蓮華のごとき正しい教え」の意です。

善く菩薩の道を学びて、世間の法に染まらざること、蓮華の水に在るが如し。

お盆の蓮提燈（『北京風俗図譜』平凡社刊より）

と同経「従地涌出品《じゅうじゆじゅっほん》」は、水泥より出て咲く蓮華の清浄さを、悟りを目ざす修行の道にたとえます。また「提婆《だいば》達多品《だったほん》」を信敬すれば、「地獄・餓鬼・畜生に堕ちずして、十方の仏前に生れ、……若し仏前に在《あ》らば、蓮花のなかに化生せん」ともいいます（坂本幸男・岩本裕訳注書）。聖徳太子（六二二年没）は同経の注釈書『法華義《ほっけぎ》疏《しょ》』を作っており、日本仏教はその初期から「白蓮華の教え」に大きな力を与えられています。

『阿弥陀経』は、阿弥陀の幸ある西方極楽浄土に、金・銀や宝石でできている蓮池があって、「周囲が車の輪ほどの大きさのある蓮花が生じて」おり、青、黄、赤、白などの花がさまざまに輝くと、「仏国土特有のみごとな光景」を示します。『観無量寿経』は阿弥陀の浄土を観想する重要性を述べ、観想法の一つに蓮華の世界に想いをなす「華座観」をあげます（中村元・早島鏡正・紀野一義訳注『浄土三部経』）。阿弥陀の教えとその浄土への往生を願う阿弥陀信仰は、中国で盛んとなり、日本には奈良時代に伝わって、平安時代に天台教団、貴族社会、一般へと広がります。清少納言は、蓮葉《はちす》、よろづの草よりもすぐれてめでたし。妙法蓮華のたとひにも、花は仏にたてまつり、実《み》は数珠《ずず》につらぬき、念仏して往生極楽《わうじやうごくらく》の縁とすればよ。また、花なき頃、みどりなる池の水に紅に咲《さ》きたるも、いとをかし。翠翁紅とも詩に作《つく》りたるにこそ。

と、『枕草子』の「草は」の段に記しました（不詳の「翠翁紅」は「翠扇紅」の誤記かと、阪本氏は前掲『蓮』に諸例を引く）。

『源氏物語』は、たとえば「鈴虫」巻が

夏頃、蓮《はちす》の花の盛《さかり》に、入道の姫宮の御持仏《ぢぶつ》どもあらはし給へる、供養《くやう》せさせ給ふ。

と、女三宮《おんなさんのみや》（皇女で源氏の妻。柏木《かしわぎ》と通じ薫《かおる》を生む）の持仏開眼供養を書きだします。法会の準備には「青き白き、紫の蓮《はちす》を調《ととの》へて（造花か）、荷葉《かえふ》の方《はう》を合《あは》せたる名香《みやうがう》」が焚かれます（夏向きに調合した涼しげな匂いの香を蓮の香にちなみ荷葉と称する）。源氏は尼となった女三宮に、せめて来世は「かの花（蓮）の中の宿《やどり》に隔てなく」と思って下さいと泣き、

はちす葉をおなじうてなと契りおきて露のわかるるけふぞ悲しき

来世は極楽浄土の蓮台に「一蓮托生」と契っても、今生は葉の露のように別れると悲しみます。女三宮は、「蓮の宿」を契っても貴方の心はともには住まないでしょうと返しました。

へだてなくはちすの宿をちぎりても君がこころや住まじとすらむ

◎葉や実を朝廷に

蓮を詠む万葉歌は四首。先述「勝間田の池」歌（三八三五）の蓮以外は、蓮葉を詠みます。

ひさかたの雨も降らぬか蓮葉《はちすば》に溜まれる水の玉に似たる見む（三八三七）

葉の上の水が玉のように転がるのは、葉の表面に無数の小突起があり、水をはじくからだそうです。この歌の左注は、宴会をした際、蓮の葉に食物を盛ったと記します。葉は甑《こしき》の下敷きなど調理材、また包装材として利用しました。

平安時代の『延喜式《えんぎしき》』は、天皇・皇后の食事を司る内膳司に「荷葉」として河内国から、

稚葉《ワカイハ》七十五枚。波斐四把半。（五月中旬〜六月中旬）

壮葉《サカリ》七十五枚。蓮子《ノミ》廿房。稚藕《ハスノネ》十五条。（六月下旬〜七月下旬）

黄葉七十五枚。蓮子廿房。稚藕十五条。（八月上旬〜九月下旬）

と、夏から秋に蓮の葉や実などの納入を定めています。

歌川国虎『不忍蓮ノ葉採りの図』

糯米《もち》に蓮の葉をかぶせて蒸し、香を移したのが蓮飯です。戦国期ですが山科言継《やましなときつぐ》の『言継卿記』は、天文二年（一五三三）や永禄一二年（一五六九）の七月一五日（お盆）に、「蓮飯」を記します。柔らかな葉を刻み、塩もみして混ぜた蓮飯は、江戸時代には江戸の観蓮の名所である上野不忍池《しのばずのいけ》の茶屋で出したそうです。

不忍池の観蓮（『江戸名所図会』より）

蓮を「はちす」というのは、逆円錐形の花床に多数の雌しべが埋まり、果実になった形が蜂の巣に似るからといわれます。種子は長さ一センチほどで黒く堅い種皮をもち、寿命は長く、千葉市検見川出土の種子の栽培に成功した大賀一郎は、二〇〇〇年前の種子と推定しています。先の内膳司は「供御月料」に「蓮子一斗五升七合五勺」と記し、『源氏物語』（手習）も食物として「蓮の実」を出しています。鎌倉時代の説話集『古今著聞集《ここんちよもんじゆう》』（六三九話）は、所労でものが食べられなくなった藤原家隆が蓮の実ばかりを食べ、兄弟の雅隆からもらったお礼に、

老の身にねがふはちすの花のみに君も千とせの後や生《うまれ》ん

と詠んだと伝えます。蓮根は地下茎で、春に泥中にのび、夏から秋に肥大します。冬の休眠前に先端寄りの二～四節の節間がつまり、くびれて肥大したのを掘りとります（断面の穴は通気孔）。先述のように、中国の長江流域は栽培が盛んで、日本でも、前引の『肥前国風土記』の記述のように古くから食べました。よく肥大する食用バスが中国から伝わったのは鎌倉時代以後で、明治になってすぐれた中国系品種が入り、栽培、改良が進んだそうです。

『続日本紀《しょくにほんぎ》』は光仁天皇の宝亀六年（七七五）八月一二日「初メテ蓮葉ノ宴ヲ設ク」、『日本後紀』（逸文）は桓武天皇の延暦一二年（七九三）八月七日「蓮葉ヲ翫ビテ宴飲シ楽ヲ奏シテ禄ヲ賜フ」と朝廷の観蓮を記します。一般庶民の蓮見は、中国では明《みん》末の張岱《ちょうたい》が『陶庵夢憶』に蘇州「葑門《ほうもん》の荷花宕《はすいけ》」の賑わいを記します。岡山鳥の『江戸名所花暦』（一八三九年）は、「不忍池」の情景を、次のように述べています。

……名物蓮めし、田楽等を鬻《ひさ》く。花盛りのころは、朝またきより遊客、開花を見んとて賑ふ。実に東雲《しののめ》の頃は、匂ひ殊にかんはしく、又紅白の蓮花《れんげ》、朝日に映する光景《ありさま》、たとへんに物なし。

かくて蓮に関する季語も、蓮（花）が晩夏のほか、蓮植う＝晩春、蓮の浮葉＝仲夏、蓮の葉＝晩夏、秋蓮＝初秋、蓮の実＝仲秋、破蓮《やれ》＝仲秋、蓮根掘る＝初冬、と四季にわたります。

雀

稲雀、がうとたつ

雀（『訓蒙図彙』より）

◎「千羽雀の時節」

詩人北原白秋は、一九一六年（大正五）五月に東葛飾《かつしか》の真間《まま》（千葉県市川市）、同年七月から翌年六月まで南葛飾の小岩《こいわ》（東京都江東区）に住みました。当時は田園地帯で、葛飾田圃の「見渡す限りの稲の穂波が愈々《いよいよ》黄金いろ」になると、「所謂《いわゆる》千羽雀の時節」だと『雀の生活』に記します

何千何万とも知れぬ雀の群集が、彼方《あちら》にも此方《こちら》にも黒胡麻のやうに乱れ落ちたり、飛びあがつたり、遥かの空から、稲の穂波とすれすれに金色に競つて光つて羽ばたき羽ばたき壊《なだ》れて来るかと思ふと、思ひがけなく近くの田圃から、また入れ変りに擾れ立つて逃げたり、または専念に向ひ風に羽ばたく雀、激しく吹き分けられて二羽三羽と方々へ外《そ》れて、向き向きに頭をちぢめて羽ばたく雀、たつた一羽になつて翼を細かにちぎれるほど振りきつて何処へ行くとも知れず小さく飛んでゆく雀、さういふのが、唯の一羽でも鳴き立てぬ雀は無いのだから、その騒がしさ喧ましさと云ふものは無いのです。取りわけて、赤い赤い太陽が本所辺の濛々と煙つてゐる幾百とも知れぬ大煙突の向うに落ちかかつて、西方一面に寒々と赤く反照する日の暮れ時の群雀の姦ましさは全く耳が金聾《かなつんぼ》になるばかしでした。

（雀と人間との詩的関係）

百姓は雀を追いますが、「雀は悧巧《りこう》です」。「田から一番近い家の庭の樹立を目がけて」、「まるで聚雨の襲うて来る慌ただしさで、一時《ひととき》に逃げて来」て、樹上で「一しきり鳴き騒ぎ」、百姓が向こうへ行く後ろから、「元の田へ一斉に飛び下りる、また追はれて逃げてくるといふ風」で、「それが朝から晩までだからたまりません。……」などともあります。

小林清之介氏は『新編 スズメの四季』（あすなろ書房）に、八月末から九月初め頃、「わが家の庭の給餌台『雀々亭』に寄り集まるスズメの姿がだんだんへってくる」といいます。近くの早稲田に群れるので、穂の一、二粒を手でつぶしてみると、まだ牛乳のような白い汁の出る乳

伝渡辺秀石筆『野稲群雀図』
江戸時代、長崎市立博物館蔵

熟期です。しかし雀には、餌台の炊いた「飯粒やかわいた米粒よりも、乳熟期の米の汁はずっとおいしいらしい」のです。でも、一人前になりかけの若鳥も、子育てで消耗した親鳥も、「穂のなかみは汁だから、そうかんたんには満腹しない。そこで、かれらは次々に気のすむまでかみつぶす。消化がはやくてじきに空腹になるから、またかみつぶす」ということになります。双眼鏡でみると、「くちばしを、米の汁でまっ白によごして」いるそうです。

延び細るつむりにくしや稲雀　原　石鼎
はつと思へば大稲雀がうとたつ　加藤楸邨

「稲雀」は秋の季語。首をのばして夢中で稲をついばむ雀は、人間には腹だたしいかぎりです。J-P・クレベールの『動物シンボル事典』（竹内信夫他訳。大修館書店）も、古代の「エジプト人にとって雀は、なによりもまず穀物の略奪者、泥棒であった」と記します。

◎人里に住む習性

世界には八六〇〇種以上の鳥（鳥綱《こう》）がおり、一般に大きく二五目《もく》に分類されます（化石種を含めると二万種以上。化石種の目を加えると二九目）。過半数の約五〇〇〇種を占めるスズメ目は最も進化した鳥類とみられ、そのハタオリドリ科（約一五〇種）のスズメ属に、スズメなど一五種が分類されます。スズメ属の「大部分は、アフリカとユーラシアに分布し、九種類までが今もアフリカに生息し、アフリカのみに生息する種類も多い」（唐沢孝一『スズメのお宿は街のなか』中公新書）ことから、その起源はアフリカか、と考えられているそうです。

スズメ（全長約一五センチ）はユーラシアの中緯度地帯に広く分布し、アジアではヒマラヤ山麓から東南アジア、ボルネオ、ジャワ、バリの諸島と南まで生息します。北米、オーストラリア、フィリピン、スラウェシ島でも移入されて繁殖しています。

近縁のニュウナイスズメ（入内雀。約一四センチ）は中国の南部・東部、台湾、朝鮮半島、サハリンなどに分布します。日本でも中部以北の林で繁殖し、秋にはスズメの群れにまじって稲田や畑に飛来します。なお呼称の「入内」には、①「新嘗《にいなめ》」の意で、人より先に新しい稲を食べることから、②遠流《おんる》となって死んだ中将藤原実方《さねかた》の霊が雀に化して内裏に帰り、台盤所の飯をついばんだことから、――などの話があります。

イエスズメ（家雀。約一六センチ）は、南欧・地中海周辺域から中央アジアのステップ（温帯草原）に分布し、農耕の広がりとともに西欧一帯、一九世紀には東欧からアムール地方、さらに移住者とともに北米、南米、南アフリカ、オーストラリアへも広がりました。佐野昌男氏は「一九九〇年八月利尻島でわが国初のイエスズメの生息とその繁殖を確認」（『雪国のスズメ』誠文堂新光社）したそうです。

イギリスのスズメ（英語 tree sparrow）はローマ時代からららしく、人家周辺に普通に見られたのは一七世紀、西部の島嶼では一九世紀まで人家周辺にいたそうです。今は市街地を追われて山林や果樹園などを生活圏とし、新来のイエスズメ（house sparrow）が市街地に住んでいます。他方、イエスズメのいない中国や日本では、スズメが人里の鳥です。スズメのいない台湾やヒマラヤの高地などでは、ニュウナイスズメ（russet sparrow）が、人家周辺に生息します。唐沢氏は前掲書に、「スズメ属の鳥の多くは、人家周辺に生息する習性を持っており、より優位の種がその環境を独占し、ほかのスズメ属の種を駆逐」するようだと指摘します。

旧約聖書の『詩篇』の第八四篇は、「燕」の章でも引きましたが、神の住居をたたえ、神の近くにありたいとして願います。

すずめがすみかを得、つばめがそのひなをいれる巣を得るように、万軍の主、わが王、わが神よ、あなたの祭壇のかたわらに、わがすまいを得させてください。

人家に自由に巣をつくり雛を育てる雀や燕《つばめ》は、当時の人々にも身近で、かつ人間が神に向かって自らを比しうる小さく弱き存在でした。また、「苦しむ者が思いくずおれてその嘆きを主のみ前に注ぎ出す時の祈」の歌である第一〇二篇にいいます。

わたしは眠らずに　屋根にひとりいるすずめのようです。

後世のフランス語では、「雀 moineau という語は小さな修道僧 moine あるいは若い修道士 moinillon を示す」（『動物シンボル事典』）そうです。

◎日本神話では〝雀女《うすめ》〟役

中国の戦国時代には、性悪説を唱えた荀子《じゅんし》が「小なるものはこれを燕と爵《すずめ》なり」（上論）といいます。性善説を唱えた孟子は、民は水の下《ひく》きにつくごとく仁につくとしていいます。

故に淵の為に魚を敺《おいや》る者は獺《かわうそ》也。叢《くさむら》の為に爵《すずめ》を敺る者は鸇《たか》也。湯・武の為に民を敺りし者は桀《けつ》と紂《ちゅう》也。（『孟子』離婁篇）

暴君の夏《か》の桀王や殷《いん》の紂王（獺や鷹）は、民衆（魚や雀）を苦しめ、殷の湯王（夏を倒す）や周の武王（殷を倒す）という仁君（淵や叢）へ追いやった――の意で、ここでも雀は、数は多いが力なく弱き民衆に譬えられます。

一年各月の自然や年中行事等を記す『礼記《らいき》』の「月令」では、雀は季秋（九月）の記事中に、

鴻鴈来賓《こうがんらいひん》し、爵《すずめ》大水に入りて蛤《はまぐり》と為《な》る。

と出ます。二十四節気の七十二候では、九月節（太陽暦一〇月八日頃～二三日頃）の初候を「鴻鴈来賓」、中候を「雀入大水為蛤」とします。晩秋に雀が海浜で群れ騒ぐことからの俗信といわれ、物のよく変化することの譬えとなります。ちなみに、『日本書紀』は斉明天皇四年（六五八）、出雲国で「北海の浜に魚死にて積めり」とし、魚の大きさは鮐《ふく》（河豚《ふぐ》）のようで「雀の喙《くち》、針の鱗《いろこ》」があり、土地の人は「雀海に入りて魚に化而為《な》れり。名《なづ》けて雀魚《すずみを》と曰《い》ふ」と記

しています。

日本の国譲り神話では、高天原《たかまがはら》から出雲平定に遣わされた天若日子《あめのわかひこ》（天雅彦）が大国主神の娘下照比売《したてるひめ》と婚して任務を放棄し、高天原からの矢で殺されます。比売の泣く声で子の天若日子の死を知った父神は、屍を天に引き取り、葬儀を行いました。『古事記』は、その際、河鴈《かわかり》を岐佐理《きさり》もち（持傾頭者《きさりもち》で、頭を傾け食事を捧げる者?）、鷺を掃持《ははきもち》（喪屋を掃く者）、翠鳥《そにどり》（翡《かわ》翠《せみ》）を御食人《みけびと》（調理する者）、雀を碓女《うすめ》（臼を搗《つ》く女）、雉《きじ》を哭女《なきめ》（泣女《なきおんな》）にした、といいます。『日本書紀』にも「雀を以て舂女《つきめ》とす」とあり、人々の生活の身近にいる雀の動作が観察されての役割、といえないでしょうか。

また『日本書紀』は皇極天皇元年（六四二）七月二三日、蘇我入鹿《そがのいるか》に仕える少年が、

白雀の子を獲《え》たり。是の日の同じ時に、人有りて、白雀を以て籠《こ》に納《い》れて、蘇我大臣《おほおみ》に送る。

と伝え、大臣は入鹿の父蝦夷《えみし》です。天武天皇代には九年（六八〇）七月に「朱雀、南門に有り」、一〇年七月にも「朱雀見ゆ」とあります。一一年八月には筑紫大宰《つくしのおおみこともち》が「三足《みつのあし》ある雀有り」と報告、翌年正月二日に大宰多治比嶋《たじひのしま》らが三足雀を献上、七日の大極殿での節会《せちえ》に群臣に示され、一八日の詔では政治が天道にかなった祥瑞として賜禄・大赦・課役免除を行うと記します。以後も平安時代にかけて、六国史は度々「白雀」（白子《アルビノ》?）等について記します。いず

れも祥瑞とされ、平安時代の『延喜式《えんぎしき》』(治部省)は、諸種の「祥瑞」のなかに「赤雀」を上瑞、「白雀」を中瑞、と規定しています。

◎平安京の雀

藤原道綱母は天禄三年(九七二)二月末、

このごろ、空の気色《けしき》なほりたちて、うらうらとのどかなり。暖かにもあらず、寒くもあらぬ風、梅《むめ》にたぐひて鶯をさそふ。鶏の声など、さまざまなごう聞こえたり。屋《や》の上をながむれば、巣くふ雀ども、瓦の下を出で入りさへづる。庭の草、氷に許され顔なり。

(『蜻蛉日記《かげろうにっき》』)

と、巣づくり材料の藁《わら》などをせっせと屋根瓦の下にくわえこむ雀たちを、のどかな平安京の春に描いています。また、

三月になりぬ。木の芽雀隠れになりて、祭のころおぼえて榊笛恋しう、……。

とも述べます。この年は二月の次に閏二月があったので、三月ともなれば木の葉は雀を隠すほどの繁みとなり、賀茂社の葵祭(四月)の笛の恋しくなるような季節で、作者は同時代の曾禰《そねの》好忠《よしただ》の次の歌も思い出したようです。

浅茅生《あさぢふ》もすずめがくれになりにけりむべ木のもとは暗《ぐら》かるらん

(『曾丹集《そたんしゅう》』)

二人の男が鳥わなを仕掛けて雀を捕ろうとしている（『扇面古写経』下絵、12世紀中頃）

雀の子に心ひかれる清少納言は、自分で飼ったのでしょうか。『枕草子』に、

こころときめきするもの　すずめの子飼《こがひ》。

といい、また鼠の鳴き声をまねると寄って来る雛の愛らしい動作をあげました。

うつくしきもの　瓜にかきたるちごの顔。すずめのこの、鼠鳴《ねずな》きするにをどり来る。

子雀を飼いたくなるのは子供も同じです。『源氏物語』若紫の巻では、青年の源氏（一八歳）が北山の小庵で美少女（一〇歳ばかり）と尼君を見かけます。尼君が泣き顔の少女に「喧嘩でも?」というと、少女は、

雀の子を犬君《いぬき》が逃がしつる。伏籠《ふせこ》の中《うち》に籠《こ》めたりつるものを。

と答えて口惜しがります（犬君は召使いの童女の名）。尼君は少女に、「なんて幼いことをいうんです。私は明日もわからぬ命なのに、雀を追いかけるなんて。生き物を捕らえると仏罰があたると申しあげたのに」というのでした。この少女こそ、源氏がひきとって育て、彼の理想の女性となる紫上です。

鎌倉初期成立の説話集『宇治拾遺物語』は、怪我をした雀を養って報われる話を載せます。子供の投げた石で腰を折り、烏につかまりそうな雀を、女が助け、米や薬を与えて飼い育て、雀はようやくなおって飛び去ります。二〇日ほど後、雀が来てしきりに鳴き、瓢《ひさご》の種を一粒置いていきました。植えると秋には大きな実をつけたので、女は喜んで近隣の者にも食べさせます。完熟した瓢のほうは、どれにも白米が入っていて、皆に分けても食べきれません。ところが、これを知った隣の女が雀をわざと怪我させ、同じように瓢の種を得て育て、実を食べると苦くて皆から嫌われ、また白米は出ずにさまざまな毒虫が出てきて、女は刺されて死にました。「されば物うらやみはすまじき事也」です（巻三ノ一六）。

この話が昔話『舌切雀』の原型ともいわれます。また中国の『捜神記《そうしんき》』（東晋の干宝《かんぼう》の著）に、漢の楊宝という男が傷ついた黄雀を黄花で飼育し、なおると放したが、ある夜黄衣の若者が来て玉環を与え、子孫は三公の位になるといったとの話（巻二〇）があり、これが原型ともいいます。

◎春浅い頃から

東京近郊では、「節分のころになると、スズメの声が変る」と小林氏はいいます（前掲書）。棟瓦の端の一段高い所で胸を張って繰り返すチィッチョ、チィッチョの「チィッ」が、「特に調子の高い音に変って、あたりによく澄み透《とお》る」のだそうです。三月には、「屋根か樹木の枝におりて、せわしくつつきあうかと思うと、またすぐ飛び立って、あっというまにどこかへ見えなくなってしまう」、雌をめぐっての雄どうしの争奪戦が行われます。

長野県の雀は、「雪のある二月下旬ごろから早くも繁殖にはいり」、「約一ヵ月で巣を完成」すると、佐野昌男氏は前掲『雪国のスズメ』に記します。巣の場所には、ふつう「人家の屋根、また板壁のすきまや、ふし穴、雨どい、えんとつなど」が選ばれます。藤原道綱母も「瓦の下を出で入り」と記すように、雀は人里という環境によく適応し、環境を巣づくりにも有効に利用しています。

では、平安朝の人々の心をときめかせた雛は、どのように生をうけてくるのでしょう。佐野氏の詳細な調査のごく一部をのぞいてみました（ちなみに俳諧の季語では、雀の巣＝三春、孕雀《はらみ》＝仲春、雀の子・雀隠れ＝晩春、となっている）。

産卵はふつう一腹五〜六個。毎早朝一個ずつで、最終の朝は今までより大きなまだら模様の卵（「止め卵」という）です。全部を産んでから抱卵を始め、一二日目に孵化します。時間差はありますが（調査は詳細）、抱卵・育雛は雌雄が協力し、孵化後およそ一四日間で雛は巣立ちます。その間の親鳥の抱擁は、夜は抱卵と同じく雌が行い、雛が体熱を発して自分の体温を維持できるようになる七〜九日後頃に、雌も夜は巣を離れて塒《ねぐら》につきます。

佐野氏が飯山市分道《ぶんどう》で調査した成鳥の平均体重は二五・三グラムです。雛は孵化直後は一・八〜二・一グラム。一〇ほどは一日一・八〜一・九グラムずつ増え、次にやや下がりぎみ、巣

愛宕下藪小路（安藤広重『名所江戸百景』より）

立ち間際の一三、四日目に二グラムふえ、平均二〇・三グラムで巣立ちました。親鳥の餌運び回数の一時間当り平均は、一日目が雌三・一回、雄二・八回、一〇日目は雌一七・二回、雄九・一回です。一日の合計回数は一日目八八回から一〇日目三九四回と急増し、後期には約三分に一回、雛が巣立つまでには計四〇〇〇回以上運びます。

スズメは雑食性で、人間にとっては多量の害虫が雛の餌となります。たとえばニュウナイスズメは信州大学羽田研究室の戸隠森林公園の調査によると、「およそ三〇の巣から雛が巣立つまでに八キログラム以上の害虫を消化している」そうです。

巣立った雛は二、三日はあまり動かず、一塊りで親の運ぶ餌を求めて鳴きつづけ、しだいに枝から枝へ行動圏を広げ、「二一日目にはパタリと姿を消しました」。雛は独立し、二羽の親鳥は元の巣箱で次の繁殖の準備を始めています。重労働の育雛だけでも四〇日以上かかる繁殖を、彼らは年二回行っているのです。

そんな雀を、三〜四年間観察しつづけた北原白秋は、その熱い視線を、『雀の生活』の最初の章の冒頭に、次のように述べています。

雀を私は観てゐます。観てゐると云ふよりは、常に雀と一緒になつて、私も飛んだり啼いたりしてゐます。雀は全くかはいゝ。彼は全く素朴で、誠実です。極めて神経が細《こま》かで、悧巧で、時々慌てゝ、初心《うぶ》で、単純で、それはあどけないものです。（雀と人間との愛）

鹿

妻恋う秋

鹿（『訓蒙図彙』より）

◎日本の秋の声

秋を実感させてくれる声といえば、まず草叢に鳴く虫のそれでしょう。しかし『万葉集』には、庭や家の周辺にすだく「蟋蟀《こおろぎ》」の歌が七首あるのみで、その文芸上の展開は平安時代をまちます（万葉歌の蟋蟀は鳴く虫一般をさすといわれる）。そこで、ほかに秋の声といえば？　と思って浮かんできたのが、『小倉百人一首』にある次の二首です。

おくやまに紅葉踏み分けなく鹿の声聞くときぞ秋は悲しき　　猿丸大夫
世のなかよ道こそなけれ思ひ入る山のおくにも鹿ぞなくなる　　皇太后宮大夫俊成

いずれも奥山に鳴く鹿の声を詠みます。前者は『古今和歌集』、後者は『千載《せんざい》和歌集』と、ともに平安時代の勅撰集の入集歌です。

ところで鹿は、『万葉集』に最も多く詠まれる獣《けもの》とのことです。

紀伊国《きのくに》の昔猟夫《さつを》の鳴り矢もち鹿取《か》りなびけし坂の上にそある　（一六七八）
弥彦《いやひこ》　神の麓に　今日《けふ》らもか　鹿《しか》の伏すらむ　皮服《かはごろも》着て　角《つの》つきながら　（三八八四）
このころの秋の朝明《あさけ》に霧隠《ごも》り妻呼ぶ雄鹿《しか》の声のさやけさ　（二一四一）
高円《たかまど》の秋野の上《うへ》の朝霧に妻呼ぶ乎之可《をしか》出で立つらむか　（四三一九）
雁は来ぬ萩は散りぬと左小壮鹿《さをしか》の鳴くなる声もうらぶれにけり　（二一四四）

右の歌の「か」は鹿の古称、「をしか」は雄《おす》の鹿、「さをしか」のさは接頭語で、これらの合計は五八首。うち二二四一～二二五六歌の一六首は「鹿鳴を詠む」、大伴家持《おおとものやかもち》作の二歌（一六〇二、一六〇三）にも「鹿鳴の歌」とあり、他に鹿鳴とわかる歌を加えると、鳴く鹿の歌は四四首に達します（「さをしか」三五首中二八首、「しか」一五首中一一首、「か」四首中三首、「をしか」四首中二首が鹿鳴を詠む）。

鹿の求愛の季節は秋。その声は、秋の代表的な花の萩、鳥の雁とともに歌われ（前掲二二四四歌）、大伴家持が天平一五年（七四三）八月一六日、

『鹿草木夾纈屛風（しかくさききょうけちのびょうぶ）』正倉院宝物

山彦《やまびこ》の相とよむまで妻恋《つまこひ》に鹿鳴《か》く山辺《やまへ》にひとりのみして　（一六〇二）

と詠むほどに、万葉の秋に谺《こだま》していました。後世の俳諧も、「鹿」を秋の季語とします。『万葉集』にはまた、「鹿」「鹿猪」「思之」「宍」「十六」と書いて「しし」と詠む歌が、計一一首あります（九九《くく》で四四《しし》は十六）。うち八首は、

あしひきの山椿咲く八《や》つ峰《を》越え鹿《しし》待つ君が斎《いは》ひ妻かも　（一二六二）

のように、「しし」を狩りの対象とみてのもので、鹿鳴は一首もありません。「しし」（肉・宍）の語は、主として食用にする獣肉をさしますが、とくに鹿や猪のこともいうのは、鹿・猪が肉を取る主要な獲物だったからでしょうか。両者を「かのしし」「ゐのしし」と区別もしました。なお万葉歌には、「射《い》ゆしし」（手負いじし）、「ししじもの」（まるでししのように）、「しし田」（ししの荒らす田）、「宍串《ししくし》ろ」（肉《しし》の串刺し）などの言葉もあります。

◎個体で異なる鹿子《かのこ》模様

偶蹄《ぐうてい》目反芻《はんすう》亜目シカ科の動物を、広い意味でシカといいます。蹄《ひづめ》をもつ草食獣で、蹄だけを地につけて歩き（蹄行性）、きわめて速く跳び走りもします。またウシやラクダなどと同じく、食物を反芻します。

シカ科は一四属約三四種に分類され、南北両アメリカ、ユーラシア、アフリカ（エチオピア

地域を除く）に広く分布し、生息地も森林、荒れ地、ツンドラとさまざまです。最大種はユーラシアと北アメリカ北部にいるヘラジカで、最大は体長三一〇センチ、肩高二三五センチ、体重八二五キロほどです。最小種は、チリやアルゼンチン南部のアンデスやチロエ島（チリ）にいるプーズーで、最小は体長七八センチ、肩高三二センチ、体重七キロほどです。F・ザルテン（一八六九～一九四五）作の『バンビ』（W・ディズニーがアニメ映画化）の主人公は、ノロという小型のシカで（ノロジカとも）、体長一一〇センチ、肩高七〇センチ、体重三〇キロほどです。二〇センチほどの三尖の小角をもち、インドを除くユーラシアに分布します。

シカ属シカ亜属（*Sika* 英名 sika deer）の動物が、狭い意味のシカです。中～小型で、夏毛は胴に白斑（鹿子《かのこ》）があり、広げることのできる白い部分（尾鏡）が尻にあります。東アジア特産で、タイワンジカ（台湾）、タイリクジカ（中国、朝鮮半島、ウスリー、北海道）、ツシマジカ（対馬）、ニホンジカ（本州、四国、九州など）の各種が、各地にいます。

ニホンジカ *Cervus nippon* はタイリクジカより小型で（肩高五八～九九センチ）、角（長さ二五～七二センチ）の比較的短い第一尖（眉枝）が基部近くで分かれています。夏毛は赤褐色で白斑があり、冬毛は暗褐色で白斑はなく、尾先は白色です。川村俊蔵氏は一九四八～五二年に調査した成果を、『奈良公園のシカ』（今西錦司編『日本動物記』4〔思索社〕所収）にまとめています。性交期を除き雄・雌は別グループをつくり、雄は一般に二歳ほどで母群から離れる、雄グループは寄合所帯らしく、雌グループは母系社会で親子だけの小グループから大グループまであり、リーダー制になっている、等々を詳述します。調査は個体識別から始まり、夏毛の白斑こそは「生まれ落ちて死ぬまで、けっして変わることのない紋章」で、冬毛では消えるが「年があらたまると、深い毛底にうっすら認められる」ともあります。

鹿児島県屋久《やく》島のヤクシカ、沖縄県慶良間《けらま》列島のケラマジカは小型で、角の叉は普通二個しかなく、それぞれニホンジカの亜種とされます。長崎県対馬のツシマジカは、角の第一尖が基部より高い所で分かれます。

◎角は毎年生えかわる

雄ジカの立派な枝角《えだづの》は年一回、普通は春に生えかわります（雌に角はない）。古い角が頭骨の突起した角座から落ち、皮膚に覆われた柔らかな袋角《ふくろづの》が生じて、成長するにつれ固い骨質となり、皮膚はやがて剝げ落ちます。万葉歌人は、

夏野行く小壮鹿《をしか》の角の束《つか》の間も妹《いも》が心を忘れて思へや　（五〇二）

と、雄鹿の袋角の期間の短さに着目、その束の間も妻の心を忘れないと歌います。袋角は陰干しして強精剤の鹿茸《ろくじょう》にし、古代には袋角を取る「薬猟《くすりがり》」を行いました。『日本書紀』は推古天皇一九年（六一一）、「夏五月の五日に菟田野《うだのの》に薬猟す」といい、宮廷あげての行事のようすを

記します（菟田野は奈良県大宇陀町周辺）。『万葉集』の三八八五歌は薬猟される「鹿のために痛みを述べて作る」とする長歌で、「我《あ》が角はみ笠のはやし」（角は笠の飾り?）をはじめ、耳は墨壺、目は鏡といった見立てから、爪は弭《ゆはず》、毛は筆、皮は箱の張り皮、肉《しし》・肝《きも》は膾《なます》、みげ（牛・鹿などの胃）は塩辛にされると詠みます。

ニホンジカは生まれたときには無角です。一歳は瘤状、二歳は長い棒状、三歳は二尖、四歳は三尖と生えかわるごとに枝を増し、五歳の四尖で完了するのが普通ですが、まれに六尖、七尖もあるそうです。角は何のためにあり、大きさはどうなのでしょうか。

三浦慎悟氏は「シンボルか武器か・シカ類の角の意味」（『アニマ』一九七八年九月号の特集「シカの社会」）に諸説を紹介し、「私もまた、奈良公園で発情期のオスの順位序列が角の大きさとパラレルに形成されること、そして優位個体はテリトリーを形成して交尾の主な担い手となり、繁殖において、角の大きな個体が有利であることを示した」と述べます。詳細な紹介はできないので、氏の「ハレムをめぐる出会いと別れ」（前掲誌）の冒頭部分を引用します。

突然の秋の到来を私は感動をもって見つめていた。

先ほどから向かいあっていた二頭のオスは全身に泥をぬり、先日まで柔らかい皮ふに覆われていたその角はすでに骨質がむき出されていた。頭を上につき出し、喉から顎にかけて発達したたてがみを誇示する威嚇姿勢（head-up display）が何回かくり返されると、突然二頭は頭を下げ激しく角をつき合わせた。……（中略）……全エネルギーをかけたような熾烈《しれつ》な闘いが数十秒つづいた。わずかに角の短い個体がたじろぎ一瞬顔をそらせたかと思うと、いや応ない相手の角攻勢を脇腹に受けたようだった。勝負はその瞬間決着がついていた。「ウォッ。ウォッ」という激しい音声を伴った追い払い行動（chasing）が続き、敗者はやみくもに逃げていった。角の大きな個体は五メートルほど追撃すると立ち止まり、勝ち誇ったかのように、そこで角を小さなアセビにあてて激しくゆすり（角つき行動：antler thrashing）、前肢で何度も地面をかいた（泥かき行動；pawing）のであった。

それまでの「食っちゃ寝」的生活から一転、ハレムをつくろうとする雄たちの「発情期特有の行動に没頭する」姿でした。

◎骨角器と鹿卜《ろくぼく》

数十万年前の北京原人（シナントロプス。化石人類）は鹿の頭骨を少し加工し、容器様のものにしているそうです。旧人（三〇万〜三万五〇〇〇年前に生存の化石人類）は動物の骨角で尖頭器をつくり、新人（現生人類）の後期旧石器時代（三・五万〜一万年前）には骨角器が世界各地で盛んに生産されます。この時代のラスコー（フランス）の洞窟美術には、たとえば頭と角を突き出して泳ぐ鹿の群れなどが描かれています。農耕牧畜の開始はわずか一万年ほど前といわ

5匹の鹿の頭部（ラスコー洞窟壁画、前2万～前1万年）

れ、人類は長い期間、生命の糧のすべてを採集狩猟によって得てきました。

日本の縄文時代（前一万数千年～前三〇〇年）には、骨器はおもに鹿、鳥、鯨の骨が材料で、鹿の「まっすぐな形態の中手・中足骨は、縦に割られ、その骨片を砥石などで仕上げ、鏃《やじり》、尖頭器、針、錐《きり》など」（『世界大百科事典』「骨角器」の項）にしています。鹿角を叉状に切りとり、穿孔、彫刻した腰飾もあります。骨角器は以後も使われ、古墳時代には鹿角の各種刀装具もつくられました。

中国の殷《いん》代には、亀甲や獣骨を焼いてできた裂け目（亀裂）で国家の大事を占い、亀卜《きぼく》は最も権威がありました。日本でも占いは重視され、日本神話に次の話があります。

伊邪那岐命《いざなきのみこと》・伊邪那美命《いざなみのみこと》の男女神が天《あめ》の沼《ぬ》

矛《ぼこ》をかきまわすと、その滴が「おのごろ島」になります。二神は島に降りたち、女神が「あなにやしえをとこを」（何といい男よ）と唱え、次に男神が「あなにやしえをとめを」と唱えて交わりました。しかし生まれたのは骨なしの「水蛭子《ひるこ》」で、次の「淡島《あわしま》」も「子の例《かず》には入らず」、二神は天つ神に指示を請います。

爾《ここ》に天つ神の命《みこと》以《も》ちて、ふとまにに卜相《うら》へて、詔《の》りたまひしく、……（『古事記』）

すなわち「太占《ふとまに》」の占いで、「女が先に唱えたのがよくない」とわかり、唱えなおして日本の国土が生まれました。占いの方法は、たとえば次の神話に出ます。

弟の須佐之男命《すさのお》の横暴を怒った天照大神《あまてらす》は天《あま》の岩屋戸《いわやと》に隠れ、世は闇となります。八百万《やおよろず》の神は思兼神《おもいかね》に連れ出す方法を考えさせ、その成否を天児屋命《あめのこやね》・布刀玉命《ふとだま》が占います。

天《あめ》の香山《かぐやま》の真男鹿《まをしか》の肩を内抜《うつ》きに抜きて、天の香山の天のははかを取りて、占合《うらな》ひまかなはしめて、……（『古事記』）

とあり、この例では雄鹿の肩甲骨を抜きだし、「ははか」（ウワミズザクラといわれる）で焼いて占っています。

太古の卜骨は弥生時代の遺跡から出土し、ほとんどがニホンジカの骨です。新潟県佐渡郡金井町千種で出土した鹿の肩甲骨は、内側に鑽焼《きりやき》跡があり、ひび割れもあるそうです。

武蔵野に占部《うらへ》かた焼きまさでにも告《の》らぬ君が名占《うら》に出にけり（三三七四）

占ったら、人に告げたこともない君の名が出た、と万葉歌は詠みます。律令制以降、中国にならい亀卜が公の行事となりますが、群馬県富岡市の貫前《ぬきさき》神社には一二月八日の鹿卜の神事があるなど、諸例が今もみられます。

◎「其数万を以て算《かぞふ》べし」

幕末の探検家松浦武四郎（一八一八〜八八）は北海道・サハリンを度々歩き、いくつもの日誌に見聞を記しました。鹿についての記述もあります。

遥向に三丁計の間一面赤くみゆる故に、彼は何と問う間に土人弓矢を握り走り追行、其音に今一面赤く草の枯たるかと見し処、八方に散乱するが、鹿の群集りしなり。其数万を以て算べしと思はる。（『東蝦夷日誌』四篇。今の新冠《にいかつぷ》付近）

此浜に鹿の骨多く、恰も寄木の如くあり。是は冬分山に住難く浜え出来り、雪にそり過て落死すると、熊はそれを夜々出来りて喰よし。当所出稼の者等、冬分は泙の日、皆幣鹿を拾ひに来りて喰ふと。其骨幾若干《いくそくばく》とも取尽がたし。（『西蝦夷日誌』三篇。積丹半島ノロラン）

北海道の鹿はニホンジカより大型なエゾシカで、タイリクジカの亜種とされています。「一面赤く見ゆる」ほどに多い鹿は、狩猟と漁獲によって生きてきたアイヌの人々にとり、鮭とと

江戸時代には将軍の鹿狩りは恒例となったが、中期以降は近郊の鹿の数が減少し、ほとんど獲物が得られなかったという（『下総小金原鹿狩図絵巻』江戸時代、国立歴史民俗博物館蔵より）

もに主食の最たるものでした。「獲物」をアイヌ語で「ユㇰ」といい、シ・ユㇰ（本当の獲物）は大きな牡熊、モ・ユㇰ（小さい獲物）はエゾタヌキだそうです。しかし地名のユㇰは鹿をさすと、更科源蔵・更科光著『コタン生物記』II（法政大学出版局）の「シカ」は諸例をあげます。各地に多いユㇰ・ルペシは鹿の越路、ユㇰ・トラシは鹿の登っていく所（南富良野町の幾寅《いくとら》。訳地名に鹿越）、天人峡の勇駒別《ゆこまんべつ》は鹿が山の方に行く川、門別《もんべつ》町の幾千世はユㇰ・チセ（鹿の家。鹿がいつも集まってくる所）等々です。山林原野に充ちていた鹿は、「食糧としての獲物《ユㇰ》の代表として、自然ユㇰといえば鹿」のことでした。

釧路地方と十勝地方の境にあるユケランヌプリ（鹿のおりる山）では、「ドーンという大きな音がすると鹿が踊りながらおりてくる」といい、山猟には木幣を捧げて祈り、春の堅雪の時期になると猟をしました。また同地農屋《のや》コタンの鹿狩暦は、一〜三月は雪の中を犬に追わせる。
四〜八月は仕掛弓。
九月は鹿笛や罠を用いる。
十月からまた仕掛弓。

です。秋の発情期に使う鹿笛は、「特殊な木の笛に鹿の膀胱とか耳や腹子の皮、蛙の皮や魚の皮などを貼り、『ピュー』とならすと、他の牡鹿が自分の領地近くにいると思って、牡鹿が勢い込んで狩人の前に姿を現わす」との説明です（以上『コタン生物記』IIより）。

『春日鹿曼茶羅図』南北朝時代

早川孝太郎は『猪・鹿・狸』（一九二六年刊）に、鹿は「三、四十年前までは、今から思うと嘘のようにいたのである。狩人に追われて、人家の軒や畑を走る姿を見ることは珍しくなかった」といい、故郷（愛知県新城市）の鹿と狩りの民俗を述べます。山中に生きるマタギの猟から武士の巻狩まで、鹿は主要な獲物の一つで、多くの狩猟伝承もあります。

近代の急速な山野の開発で、鹿は作物や苗木を荒らす害獣とされてきました。野生生物の生態に関心の深まる昨今、共生の課題は、もちろん人間の側にあります。

うちふして　ものもふ　くさの　まくらべ　を　あしたの　しかの　むれ　わたりつつ

（『鹿鳴集』）

などと、会津八一は奈良の鹿を詠みました。また、春日大社の神鹿として今に至った「鹿の姿は、『万葉集』の歌人たちにとつては思ひもよらぬものになつてゐるのに違ひない」と、『渾斎《こんさい》随筆』に書きとめてもいます。

烏

太陽に棲む

烏（『訓蒙図彙』より）

◎夕焼けの大群は秋～冬

スズメ目カラス科の鳥は二六属一〇六種ほどです。南極圏、ニュージーランド、大洋中の島々を除いて世界に広く分布し、羽色や形態からカケス類、ベニハシガラス類、ホシガラス類、カラス類に大別できるそうです。日本のカラス属は、普通に見かけるハシボソガラスとハシブトガラスが留鳥で、ほかにミヤマガラスとコクマルガラスが九州、ワタリガラスが北海道に、冬鳥として渡来します。

ハシボソはユーラシア各地に分布し、日本では九州以北で繁殖します。全長約五〇センチで、都会地周辺部から耕地・草地・林地の混在する環境、山地、漁村などに生息します。

ハシブトはその名のとおり嘴《くちばし》が太く、アムール地方、サハリンからアジア南部に分布し、日本では種子島・屋久島以北にハシブトガラス、奄美大島から宮古島の間にリュウキュウハシブトガラス、八重山列島にオサハシブトガラスが繁殖します。ハシブトは全長六〇センチほどで、林のほか都会にもよく適応し、東京都心でも営巣します。

山岸哲《さとし》氏が初めて烏の大群を見たのは大学二年生のとき、場所は長野県の野尻湖でした。

一一月の夕暮れに、私は湖の中の弁天島という小さな島に夕方集まってくるカラスをにらんで懸命にカウンター（数取り器）を押し続けた。カラスは真赤に染まった湖面すれすれに、切れ目なくゴマ粒のようになってやってきた。その日カウンターは二五〇〇以上をさし示した。この世に、こんなにもカラスがいるということが不思議でたまらなかった。

（『アニマ』一九七六年三月号「カラス　群れのなりたちをさぐる」）

氏は一九六一年二月に長野県内の大きな塒《ねぐら》の所在調査を始め、大集団化する冬季には七地域個体群（県内五ヵ所と県境近くの山梨・岐阜県各一ヵ所）で計一万三五〇〇〜一万七〇〇〇羽、越境の出入りを考えると当時の総数は一万五〇〇〇羽ほどか、との結果を得ました。

山岸氏はハシボソガラスの繁殖生活も紹介します（羽田健三・飯田洋一氏の観察によって）。

——長野県では三月に巣づくりが始まり、前年の親仔の家族が、朝、集団塒から帰ってくる。縄張りも親仔が張り、ともに他のカラスを追いはらう。その家族縄張り内の巣を中心に小さい縄張りができ、そこには仔は入れない。巣づくりは一ヵ月間で、三月下旬に産卵に入ると仔は去って番《つが》いだけの縄張りとなる。雌は第一卵を産んだ夜から巣で抱卵しつつ眠り、雄は縄張り内の樹木で単独で眠る。青緑色の地に褐灰色の斑点のある美しい卵を、毎日一個、五個ほど産み（「七つの子」ではない）、雌だけが二〇日間温める。雛《ひな》は初め裸で体温調節が難しく、夜も雌が抱く。雛は一〇日ほどで開眼し、雌も夜は巣を離れて雄とともに縄張り内で塒をとる。雛は一ヵ月ほどで巣立ち、二ヵ月ほど親とともに縄張り内で行動し、以後は縄張り外に家族塒、または近隣の家族との合同家族塒をとる。河原などに日中でも四〇〜五〇羽の群れがみられるようになり、八月頃からは集団塒に通うようになる。家族期に親がどこで塒をとるかは、「鳥の中でもカラスくらい高等になると杓子定規には決めがたいらしい」（以上要約）。
ちなみに俳諧では、「鴉《からす》の巣」は春、「鴉の子」は夏の季語となっています。

◎洪水伝説に羽ばたく

古代シュメール（イラク）の『ギルガメシュ叙事詩』は、世界最古の洪水神話を伝えます。第十一の書板（アッシリア語版）によると、ユーフラテス河畔の洪水を予告されたウトナピシュティム（シュメール語ではジウスドラ）は、船を造って助かります。船がニシルの山に止まって七日目に、鳩、次に燕《つばめ》を放しますが、いずれも休み場所がなくて戻りました。

私は大鳥を解き放してやった
大鳥は立ち去り、水が引いたのを見て
ものを食べ、ぐるぐるまわり、カアカア鳴き、帰って来なかった
（矢島文夫訳）

鳩・燕・鳥に付された意味はともかく、腐肉も食べる鳥は、たくましい存在です。
旧約聖書の『創世記』は、箱舟で洪水を逃れたノアの伝説を第八章に記し、
四十日たって、ノアはその造った箱舟の窓を開いて、からすを放ったところ、からすは地の上から水がかわききるまで、あちらこちらへ飛びまわった。

と、まず鳥を記します。次に鳩は「水がまだ全地のおもてにあった」ので戻り、七日後に再び放つとオリーブの葉をくわえて戻り、さらに七日後には戻りませんでした。鳥は晴れやらぬ闇、白鳩は再び戻った明るさを表わす（J－P・クレベール『動物シンボル事典』竹内信夫他訳。大修館書店）などの見解もありますが、どうでしょうか。

ローマのオウィディウス（西暦一七年没）の『転身物語』には、鳩や鷲鳥や白鳥に負けず白かった鳥が、舌禍で「突然、黒い羽に変わってしまった」次の話があります。

――アポロン神の愛する美女コロニスが他の男と密通するのを、「この神の鳥といわれる大《おお》鴉《がらす》」が気づいた。おしゃべりでミネルウァ神の不興をかった小鴉の忠告もきかず、大鴉は主人に告げた。アポロンは怒って彼女を殺すがすぐに悔やみ、屍に香水を注ぎ抱擁して葬儀を終え、「真実をしゃべったことの褒賞《ほうしよう》をあてにしていた大鴉には、白い鳥たちの仲間の一員であることを禁じた」（巻二。中村善也訳による）。

グリム童話の「七人の鳥」では、生まれた女の子が死にそうになります。娘の洗礼を死ぬ前にと急ぐ父親が、その水を汲みにいった七人の兄たちが壺を泉に落として困っているのを知らずに、戻らぬ彼らを「鳥になれ！」と呪ってしまいました。鳥になって飛び去った兄たちを、成長した妹が探しにいきます。……

現代の作家O・プロイスラーの、伝説に基づく『クラバート』（中村浩三訳。偕成社）では、水車場の一二人の職人が黒い部屋で「さあ早く、止り木に止まれ！」といわれて鳥になり、魔法を習います。黒い姿の鳥は呪術や神秘にかかわり、ときに不吉とする民話は、世界各地にあります。

夏目漱石は一九〇〇年一〇月二八日にロンドンに着き、三日後にロンドン塔を見学しました。短篇『倫敦塔』では、見学中に一女性が子供に、鴉が三羽しか見えないのに「五羽居ます」と話していました。帰ると宿の主人も「五羽いたでせう」といい、「あれは奉納の鴉です。昔《むか》しからあすこに飼つて居るので、一羽でも数が不足すると、すぐあとをこしらへます」と説明したと述べます。烏が塔からいなくなると大英帝国は滅びるとの伝説によるもので、今も羽を切って飼われています。

◎「日中に踆烏《しゅんう》有り」

中国では、太陽には烏が棲むと考えました。湖南省長沙東郊にある前漢（前二〇二～後八）前期の馬王堆漢墓《まおうたいかんぼ》から発見されたT字型の彩色帛画《はくが》（絹地の絵。全長二〇五センチ）は、上部の右上に太陽とその中に黒烏、左上に三日月と蟾蜍《せんじょ》（ヒキガエル）を描きます。劉安《りゅうあん》（前一二二年没）編『淮南子《えなんじ》』精神訓は、「日中に踆烏《しゅんう》有り。月中に蟾蜍有り」（踆＝うずくまる）といいます。また月には兎がいるとして、日月を「烏兎《うと》」と表現します。さらに、太陽には金鴉《きんあ》・金《きん》烏《う》・赤鴉《せきあ》などの異名もあります。太陽の烏は三本足とされ（上図のように帛画は二本足で、初期のものかといわれる）、また三足烏は西王母の従者でもあり、『史記』司馬相如列伝は、相如の作った「大人の賦」の辞に述べます。

かくて吾かの西王母眼のあたり親しくは見る。霜をなす白い髪、首飾して穴に棲み、幸いに三足の烏そが為に用をば果す。

（野口定男他訳）

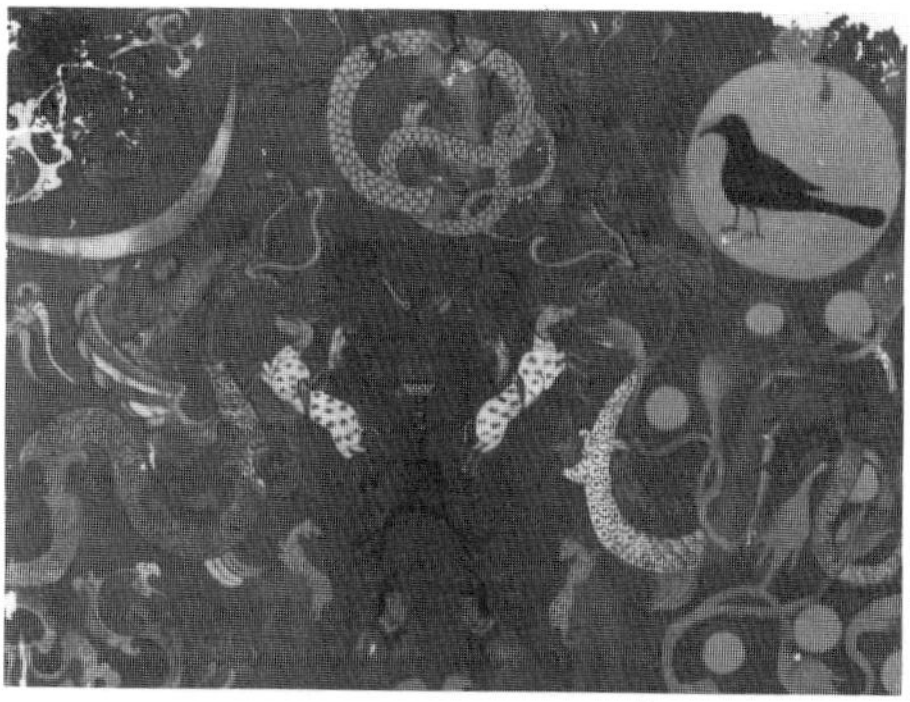

馬王堆漢墓から発見された彩色帛画（上部）、前２世紀

前述の大鴉の主人のアポロンは、光り輝く《フォイボス》者と呼ばれる光明の神でもあり、前五世紀以降は太陽神ヘリオスと同一視されている神です。八咫烏《やたがらす》を派遣する日本の天照《あまてらす》大神（後述）も、名前からして太陽イメージです。太陽の烏は太陽の黒点によるともいいますが、どうでしょう。「真赤な夕日に向かって、カラスが次々に集団塒に飛んでいくシーンを見ると、あたかも太陽に吸いこまれていくような錯覚におちいる」と、唐沢孝一氏は『カラスはどれほど賢いか』（中公新書）にいい、烏は毎日太陽と地球を往復しているのでは、と昔の人が考えても不自然ではないと続けていいます。氏はまた、烏が多くの動物と違い、火を恐れる

だけではないとする諸例をあげ、焚火の燃えさしを巣づくりのために運んで、巣の燃えた話なども紹介しています。

『史記』周本紀は、周の武王が殷《いん》の紂《ちゅう》王を討とうと黄河を渡りおわると、火が下流から上ってまた下り、営舎近くで赤い鳥になったと伝えます。同書の封禅書は秦の記事中に、「周は火の徳をそなえていたので赤鳥という瑞祥があらわれた」と説明します。黄帝は土、夏《か》は木、殷は金、周は火、秦は水の徳をそなえるとの、五行説による説明です。

日本では天武天皇六年（六七七）一一月一日、『日本書紀』が「筑紫大宰《つくしのおおみこともち》、赤鳥を献れり」と述べ、朝廷は大宰府の諸役人、赤鳥を捕らえた者とその郡司に禄や官位を与え、郡内百姓の課役を免除したと記します。持統天皇六年（六九二）五月には、相模国司が「赤鳥の雛」二羽を献じて前例と似た恩賞が行われており、以後『続日本紀《しょくにほんぎ》』には白鳥等の捕獲も度々記されます。平安時代の『延喜式《えんぎしき》』（治部省）は、多くの「祥瑞」のうち、青鳥・赤鳥・三足鳥を上瑞、白鳥・蒼鳥・翠鳥を中瑞と定めていました。白鳥は白子（アルビノ）でしょうか。

なお中国では「反哺」、すなわち鳥は成長すると親に反対に餌を運んで哺《ふく》ませる孝鳥と考えられ、

声中如二告訴一、未レ尽二反哺心一

と、白居易は「慈鳥夜啼」に詠みます。

◎八咫烏と鴨県主《かものあがたぬし》

高天原《たかまがはら》から出雲平定に遣わされた天若日子《あめのわかひこ》は任務を遂行せず、高天原からの詰問の使者を射殺し、自らも高天原から投げ返された矢で落命したと、国譲り神話はいいます。『古事記』は、翠鳥《そにどり》（翡翠《かわせみ》）を御食人《みけびと》（調理人）、雀を碓女《うすめ》（臼を搗《つ》く女）、雉《きじ》を哭女《なきめ》（泣女）などとして、天若日子を葬ったと述べます。そして『日本書紀』には、「烏を以て宍人者《ししひと》とす」とあります（宍人は料理人、死者に食物を供える人）。

鳥は二本足だから、四足の獣より人間に近いとの考えがあり、鳥の行動に人間との類似をみる気持ちは強かったようです。餌をついばむため体を上下に動かす雀が碓女なら、烏は食欲旺盛だからでしょうか。また人々は霊魂が浮遊すると信じ、飛翔する鳥を霊魂そのもの、ないし霊魂を運ぶ使者とみました。鳥の葬儀参加に、こうした考えが投影しているのかもしれません。

八咫烏《やたがらす》の登場は神武天皇の伝説です。熊野から大和へ向かう際、山けわしく路もなくて困っていると、天皇の夢に天照大神が現れ、

朕今頭八咫烏《あれいまやたのからす》を遣はす。以《も》て郷導者《くにのみちびき》としたまへ。

（『日本書紀』）

と告げます。はたして八咫烏が飛び来たり、その先導で菟田《うだ》（奈良県宇陀郡）に達しましたた（咫《あた》は長さの単位。八咫烏は大きな烏の意）。高木《たかぎ》大神が八咫烏を派遣したとする『古事記』では、

八咫烏が使者となり、宇陀《うだ》の土豪兄宇迦斯《えうかし》・弟宇迦斯《おとうかし》兄弟に「今、天つ神の御子幸行《い》でましぬ。汝等仕え奉らむや」と服従を求めます。また『日本書紀』にも似た話があり、八咫烏が兄磯城《えしき》・弟磯城《おとしき》兄弟のそれぞれの陣に使いし、「天神《あまつかみ》の子《みこ》、汝《いまし》を召す。率《いざ》わ、率わ」と鳴いて、服属を求めています。

大和平定後、天皇は即位して論功行賞を実施し、

頭八咫烏《やたのからす》、亦賞《たまひもの》の例《つら》に入る。其の苗裔《のち》は、即ち葛野主殿県主部《かづののとのもりのあがたぬしら》是《これ》なり。

と『日本書紀』は伝え、八咫烏は葛野県主、すなわち山城国の鴨県主《かものあがたぬし》の祖先だといいます。

これに関連するのが、『山城国風土記』逸文の「日向《ひむか》の曾《そ》の峯に天降《あも》りましし神、賀茂建角《かもたけつの》身《み》命、神倭石余比古《かむやまといはれひこ》の御前《みさき》に立ちまして、大和の葛木山の峯に宿りまし、彼《そこ》より漸《やくやく》に遷《うつ》りて、山代《やましろ》の国の岡田の賀茂に至りたまひ」の記事です。賀茂建角身命は賀茂御祖《かもみおや》神社（京都の下鴨《しもがも》神社）の祭神ですが、神武天皇（神倭石余比古）を先導して（御前に立ち）大和に入り、後に山城に移ったとの伝承です。『新撰姓氏録』（山城国神別）も、鴨県主の祖鴨建津之身《かもたけつのみ》命は「大烏と化《な》りて」神武天皇を導いたといいます。

次に「主殿」ですが、令制の主殿《とのも》寮は宮内省所属の宮司で、天皇行幸時の乗物等の管理や供奉も主要な管掌事項です。鴨（賀茂）氏はその世襲メンバーの一員で、右の職掌は「御前に立ちまして」に、照応するといえましょう。

伏見稲荷大社の狐、日吉大社の猿、鹿島神宮の鹿など、各々の神と特別な関係にある動物を、神使、使婢《つかわしめ》などといいます。烏は熊野大社（本宮・新宮・那智の三社）の神使で、その牛玉宝《ごおうほう》印《いん》（社寺の発行する一種の護符で起請文《きしょうもん》によく用いる）は「熊野山宝印」などの文字を、多くの烏で描きます。伊勢神宮、厳島神社、玉津島神社（和歌山市）でも、烏は神使です。

名古屋の熱田神宮の摂社御田《みた》神社には、祈年・新嘗祭の神饌を「ホーホーと烏を呼びながら土用殿の屋根の上に投げあげて烏に食べさせる烏食《からすぐ》い（烏勧請）の慣習があり、昔は烏が御供

熊野の牛玉宝印

御田神社、烏食いの神事
（『東海道名所図会』より）

を食べなければ祭典が行われなかった」そうです（日本歴史地名大系『愛知県の地名』「熱田神宮」の項。平凡社）。柳田国男は「烏勧請の事」（一九三四年。『野鳥雑記』所収）に、「正月に烏に餅を食はせる風習は方々にある」とし、正月にかぎらず、烏に餅を与える烏祭・御《お》烏《と》喰《くい》神事などの各地の例を紹介します。また雲仙のゴルフ場では、打ちあげた球を、烏がくわえていってしまうと記します。柳田は、島原の知人が少年の頃の遊びで、「烏かんじょう猫かんじょう」と唱えつつ烏の群れに石を投げると、烏がそれをくわえようとした、との話を引き、古い時代、餅を烏に投げあたえていた風習の記憶が、子供と烏に残っていたのではないかと、推測しています。

◎万葉の朝烏・銀座の朝烏

『万葉集』には烏が四首に出ます。

烏とふ大をそ鳥のまさでにも来まさぬ君をころくとそ鳴く　（三五二一）

は相聞歌。「烏というとんま鳥が、実際には来ない君を、自分からやって来ると鳴く」の意。

波羅門《ばらもん》の作れる小田《をだ》を食《は》む烏　瞼《まなぶた》腫《は》れて幡桙《はたほこ》に居《を》り　（三八五六）

は、「波羅門さんの作った田の稲を食べる烏、罰があたったか瞼が腫れて幡桙に止まっている」と戯れています。

暁《あかとき》と夜烏《よがらす》泣けどこのもりの木末《こぬれ》が上はいまだ静けし　（一二六三）

朝烏早くな鳴きそ我が背子《せこ》が朝明《あさけ》の姿見れば悲しも　（三〇九五）

後者は「朝早くから泣くな、夜明けに帰る彼の姿を見るのは悲しい」という恋の歌です。夜半から夜明けに鳴く烏、連れそう相手のいない烏を病烏《やもめがらす》（寡烏）といい、鎌倉時代には藤原為家が、

月になくやもめからすの音に立て秋のきぬたそ霜に打なる　（『新撰六帖』）

と詠みます。夜明けに鳴く「明烏《あけがらす》」は、江戸時代、遊女三吉野と伊勢屋の伊之助の心中事件（一七六九年）をとりあげた新内節『明烏夢泡雪《あけがらすゆめのあわゆき》』、蕪村とその門下の俳諧集の題『あけ烏』にも使われました。

現代の東京都心の朝烏は日の出前頃、たとえば銀座入りして「その残飯あさりは、ただ見事というほかはない。飛来する時刻からして計算し尽されている」と、唐沢氏が前掲書にいいます。冬なら、街に人も車も少なく、早朝までに出された残飯が山とある六時頃に飛来し、人が増えゴミ収集車の動く八時頃には、大部分の烏は引きあげます（最近は、都市によっては烏に対抗して早朝のゴミ収集が進められている）。氏と都市鳥研究会員の調査によるその特徴は、およそ次の三点とのことです。

①実に要心深い。会員がそっと接近してもすぐ逃げるのに、新聞配達人などはノーマーク。

②残飯あさりは三〜五羽の小集団。機能的で、人の接近をすばやく知った一羽が他に知らせる。
③すべてハシブトガラスである。
一九八四年二月の同研究会の調査では、都心の大集団の塒は明治神宮四〇〇〇羽、目黒の自然教育園二〇〇〇羽、他に日比谷公園、上野公園、皇居その他の緑地を考えて総計七〇〇〇羽ほどが都心の烏かとみていますが、正確とはいえないそうです。

下手物《げてもの》食いで腐肉も食べる鳥ですから、夜の繁華街の残飯だけが魅力ではありません。藤原審爾の小説『鴉五千羽夕陽に向う』は、図太く利口な鳥がゴルフ場建設現場の残飯をめぐり、人間と執拗に争う（？）姿を描きます。また、一九二一〜二二年にシベリア出兵を体験した黒島伝治の反戦小説『渦巻ける烏の群れ』は、雪原で道に迷い凍死した一個中隊が、春の雪解けに渦巻く烏の群れの下で発見されていくようすを最後に記します。別の隊の兵士たちが行くと、烏は「雪の上に群がって貪欲《どんよく》な嘴《くちばし》でそこをかきさがしつゝいて」おり、烏の逃げる先々にも屍がありました。唐沢氏も、芥川龍之介の『羅生門』には烏が餓死者を食べるシーンがある、等々の例を指摘します。

そうした例は、生態系のなかでの自然のありようでしょうが、人間には残忍とも思われます。といって、では人間はどうなのでしょうか。

雁

言《こと》告げ遣《や》らむ

雁（『訓蒙図彙』より）

◎「雁が鳴いて行かあ」

東京の上野公園は秋の深まりとともに、不忍池《しのばずのいけ》（周囲約二キロ）が鴨《かも》たちでにぎやかになります。毎冬の飛来数は六〇〇〇〜七〇〇〇羽、種類は一二〜一四種、上野動物園の福田道雄氏の観察では、オナガガモが一九六〇年頃から増え、一時は八〜九割を占めたのが、ホシハジロやキンクロハジロの増加で、八三年頃は五〜六割とのことです（『アニマ』一九八三年一一月号。私が九九年一一月下旬に訪れたときは、オナガガモはホシハジロ、キンクロハジロより少ないくらいに思えた）。

その鴨たちの動きを眺めながら、森鷗外の小説『雁』（一九一五年刊）は、この池の雁であることを思い出しました。同じカモ科（ガンカモ科）の鳥で、渡り鳥です。

石原は黙つて池の方を指ざした。岡田も僕も、灰色に濁つた夕《ゆふべ》の空気を透かして、指ざす方角を見た。其頃は根津に通ずる小溝《こみぞ》から、今三人の立つてゐる汀《みぎは》まで、一面に葦《あし》が茂つてゐた。其葦の枯葉が池の中心に向つて次第に疎《まばら》になつて、只枯蓮《かれはす》の襤褸《ぼろ》のやうな葉、海綿のやうな房《ばう》が碁布《きふ》せられ、葉や房の茎は、種々の高さに折れて、それが鋭角に聳えて、景物《けいぶつ》に荒涼な趣を添へてゐる。此の bitume《ビチユウム》 色の茎の間を縫つて、黒ずんだ上に鈍《にぶ》い反射を見せてゐる水の面《おもて》を、十羽ばかりの雁が緩やかに往来してゐる。中には停止して動か

羽根田落雁（安藤広重『江戸近郊八景』より）

ぬのもある。

投げた石で一羽が死に、外套に隠して持ち帰った三人は、下宿で雁を肴に酒を飲みます。

日本には九種のガンの飛来が記録されるそうで、今は北極圏からのマガン（真雁。全長約七二センチ）と、シベリア方面からのヒシクイ（菱喰。全長約八三センチ）が主です（他はごくわずか）。ともに全国に広く飛来していましたが、現在は東北・北陸地方に数千羽が越冬するだけで、宮城県の伊豆沼や新潟市周辺の沼沢、石川県の片野鴨池、滋賀県の湖沼などが集住地として知られています。保護のため一九七一年に天然記念物に指定されましたが、明治の狩猟法では猟鳥で、多獲と警戒心などから姿を消したのでしょうか。九九年一〇月一二日の朝日新聞夕刊「天気」欄には、「東京湾奥にある三番瀬に、冬の代表的な渡り鳥ガンが飛来した」とあり、嬉しくなりましたが、生息する沼沢地も、干拓・開発でめっきり減りました。あの新国劇『国定忠治』の名場面に欠かせない雁は、関東地方ではどうなっているのでしょうか。

忠治　赤城の山も今夜を限り、生れ故郷の国定村や縄張りを捨て国を捨て、可愛い子分の手前達とも別れ〳〵になる首途《かどで》だ。

巌鉄　そう言やア何だか嫌に寂しい気がしやすぜ。

定八　雁《かり》が鳴いて行かあ。

月をかすめ雁の声

俳諧では「雁」は晩秋の季語で、雁の飛来する頃に吹く北風を「雁渡し」といいます。

◎一夫一婦での一生

遠く離れた繁殖地と越冬地とを、毎年規則的に往復する鳥が「渡り鳥」です。そのうち、秋に北から日本へ来て越冬し、春に帰るのが「冬鳥」です。

ガン類は冬鳥で、より大きなハクチョウ類（六種）、より小さなカモ類（約一三〇種）と同じく、カモ科に属します。この科では最も地上生活に適し、マガン、ヒシクイ、ハイイロガン、シジュウカラガン、カササギガン、ロウバシガン、コバシガンなどの仲間が、世界中に広く分布します（アフリカ、オーストラリアは種類が少ない）。多くが雌雄同色で、一度番《つが》いになると、それで一生を通します。孵化後五〇〜六〇日で自力の生活が可能となりますが、翌春再び繁殖地に戻るまでは親とすごします。食物は水草や草の葉・実・根、穀類で、上嘴《くちばし》の縁が鋸歯状になり、草を引きちぎるのに適しています。

雁は群れですごすことが多く、家族の結合も強い鳥で、警戒心が強く、群れで食べるときは見張り役がいます。スウェーデンのノーベル賞作家S・ラーゲルレーブが子供のために書いた『ニールスのふしぎな旅』は、小人にされたニールスが鵞鳥《がちょう》のモルテンに乗り、隊長アッカ率いる雁の群れと旅しての話。雁たちが食事していると子供が二人歩いてきます。

それを見ると、見はりをしていたガンが、たちまちバタバタと羽ばたきをして、空に舞いあがりました。ほかのガンたちも、危険とさとって、いっせいに飛びあがりました。

（矢崎源九郎訳）

ちなみに鵞鳥は家禽《かきん》です。ヨーロッパ系の鵞鳥はエジプトで前二八〇〇年頃にはハイイロガンから、中国系のシナガチョウは前二〇〇〇年頃にはサカツラガンから、家禽化しているとのことです。

シベリアでは、オスチャーク族がオビ川に春に渡って来る雁を、母なる女神が春ごとに袖から振り落とす羽毛といい、また雁はオビ川の守護神ともいうそうです。日本でも雁の渡りは季節の一指標で、渡りが春秋の彼岸頃からのせいか、雁の故郷は「常世《とこよ》」とも思われました。

◎『漢書』の記す〝雁信〟

中国では古く『礼記《らいき》』(月令)が、「仲秋之月」(旧暦八月)に「鴻雁《こうがん》来り玄鳥《げんちょう》帰る」とします。「玄鳥」は燕《つばめ》、「鴻雁」は次に引く『詩経』(小雅)の詩に「大を鴻と曰《い》い、小を鴈と曰う」と注され(毛伝)、この場合、大・小の雁と理解されています。その詩「鴻鴈」は、

鴻鴈于飛　鴈《かり》飛んで
粛粛其羽　羽音粛《しゆくしゆく》々
之子于征　征く者は
劬労于野　野に苦しむ
爰及矜人　矜《あわ》れなる民を思い
哀此鰥寡　よるべない鰥寡《やもめ》を哀れむ

鴻鴈于飛　鴈飛んで
集于中沢　沢に集まる
之子于垣　汝《なれ》往いて城を築けば

百堵皆作　百《もも》の堵《かき》は皆できよう
雖則劬労　よしや今苦労しても
其究安宅　ゆく末は安けく居ろう

鴻鴈于飛　鴈飛んで
哀鳴敖敖　なく音《ね》のかなしさ
維此哲人　これやこの哲《さと》き人は
謂我劬労　私の苦労を察してくれよう
維我愚人　これやこの愚な人は
謂我宣驕　驕りの沙汰とも謂うであろうか

（目加田誠訳）

北西・南東の異民族を討ち、周王室を再興した宣王（在位前八二七～前七八二）を讃える詩ともいわれており、「哀鳴」が情感を添え、雁の姿が髣髴《ほうふつ》としてきます。

雁の渡りで日本の文芸にも深く浸透したのが、『漢書』の記す「雁信」（雁書・雁札等とも）の伝説です。武帝の命で天漢元年（前一〇〇）北の匈奴《きょうど》に使した蘇武は捕らえられ、その忠節に感じた単于《ぜんう》（匈奴の最高権力者の称号）の降参の勧めを拒んで、北海（バイカル湖）の人無き地で羊飼いとされます。時は流れ、両国は和睦、漢は蘇武らの引渡しを求めますが、死んだとの返答です。後に漢の使者が匈奴に赴くと、やはり留められていた蘇武の部下の常恵が、夜ひそかに使者に会って告げます。

単于にこういいなされ、「漢の天子が上林（陝西省にある御料林）で狩りをなされ、雁を射落としたところ、雁の足に絹の手紙が結びつけてあった。文面によれば、蘇武らはしかじかの沢のなかにいるとのことでござるが」と。　（本田済訳）

蘇武らはおよそ一九年後に帰国しました。

下って『元史』では、フビライに信頼された郝経《かくけい》（一二二三〜七五）が南宋に使し、宰相賈《か》似道《じどう》によって長江北岸に一六年間抑留されますが、雁に帛書《はくしょ》を結んで北に飛ばせたと伝えます。仏教では『大方便仏報恩経』（悪友品）に話があります。如意珠《にょいしゅ》を求める兄弟が海外に行き、弟（悪友）が珠を奪い兄（善友）の目を刺して帰国します、母夫人が白雁に手紙を結んで放つと、兄が返書を雁に託してよこし、ついに帰ることができたといいます（善友は釈迦、悪友は従弟の提婆達多《だいばだった》という）。

◎万葉歌にみる諸相

『古事記』は仁徳天皇の日女《ひめ》島（淀川河口）行幸の際、「其の島に鴈《かり》卵生みき」と伝えます。天皇は建内宿禰《たけうちのすくね》に歌で、「朝廷に仕え、長生きの汝は、この倭《やまと》の国で雁の産卵を聞いている

か」と問いました。宿禰も歌で「聞いたことがありません」と答え、さらに、

汝《な》が御子《みこ》や　終《つひ》に知らむと　雁は卵生《こむ》らし

と歌います。雁の産卵を、天皇の「末長く国を治めるであろう（終に知らむ）」瑞祥とする寿歌《ほきうた》で、雁は冬鳥との認識が前提にあります。

『万葉集』巻二の挽歌に、

とぐら立て飼ひし雁《かり》の子巣立ちなば真弓《まゆみ》の岡に飛び帰り来《こ》ね　（一八二）

があり、「とぐら」は鳥小屋のことです。番いで捕らえて飼っていたのなら、雛がかえって巣だつこともあったでしょう。もっとも、平安中期の『宇津保物語』（藤原の君）は、「宰相珍らしくいできたる雁の子に書きつく」として歌を詠み、『枕草子』は「あてなるもの（上品なもの）」の一つに「かりのこ」をあげ、これらの雁は広く鴨類や鵞鳥などを含めたもの、といわれます。

雁を詠む万葉歌は六六首ほどで、鳥では時鳥《ほととぎす》の一五三首に次ぎ、二番目に多いと思われます。

雁は来ぬ萩は散りぬとさ雄鹿の鳴くなる声もうらぶれにけり　（二一四四）

は、植物で最多の萩（一四一首ほど）と獣で最多の鹿（五八首ほど）を加えた、歌の秋場所に欠かせない三役揃い踏み、というところでしょう。

ぬばたまの夜《よ》渡る雁はおほほしく幾夜を経てか己《おの》が名を告《の》る　（二一三九）

渡りはおもに夜、カハンカハンとよく鳴きあいながら飛びます（雁という字の音は「がん」、訓

は「かり」。「雁が音《ね》」は鳴き声の意から雁そのものにもいい、狂言『鴈雁金《がんかりがね》』では、どちらの呼称が由緒あるかを言い争う）。遠い北方から訪れる雁への思いは、

今朝の朝明《あさけ》秋風寒し遠つ人雁が来鳴かむ時近みかも　（三九四七）

と、「遠つ人」を雁などの枕詞にします。

天《あま》飛ぶや雁を使ひに得てしかも奈良の都に言《こと》告げ遣《や》らむ　（三六七六）

は、天平八年（七三六）遣新羅使一行の一人が引津亭《ひきつのとまり》（福岡県志摩町）で、中国の雁信の故事に拠って「雁を使いに」と都を偲びます。

前漢の『淮南子《えなんじ》』（脩務訓・第十九）は、

かの鴈《かり》は、風むきに順《したが》って飛んで気力のむだを惜しみ、蘆を口に銜《くわ》えて飛翔することで矰《いぐ》弋《るみ》の害に備え、……　（戸川芳郎訳）

と雁の知恵を述べます（矰弋は紐や網のついた矢で、からませて捕る狩猟具）。この銜蘆《こうろ》伝説は、海を渡る雁が銜《くわ》えた蘆を投げ、そこに舞い降りて休むという伝承ともなり、大伴家持《おおとものやかもち》は三九七六歌の序に続く「七言一詩」中に詠みます。

帰鴻《きこう》は蘆を引き迥《とほ》く瀛《おき》に赴《おもぶ》く

万葉歌に中国文化の影響は濃く、彼の「帰雁」歌にも季節を替えて鴻雁・玄鳥が重なります。

燕来る時になりぬと雁がねは国偲《しの》ひつつ雲隠《くもがく》り鳴く　（四一四四）

当時の田は湿田で、雁は穀類を食べます。田に降りる雁、それを狙う狩人もいました。

雲隠《くもがく》り鳴くなる雁の行きて居む秋田の穂立《ほたち》繁くし思ほゆ　（一五六七）

巨椋《おほくら》の入江とよむなり射目人《いめひと》の伏見《ふしみ》が田居《たゐ》に雁渡るらし　（一六九九）

「射目人」は、遮蔽物を立てた設備（射目）に隠れて獲物を狙う射手で、「射目人の」は、身を伏せることから地名「伏見」の枕詞とされます。

◎「鳫鴨《がんかも》の稲を喰《くら》ふ難儀《なんぎ》の事」

縄文文化期の貝塚から出土する鳥骨ではカモ科とキジ科が多く、ことにカモ科は大型から小型の鳥まで含まれ、冬鳥が「鳥猟の主体」と推察されるそうです。弥生文化期の瓜郷《うりごう》遺跡（豊橋市）では、マガモ、カルガモ、マガンの鳥骨が他の鳥骨とともに出土しました（直良信夫『狩猟』〔法政大学出版局〕による）。

雁は古代以来、秋の哀れなどの風情《ふぜい》を誘う文学・美術等の景物ですが、食鳥でもありました。中世にはこのことを前提に、狂言が雁を軸とする笑いの世界を展開します。『鳫礫《がんつぶて》』では、雁を射ようとしていた大名が、先に礫（小石）で仕留めた使いの者の雁を「自分が射た雁だ」とおどし、仲裁人が登場して大名は弓の下手なのを見抜かれ、……となります。『鳫盗人《がんぬすびと》』では、帰国する大名が世話になった人を招待しようと、太郎冠者《たろうかじゃ》を買物に出します。冠者は「生きて

江戸時代の雁鍋屋（『琴声美人録』より）

飛ぶような初鴈」を半値の一〇〇疋にまけさせ、金を取りに戻りますが、大名は金はないと出さず、冠者が一計を案じ、二人は雁屋へ行って互いに「自分が買う」と争い、雁屋が驚いて仲裁に入ったすきに冠者が雁を盗み、……となります。

昔話では、『花咲爺』とよく似た『雁取爺《がんとりじじい》』が東北各地にあります。灰で花を咲かせるのと違い、爺さんが屋根に上って灰をまくと、「鍵になって飛んできた雁の眼さあ飛んで入って、ぼたぼたと落ちて来たど。爺と婆と二人で喜んで、雁汁煮て食って居ると、隣の根性きたなし婆こ」がやってきます（関敬吾『日本昔話集成』中の岩手県岩手郡雫石町の例）。

鷹狩の盛んな江戸時代、浅井了意は仮名《かな》草子『浮世物語』（一六六五～六六年頃刊）巻三の「鳫鴨《がんかも》の稲を喰《くら》ふ難儀《なんぎ》の事」で、その風潮を批判します。主君が「庭に雁を飼え」と命じ、代官が百姓にとらせて奉ると「神妙也。年貢も完納せよ」とのこと。そこで浮世房（主人公）が話しだします。雁が「田に下りて稲を喰ふ事いふばかりなし」で百姓は大迷惑だが、所々に「御鷹狩の為とて」見張り役人がいて雁を保護し、追うこともできず、「いかにお鳫様、お立ちなされ給はれ」と頼んでも稲をみな食べられる。唐土の鷹狩りは、国主が民百姓のようすをみて政道を正すものであったが、今は慰み、遊びのため、……。この話を聞いた主君は感心し、年貢を軽くし、未進を許した、となります。人間にとっては、雁は稲を食べる点で害鳥でしょうが、近世初期は新田開発で沼沢地の干拓が進んだ時代、雁の生活圏が縮小する時代でもありました。

雁風呂（牧墨僊編『一宵話（ひとよばなし）』江戸後期より）

津軽の外《そと》ヶ《が》浜《はま》（陸奥湾西側の地）の習俗と伝えるのが「雁《がん》風《ぶ》呂《ろ》」です。先述のように、雁は海上で休むため木を銜《くわ》えて飛ぶが、海岸に落としていく。春には再び銜えて帰るが、捕らえられた雁の数だけ木が残る。浜人はその木を拾い集め、燃やして雁供養の施湯を行った、との伝承です。

ところで、オーストリアのK・ローレ

ンツは動物行動学の領域を開拓し、「刷込《すりこ》み」「リリーサー」などの考えを提起した人です。アルテンブルクの家では、たとえば「ハイイロガンが毎晩寝室にはいりこんで夜をすごし、朝になると窓から外へ飛びだしてゆく」生活でした。この「自分のよく知っている動物となら、魔法の指輪などなくても話ができる」人の書いた『ソロモンの指輪』（日高敏隆訳。早川書房）は、わたしたちをガンなど動物たちの未知の世界に、感動的に誘います。何度読んでも楽しい一冊です。

林檎

禁断の果実か

来禽（『訓蒙図彙』より）

◎『ダフニスとクロエ』の林檎

紺碧のエーゲ海東部にうかぶレスボス島は、あの『ダフニスとクロエ』の物語の舞台です。それぞれが牧人に拾われ、すくすくと成長した捨て子の二人は、それが恋とは知らずに、互いに熱い思いを抱くようになりました。牧場での昼休み、ダフニスは自分の笛でうとうとするクロエに、つぶやきます（以下、引用は松平千秋訳）。

眠っているこの目、この息づかいはどうだろう。林檎の実だって爽やかな木立ちだってこんなんじゃない。（巻一）

この若者にとっての林檎のイメージは、おのが至上の乙女の安らかな姿に比するほどのものでした。巻二では、牛飼いだった老人が、二人に次のように声をかけてきます。自分がひらいた果樹園には、

折々の季節のもたらすものはなんでもある。春は薔薇《ばら》、百合、ヒヤシンス、それに二種の菫《すみれ》がどちらも咲く。夏はけしに梨、それから林檎はどんな種類もある。

物語の作者と伝えるロンゴスは二〜三世紀頃の人。当時すでに、この地域にはさまざまな林檎があったのでしょうか。また林檎は、誰もが好む果物の一つだったようです。なぜなら老人は、庭で勝手に果物をとる子供（実はクロノス神）の可愛いさに、「たった一度だけわしに接吻

してくれたら、林檎もざくろも持たして自由に帰してやる」というのです。
いろいろあって、双方の養い親に結婚を認められた二人は、いっしょに仕事をおえると、「からだを洗い、よく食べよく飲んでから熟《う》れ盛りの果実を探して歩き」まわります。何もかもがあふれる季節。——二種の梨。それに林檎はいくらでもあり、落果は葡萄酒のような芳香を放ち、枝の実はつやがよくて黄金色に輝いていました。摘みおえた梢にただ一つ残る美しく大きな実を見つけたダフニスは、登って採ってクロエにいいます。

この林檎の実は美しい季節《ホーライ》の精たちが生んで下さり、それを美しい木が育て、陽の神《ヘーリオス》が熟れさせ、運の女神《テュケー》がじっと見守って下さったおかげで今まで無事に残っていたのだ。……林檎はアフロディーテーさまが美しさの褒美としておもらいになったものだけど、これはぼくからきみに優勝のしるしとしてあげよう。女神もきみも、その美しさを判定した人間は似ている。パリスは羊飼い、ぼくは山羊飼いだからね。　（巻三）

さらに最終巻は、この地方の領主の庭園を、

林檎、てんにんか、梨、ざくろ、いちじく、オリーヴなどの果樹、また一方には丈高く育てた葡萄の木が、すでに熟れかかった房を垂らしながら、林檎や梨の木にからまり、さながら実《み》の美しさを競っているように見える。　（巻四）

と述べます。かくて林檎は全四巻のすべての巻に登場し、物語の牧歌的進行に大切な小道具と

なっています。

◎神話の〝黄金の林檎〟

ダフニスのいう「アフロディテが美しさの褒美にもらった林檎」とは、ギリシア神話の「パリスの審判」に出る「不和の林檎」です。

○海の女神テティスとアイギナ島の王ペレウスの結婚式には、争いの女神エリスだけが招かれなかった。怒った彼女は、黄金の林檎に「最も美しい女神に贈る」と書いて宴席に投げこんだ。我こそ最も美しいと自負する三女神――最高神ゼウスの妃ヘラ、知恵と戦いの神アテナ、美と恋の神アフロディテが林檎を争い、ゼウスはトロイアの王子パリスに美の審判を命じた。ヘラは「全人類の王」、アテナは「すべての戦いの勝利」をパリスに約束したが、パリスは「世界一の美女を妻に与える」というアフロディテに林檎を与えた。パリスは彼女の加護のもと、スパルタ王メネラオスの留守中、美女と評判の高い妃ヘレネを誘惑することに成功、このためにトロイア戦争が起きた。

「黄金の林檎」の木は、ゼウスとヘラの結婚への大地女神ガイアの贈物です。ヘスペリデス（宵の明星の娘たち）の住む世界の西の涯の園にあり、「ヘラクレスの十二功業」と呼ばれる英雄譚にも登場します。

P. P. ルーベンス『パリスの審判』1632年頃、ロンドン、ナショナル・ギャラリー蔵

○ヘラクレスがアルゴス王エウリュステウスに命じられた一一番目の仕事が、黄金の林檎を取ってくることだった。彼はまずコーカサスに行き、人間に火を与えた罰でゼウスに鎖で巨岩につながれていたプロメテウスを助け、園の所在を聞きだした。そこでアトラス山に行くと、オリュンポス神族に敗れた巨人神アトラスが、肩に天を背負わされていた。林檎を取れるのはヘスペリデスの父である彼しかいない。そう考えたヘラクレスは林檎の番をする竜を射て逃亡させ、次に彼に代わって天を担いだ。アトラスは林檎を取ってきたがそのまま去ろうとし、驚いたヘラクレス

は、「では担ぎ方を教えてくれ」と下手に出て天を彼の肩に戻し、林檎を持ちかえった。

ローマ時代のオウィディウス（西暦一七年没）は、『転身物語』に次のような話を伝えます。
○アルカディアの王子イアソスは女児を欲せず、娘のアタランテを山中に捨てた。彼女は狩りの女神アルテミスに仕える牝熊に育てられ、立派な猟師となって両親に再会した。父は結婚させたがったが、処女を守ると誓っていた彼女は、求婚者と競走して負けたら結婚するが、後から走りだす自分が追いついたら相手を殺すとの条件を示し、多くの若者が死んだ。最後にいとこのメラニオン（またはヒッポメネス）は、アフロディテから与えられた三個の黄金の林檎を持って走り、追いつかれそうになると一個ずつ投げ、彼女が林檎を拾う間にゴールに入って勝ち、ついに彼女を妻とした。
これらの話はヨーロッパに移植され、次々と文化の花を咲かせます。たとえばルーベンスの絵画『パリスの審判』、ブールデルの彫刻『弓を引くヘラクレス』、スウィンバーンの詩劇『アタランタ』、……と。

◎〝禁断の果実〟か

旧約聖書の『雅歌』の成立は、イスラエル王国が東地中海世界ときわめて密接だったソロモン王（前九二八年頃没）の頃にさかのぼるか、といわれます。男女の愛をうたう諸歌で、「林

檎」と訳される言葉も登場し、第二章では、
わが愛する者の若人《わこうど》たちの中にあるのは、
林の木の中にりんごの木があるようです。
わたしは大きな喜びをもって、彼の蔭にすわった。
彼の与える実はわたしの口に甘かった。
と林檎の木を恋人にみなし、また言います。
りんごをもって、わたしに元気をつけてください。
わたしは愛のために病みわずらっているのです。
第七章では「愛する者よ、快活なおとめよ」と呼びかけ、林檎の芳香を、
あなたの息のにおいがりんごのごとく、
とたとえます。さらに第八章では、
りんごの木の下で、わたしはあなたを呼びさました。
あなたの母上は、かしこで、
あなたのために産みの苦しみをなし、
あなたを産んだ者が、かしこで産みの苦しみをした。
と、林檎は出産（豊饒）と結びついてもいます。

また『箴言《しんげん》』の二五章は言います。

　おりにかなって語る言葉は、
　銀の彫り物に金のりんごをはめたようだ。

ところで、聖書の使用する右のヘブライ語はタップアク tappûach、ギリシア語はメロン μηλον で、これがリンゴか否かは、現代の聖書植物学の「もっともやっかいな問題の一つ」だそうです。H&A・モルデンケの『聖書の植物』(奥本裕昭編訳。八坂書房)は、G・G・ポストの『シリア・パレスティナ・シナイの植生』(一八八三～九三年刊)が「どこでも野生のリンゴを見かけなかった」と記すことを指摘します。また普通のリンゴは「比較的近年パレスティナに導入された」とほとんどの植物学者が考えており、「金の林檎」の条件を最も満たすのはアンズか、と述べます。

旧約聖書の『創世記』二～三章は、何の悩みもなくエデンの園に暮らすアダムとイブが、蛇の誘惑で禁断の木の実を食べ、神にそむいた行為(原罪)により楽園を追放され、これによって人間は苦労して働き、死する運命となった――といいます。この「禁断の果実」を林檎に同定するのは、J・ミルトンの『失楽園』(一六六七年刊)あたりに始まったようで、聖書にはそうした根拠はないそうです(『聖書の植物』)。

ちなみに、古代ローマのプリニウス(七九年没)の『博物誌』(中野定雄他訳)には、

われわれはモモとザクロにリンゴという名を与えているが、それらは実際は別な種類に属するものだ。（一五巻・三九）

とあります。また同書は「マルスまたはマルムの名で、リンゴのほかにかんきつ類、モモ、アンズ、ナツメ、ザクロなどを記載し、リンゴを果実の代表」としており、この呼称は一六～一

L．クラナハ『アダムとイブ』1526年、ロンドン、コートールド・インスティテュート・ギャラリー蔵

七世紀まで使用されたそうです。

◎ローマへは各地から

北半球に分布するバラ科リンゴ属の植物は二五種ほどで、次の三グループがあります。

①リンゴ類はリンゴ（セイヨウリンゴ）、中国原産のワリンゴ（ジリンゴ）、カイドウ、ヒメリンゴなどを含み、日本にはエゾノコリンゴが本州中部以北と北海道に自生します。

②ズミ類は中国に原生種が多く、ズミ（コリンゴ）は北海道から九州と朝鮮半島に分布し、リンゴの台木にもします。

③クロメレス類は北米原産の六種ほどで、果樹栽培はされていません。

リンゴは、アジア西部からヨーロッパ南東部が原産とみられる落葉果樹です。ブドウとともに世界の温帯地域で最も広く栽培され、年平均気温七〜一二度、夏季一八〜二〇度、年降水量六〇〇ミリくらいが適地とのことです。ヨーロッパでは四〇〇〇年以上前から栽培され、スイスの新石器時代の杭上《こうじょう》住居遺跡からは、炭化した林檎が発見されているそうです。

レスボス島出身のテオフラストス（前三七二頃〜前二八八頃）は、同島でのアリストテレスの生物研究に参加し、後に師の後継者となりました。彼の『植物誌』（大槻真一郎・月川和雄訳）は各所で林檎をとりあげ、例えば、オリーブ、セイヨウナシ、セイヨウリンゴ、イチジクのように木そのものに移植するべきものもあれば、……
（二巻五章）

と、接木（木そのものに移植）にも言及します。

ローマ時代には、前述のプリニウスが『博物誌』で、林檎には多くの品種があるとし、「ひどく甘い芳香のアッシリアの林檎」（一一巻）、「アメリア林檎は最も持ちがよく、蜂蜜林檎は最もわるいといわれる」（一五巻）、等々と述べます。詩人ホラティウス（前六五～前八）も『諷刺詩集』の「料理学入門」に、

林檎といえばティブールの林檎は甘味が少くて、ピケーヌム産には及ばない。見た眼はきれいに違いないが。
（二章。鈴木一郎訳）

と、ティブール（イタリア中部の現ティボリ）産とピケーヌム（北イタリアのアドリア海沿岸）産を比べます。またウェヌクラの葡萄は乾葡萄向きで、「このレーズンを使用して、林檎といっしょに煮てみたり」した最初は私だと、料理自慢もしています。

林檎は日本では生産量の九五％を生食しますが、欧米では四〇％以上が林檎酒、林檎ソース、ジュース、ブランデー、ビネガー、ジャム、ゼリー、プレザーブ、シロップ漬、アップルパイ、焼き林檎になるなど、その食文化は多彩です。林檎酒（仏語シードル、英語サイダー）はフランスのノルマンディーやイギリスのブリストル地方、ドイツにも著名な産地があります。糖度・

酸度が高くて渋味のある林檎を使い、蒸留酒のカルバドスはノルマンディーのカルバドス県産です。

林檎の生産は、一九世紀末まではイギリスが世界一でした。約三五〇年前に林檎酒用品種を導入したアメリカでは、一九世紀後半から品種改良が進み、今は世界一の生産国です。

◎日本には開国で

中国・湖北省の戦国時代（前四五三〜前二二一）の楚墓から、林檎の果核が出土したとのことです。漢代の成立とみられる『神農本草』に出る「柰《だい》」は、古く西域から伝わった現在のリンゴ（セイヨウリンゴ）の系統とみられます。六世紀前半の農書『斉民要術』はその栽培法を記し、頻婆《びんば》・蘋果《ひんか》なども同一系統の果実とみられています。他方、唐の呂才《りよさい》（六六五年没）の『新修本草』に「林檎」と記すのが、今はワリンゴと呼ばれる中国原産種のようで、花紅（果）・沙果などともいいます。

日本では平安前期、深根輔仁《ふかねのすけひと》による最初の漢和薬名辞書『本草和名《ほんぞうわみょう》』が、「㮈　又有二林檎一相似而小」と記します。辞書『和名類聚抄《わみょうるいじゅしょう》』は、「㮈子」は「柰」とも書き、和名は「ない」で、一名「からなし」といい、「林檎」は「りんきん」で和名は「りうこう」、「柰ト相似テ小ナル者也」と説明します。しかし、実際に柰（リンゴ）や林檎（ワリンゴ）が日本に入っていたかどうかは不明です。

ワリンゴの栽培普及は江戸時代からで、欧米系セイヨウリンゴは幕末に導入され、急速に普及しました。両者の共存時には、江戸時代からのほうを和林檎・地林檎、新しく入った欧米系を西洋林檎・苹果・華果《おおりんご》といって区別しましたが、和林檎は衰退して栽培されなくなり、西洋林檎を単に「林檎」と呼ぶようになります。

幕末に入った西洋林檎を、植物学者の田中芳男（一八三八〜一九一六）は「田中芳男君七六展覧会」の講演で追憶しています（一九一三年。『青森県りんご百年史』による）。

江戸時代に描かれたワリンゴ
（高木春山『本草図説』より）

〇「今言う平果《アップル》」が「巣鴨の越前家」（福井藩主松平慶永《よしなが》）の江戸屋敷にあり、「其樹枝を貰って林檎若くは海棠を台木として接いだのが慶応二年の春」だった。越前公は分った方だから外国より取り寄せたにちがいなく、本国（越前）

にもあって実がなったということだった。

○「慶応三年十月末に亜米利加から平果の各品種を沢山送って来」、「其果実は見た所もよく味も良いので人々は驚きました」。

彼はかつて、幕府の蕃書調所《ばんしょしらべしょ》物産学出役でした。

開国によって入ってきた林檎は、明治新政府のもとで北海道開発にあたる開拓使が積極的に導入し、各地で植栽され、東北地方や北海道、長野県などで栽培が広がります。島崎藤村の処女詩集『若菜集』の刊行は一八九七年（明治三〇）、収められた詩「初恋」は、

まだあげ初《そ》めし前髪《まへがみ》の
林檎《りんご》のもとに見えしとき
前にさしたる花櫛《はなぐし》の
花ある君と思ひけり

やさしく白き手をのべて
林檎をわれにあたへしは
薄紅《うすくれなゐ》の秋の実《み》に
人こひ初《そ》めしはじめなり

と、そのさわやかな香りと甘酸っぱい味を、ういういしい青春に重ねました。

その後百年余。次の表は、総務庁の「家計調査」による、一年間の「果実の一人当り購入量」です（単位＝一〇〇グラム。平成一〇年度『農業白書』附属統計表より）。

	一九六五年	一九七五年	一九八〇年	一九八五年	一九九〇年	一九九五年
みかん	九二・九	一九八・六	一二〇・三	九八・三	七四・二	六七・六
りんご	六五・九	四七・七	五四・六	四七・四	五三・一	五〇・九
バナナ	二一・四	四七・三	三六・五	三四・〇	三六・二	四一・六
なし	二二・一	二六・八	二四・一	二三・三	二〇・二	一九・四
その他かんきつ	—	二三・八	三二・一	三二・三	一九・五	三五・八
ぶどう	一二・三	一三・四	一二・九	一三・六	一一・一	一〇・一
もも	八・二	九・九	八・二	七・一	六・二	六・一
なつみかん	一七・五	二〇・八	一四・一	一二・二	八・一	四・四
レモン		二・五	三・八	三・九	二・八	二・二
生鮮果実計	三〇三・六	四九九・一	三九六・〇	三六四・九	三三六・九	三一八・〇

この三〇年間、林檎は蜜柑についで、つねに第二位となっています。青森県西津軽郡柏村桑野木田には、「樹齢百十八年、全国最古でしかも現役というリンゴの古木三本がある」と新聞で読んだのは一九九六年のことですが（朝日・一二月一五日の日曜版）、今も健在でしょうか。

科学者ニュートンが、一六六五年から翌年のペストの流行で田舎（ウールスソープ）に身を避けていたとき、庭の林檎の木から果実の落ちるのを眺めていて、万有引力の法則を着想したとの逸話は有名です。この木は一九世紀初めに枯れましたが、接木されており、日本には一九六四年に接木苗が渡ってきて、東京の小石川植物園で育てられました。そしてさらに接木苗が各地に植えられ、長野県では小・中学校の多くの校庭で枝を広げているそうです（なお「林檎」や「林檎園」は、俳諧では晩秋の季語となっている）。

葱

香味清爽

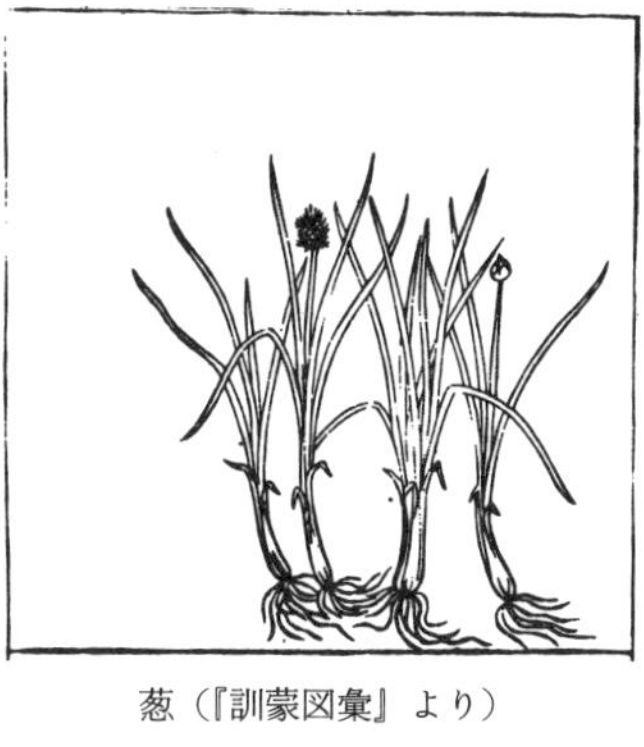

葱（『訓蒙図彙』より）

◎「洗あげたる寒さかな」

冬の野菜というと大根、白菜、そして葱《ねぎ》。松尾芭蕉は根深《ねぶか》葱（白い部分の多い葱。後述）の白さに、清冽な冬をみつめます。

ねぶかしろく洗《あらひ》あげたる寒さかな

葱の魅力の一端を、思いがけぬ人が知っていました。オランダ商館の医師シーボルトです。彼が商館長の江戸参府に従って長崎を出立したのは一八二六年二月一五日（文政九年一月九日）、一九日には小村の苔野（佐賀県三田川町）を通り、この地は旅行者には蕎麦《そば》で知られると『江戸参府紀行』（斎藤信訳）に記します。

それはソバ切り（Sobakiri）といってたいへん栄養に富んだ食物で、醬油の汁・ワサビ・トウガラシ・ネギなどでよい味がする。

蕎麦切り（細く切った現在の蕎麦）には、たしかに葱の香味が風味を添えてくれます。葱と鮪《まぐろ》を食材とする料理の葱鮪《ねぎま》は、三遊亭円朝（一九〇〇年没）の『真景累ヶ淵』が次のように評価しています。冬がいちばんよいという土蔵の塗り直しの行われている家でのこと、

職人方《がた》が帰り際《ぎは》には台所で夕飯時《ゆふめしどき》には主人が飯《めし》を喫《た》べさせ、寒い時分の事だから葱鮪《ねぎま》などは上等で、……

（十一）

鈴木晋一氏の『たべもの史話』（小学館ライブラリー）によると、葱鮪の初見は四方赤良《よものあから》こと大田南畝《なんぽ》編『江戸花海老《えどのはなえび》』（一七八二年）中の一首のようです。

生《おひ》さきをいのる心の本まぐろねぎははなれぬうぶすなの神　ねぎまの中将

「禰宜《ねぎ》が神を離れぬようにネギとマグロはつきものだ」の意だそうで、二つの食材はよくあうと思われています。

十返舎一九《じっぺんしゃいっく》の『東海道中膝栗毛』三編上（一八〇四年）では、白子（静岡県藤枝市）で弥次郎兵衛と喜多八が茶店に入り、酒を注文します。肴《さかな》は何があるかと聞かれた亭主は、

アイねぶかとまぐろの煮たのばっかし、

と答えます。これを喜多八が、

ねぎまのふろふきソレよかろふ

と注文し、亭主が、

インネふろふきじやアござらない、たんだ醤油でにたのだアのし、

と説明しつつ、「ねぎま」の皿を運んできます。鈴木氏は「ねぎまのふろふき」は「ねりまのふろふき」、つまり江戸近郊練馬《ねりま》の特産大根をもじって喜多八がダジャレをとばしたもので、「ふろふき大根」のように熱いもの、すなわち江戸の葱鮪は熱い鍋料理であると解説します。

鮪はきわめて下賤な魚との認識のやや変わりはじめるのも、鍋料理が文献で確認できる一八世

紀半ば頃らしい、とのことです。

葱類に特有の刺激的な匂いや辛味の主成分は硫化アリルだそうです。薬味・香辛料として喜ばれ、肉や魚の臭みを消すほか、「ビタミンB1とよく結合して吸収を助け、消化液の分泌を促す効果があるといわれ」(女子栄養大学出版部『食品図鑑』)、さらに身体を温めるとも考えられています。その辛味は、熱を加えることで甘味が引き出され、すき焼など、寒い冬の鍋料理に重要な役割をにないます。「葱」「葱汁」「葱鮪」は、俳諧では冬の季語です。

葱買て枯木の中を帰りけり　蕪村
深谷《ふかや》葱着きぬ鍋物何々ぞ　水原秋桜子

◎根深葱と葉葱など

ネギは、おもに北半球で五〇〇種ほどが知られる、ユリ科ネギ属の一種です。茎はごく短く、葉は鞘《さや》状部分の重なりあう葉鞘《ようしょう》部が茎状の構造(偽茎)で、先のとがる葉身部は生育につれ内部組織が崩壊して中空となります。根は紐状で太く、春には花茎がのびて葱坊主と呼ばれる球状の花房をつけます。寒さに強くてシベリアや中国東北部でも越冬し、暑さや乾燥にも強くて熱帯でも栽培され、原産地は中国西部かといわれますが不明で、西欧での記述は一六世紀になってからとのことです。

日本では北海道から九州まで一年中栽培され、冬に葉が枯れて休眠する夏葱型（加賀系）、冬も枯れずに生育する冬葱型（九条《くじょう》系）、完全には休眠しない中間型（千住《せんじゅ》系）があります。関東・東北・北陸・北海道では葉鞘部を土寄せで長く軟白に作る根深葱が、関西では冬眠性がなく緑色の葉身部が軟らかく発達した葉葱が、多く栽培されます。各地の特色ある品種のいくつかをあげましょう。

櫓《やぐら》葱　ネギの変種ともいわれる。花茎の先端に花房ではなく小ネギ（球芽）がつき、さらにこれらに小ネギがつくので、櫓葱・三階葱という。中国では古くから知られ、日本では近世の文献に記され、北陸・東北の積雪地で夏の葉葱として小規模に作られる。

ネギ（『成形図説』より）

ヤグラネギ（『草木図説』より）

下仁田《しもにた》　群馬県原産品種。草丈が低く葉鞘部が太く短い根深葱。
岩槻《いわつき》　埼玉県原産品種。草丈がやや低く軟らかな葉葱。
千住　草丈が高く葉鞘部のとくに長い関東の代表的根深葱。
九条　京都原産品種。関西から九州にかけて多く作られる代表的な葉葱。
越津《こしつ》　愛知県原産品種。春まき・秋まきがあり、周年栽培される葉葱。

日本では葱のほか、ネギ類（ネギ属）では玉葱《たまねぎ》・韮《にら》・分葱《わけぎ》・大蒜《にんにく》・浅葱《あさつき》・辣韮《らっきょう》・野蒜《のびる》・リーキなどが食用になっています。なかでも玉葱は、一九九八年（平成一〇年度）のおもな野菜の生産量を『農業白書』の附属統計表に見ると、次のように近年は三番目で、葱より二倍以上多くなっています（単位一〇〇〇トン）。

	一九六五年	一九七五年	一九八五年	一九九五年	一九九七年
だいこん	三〇九二・〇	二五四五・〇	二五四四・〇	二一四八・〇	二〇二〇・〇
キャベツ	一一七五・〇	一四二三・〇	一五八九・〇	一五四四・〇	一五〇四・〇
たまねぎ	八五九・一	一〇三二・〇	一三二六・〇	一二七八・〇	一二五六・〇
はくさい	一五四二・〇	一六〇七・〇	一四七八・〇	一一六三・〇	一一三五・〇
きゅうり	七七八・五	一〇二三・〇	一〇三三・〇	八二六・五	七九七・七

トマト	五三六・一	一〇二四・〇	八〇二・四	七五三・一	七七九・八
にんじん	四〇〇・〇	四九五・二	六六二・六	七二四・七	七一四・八
ねぎ	五七〇・二	五五四・六	五五二・六	五三三・五	五四九・三
なす	六二三・三	六六八・四	五九八・五	四七八・四	四七四・九
ほうれんそう	三三三・六	三四五・九	三八二・五	三六〇・四	三三〇・九

タマネギは二年草で、円筒状の葉の基部が肥厚した鱗片となり、これが重なりあった鱗茎（地下茎の一種）を食用とします。原産地は中央アジアといわれ、前五世紀にギリシアのヘロドトスは、エジプトのクフ王（在位前二五五三〜三〇）の時代に建設されたギザのピラミッドに、建設の「労務者に大根、玉葱、ニンニクを支給する」費用が記されている、と伝えます（松平千秋訳『歴史』第一二五節）。

日本では一六二七〜三一年（寛永四〜八）の長崎での玉葱栽培記録があるそうですが定着せず、一八七一年（明治四）の欧米からの導入が北海道で定着したとのことです（ただしシーボルトの前掲書は一八二六年三月九日、室《むろ》〔兵庫県御津町室津〕から姫路への途中で、山の斜面に作られた畑作物中に玉葱をあげる）。

◎古代中国の葱類

中国最古の詩集『詩経』小雅の「采芑《さいき》」詩は、珍重される玉《ぎょく》の色を、

服其命服　君に賜うた装束の
朱芾斯皇　朱《あけ》の芾《まえだれ》かがやかに
有瑲葱珩　あさぎの玉の音も清い　（目加田誠訳）

と、葱の色に形容します。儒教経典の『礼記《らいき》』玉藻篇も、「三命は赤韍葱衡《せきふつそうこう》」（三命すなわち公侯伯の卿は、赤い膝かけと葱色の佩玉をつける）と記します。色名では、浅葱《あさぎ》は薄い葱の葉の色（緑がかった薄青色）、萌葱《もえぎ》は萌えだすときの葱の色（黄と青の中間色）です。

もちろん人々は古くから葱類を食べており、『礼記』には食事を進める礼に「葱渫《そうさい》は末《すえ》に処《お》き」（典礼上篇。葱渫＝蒸した葱）とか、「君子の為に葱薤《そうかい》を択《えら》ぶ時は本末を絶つ」（少儀篇。薤＝韮《にら》、択ぶ＝料理する）、などとあります。韮は東アジア原産といわれる葱類で、農事を歌う『詩経』豳《ひん》風の「七月」詩に、

四之日其蚤　如月《きさらぎ》朝から羊を供え
献羊祭韭　韭《にら》を供えて氷室を開く　（目加田誠訳）

とあり、祭事の供物にもなっています（訳者は『礼記』月令篇に「仲春、天子羊を献じて氷室を

開き、まず寝廟にすすむ」と記すことをふまえる)。

では古代中国では、他にどんな葱類を栽培していたのでしょうか。ここでは、後漢後期の崔《さい》寔《しょく》(一六八～一七二年の間に没)が、当時の華北の農事や年中行事その他を記した『四民月令』から、葱類の登場する部分だけをひろってみましょう(太字が葱類。渡部武訳注書)。

〔正月〕瓜《うり》・瓠《ふくべ》・芥《からしな》・葵《ふゆあおい》・**薤**《らっきょう》・**大小葱**《ねぎ》(夏葱を小、冬葱を大と曰《い》う)・蓼《たで》・蘇《しそ》・牧宿子《うまごやし》及び雑**蒜**・芋《さといも》を種《う》えるべし。**薤**・芥を別《わ》かち、田疇に糞《こやし》すべし。

上辛(最初の辛《かのと》の日)、**韮**《にら》の畦中の枯葉を掃除す。

〔二月〕二月太社を祠るの日(春の社日)、**韮**《にら》・卵を祖禰《そでい》(祖先)に薦《すす》む。

〔三月〕時雨降らば、秔稲《うるち》及び稙禾《はやまきのあわ》・苴麻《めあさ》・胡麻《ごま》を種《う》え、**小葱**を別つべし。

〔四月〕布穀《かっこう》鳴けば、**小蒜**《こにんにく》を収む。

穬《はだかむぎ》及び大麦を糴《かいよね》(購入)し、弊絮(くず真綿)を〔収め〕、**小葱**を別つべし。

〔六月〕蕪菁《かぶら》・冬藍(木藍。八月に染めに用う)・**小蒜**を種え、**大葱**を別つべし。

〔七月〕是の月や、蕪菁及び芥《からしな》・牧宿《うまごやし》・**大小葱**の子《たね》・**小蒜**・**胡葱**を種えるべし。**薤**を別け、**韮菁**《きゅうせい》(ニラの花)を蔵《つ》く。

〔八月〕**韮菁**を収め、**擣韲**《とうせい》(韮菁の和《あ》え物)を作る。……**大小蒜**・芥を種う。

〔十月〕是の月や、**大葱**を別つべし。

葱うり（『七十一番職人歌合』より）

◎記紀・万葉の葱類

『日本書紀』は仁賢天皇六年、高麗《こま》への使者が出立して、難波の御津《みつ》では女が「母《おも》にも兄《せ》、吾《あれ》にも兄《せ》、弱草《わかくさ》の吾《あ》が夫《つま》はや」（母には兄、私には夫の彼が去ってしまった）、と泣いていたと伝えます。夫は使節の従者で、哀泣の理由を聞かれた彼女は答えます。

　秋葱《あきき》の転双《いやふた》（双は重なり。）納《こもり》、思惟《おも》ふべし。

母にとっては兄、私にとっては夫である者との別れは二重の悲しみであることを、秋の葱の二重であることにたとえた表現、とのことです。

葱は古くキといい、今も分葱《わけギ》・浅葱《あさつキ》の呼称にキが残ります。また中世の『七十一番職人歌合《しょくにんうたあわせ》』は、四〇番左を「葱うり」として、

　紅葉せで秋も萌黄のうつぼ草露なき玉とみゆる月哉

　恋といふ一もじゆえにいかにしてかきやる文のかず尽すらん

の歌を記し、「靫草《うつぼぐさ》」は葉が中空なことから、「一文字《ひともじ》」はキと一音であることからの、葱の別

称とのことです。

記紀や『万葉集』には他の葱類が出ます。大和王権に仕えた久米部《くめべ》の歌う久米歌に、

みつみつし　久米の子らが　粟生《あはふ》には　韮《かみら》一本　そ根《ね》がもと　そ根芽《め》つなぎて　撃ちてし
止《や》まむ　（『古事記』）

とある「かみら」は臭韮《かみら》すなわち臭いの強い韮《にら》か、といわれます（平安時代の『和名類聚抄《わみようるいじゆうしよう》』は薤《おおみら》と韮《こみら》を記すとのこと）。「みつみつし」は久米の枕詞で、「久米の者たちの粟畑に韮が一株。その根元も根の芽もすべて撃ちとれ」と、意気盛んです。『万葉集』の東歌《あずまうた》は、

佐伎都久《さきつく》の岡のくくみら我摘めど籠《こ》にも満たなふ背なとつまさね　（三四四四）

「佐伎都久の岡の茎韮《くくにら》（茎の生いたった韮）を私が摘んでもいっぱいにはならない。それならあの人と摘んだらいかが」と詠みます。

応神天皇が日向から召した髪長比売《かみながひめ》を、太子（後の仁徳天皇）が見染めました。天皇は比売を太子に与えて歌ったと伝えます。

いざ子ども　野蒜《のびる》摘みに　蒜《ひる》摘みに　我が行く道の　……　（『古事記』）

「さあみんな、野蒜摘みに、蒜摘みに行こう」とあり、春の野に摘む野蒜は、『万葉集』では、

醤酢《ひしほす》に蒜《ひる》搗《つ》き合《か》てて鯛《たひ》願ふ我にな見えそ水葱《なぎ》の羹《あつもの》　長意吉麻呂《ながのおきまろ》（三八二九）

「醤酢に蒜を搗きまぜて鯛が食べたい。水葱の煮物なんかは眼前から見えなくなれ」と歌われ

ます（醤酢＝醤《ひしお》と酢をまぜた調味料。水葱＝ミズアオイ科コナギの古称）。野蒜は北海道から沖縄までに広く群落をなして自生し、若芽や鱗茎を食用にします。漢字「蒜」を『大漢和辞典』は、「①のびる。小蒜。葷菜の一。又、にんにくを大蒜といふことから、にんにくのことをもいふ」といいます。

倭建命《やまとたけるのみこと》は父景行天皇の命で東国を平定し、帰途、足柄《あしがら》山の坂本に至って食事をしていると、坂の神が白鹿に化して現れました。命は、

爾《ここ》に即ち其《そ》の咋《く》ひ遺《のこ》したまひし蒜《ひる》の片端《かたはし》を以《も》ちて、待ち打ちたまへば、其の目に中《あた》りて乃《すなは》ち打ち殺したまひき。
（『古事記』）

と伝えます。葱類には邪気をはらう力がある、とみられていました。

◎「葷酒《くんしゅ》山門に入るを許さず」

『礼記』玉藻篇に、「君に膳するときは、葷《くん》・桃・茢《れつ》あり」などとあり（茢＝葦の穂）、顧野王《こやおう》（五八一年没）編の部首別字書『玉篇』は、「葷菜《くんさい》は凶邪を辟《さ》くる所以《ゆえん》なり」と記すそうです。右の「葷」は、後漢時代の字書『説文解字《せつもんかいじ》』に「臭菜なり」とあり、葱類のこととされます。葱類には、大蒜《にんにく》や韮《にら》でよくわかるように独特の匂いがあり、邪気をはらう力があるとみられていました。先の倭建命の話と同様です。

中国・戦国時代の『荘子』人間世篇《じんかんせい》には、孔子と愛弟子顔回《がんかい》による対話形式の説話があります。師の「斎《ものいみ》せよ」の言葉に弟子は、

回の家貧し。唯酒を飲まず、葷を茹《くら》はざること数月なり。此《か》くの若《ごと》くんば則ち以て斎と為《な》すべきか。

「私の家は貧しく、酒や葷を数ヵ月食べておらず、斎戒しているのと同じではありませんか」と答えます。神事の斎（物忌み）には葷は口にしないとされるのも、匂いが強いからでしょうか（なお葷は葱類のほか、俗に牛・羊・豚肉を大葷、鶏、魚・卵を小葷といい、白川静氏の『字統』は「腥羶《せいせん》滋味のものはみな葷という」と記す）。

先引の『四民月令』は華北の例でしたが、六朝時代の華中、湖北・湖南省の習俗を記す『荊《けい》楚歳時記《そさいじき》』（守屋美都雄訳注書）は、正月元旦の飲食物に屠蘇酒などとともに「五辛盤」をあげます。盤に盛る五辛を、注は「大蒜《さん》・小蒜《さん》・韮菜《きゅうさい》（にら）・雲台《うんたい》（あぶらな?）・胡荽《こすい》（こえんどろ）是れなり」とし、「荘子の所謂《いわゆる》、春正月、酒を飲み葱を茹《くら》い、以て五蔵を通ずるなり」といいます（五臓＝心・肺・脾・肝・腎）。また訳注は、孫真人『食忌』の「正月の節、五辛を食《くら》い以て癘気《れいき》を辟《さ》く」などを紹介し、五辛盤は新年に疫病をはらい長寿に役立つとも考えられていたとみて、「右の刺激の強い植物は中国人が平素好んで食するものであり、道家の五辛の選択は、中国人の平生の生活の現実を反映している」と指摘します。

他方、仏教は道教と異なります。同書訳注は、『大般涅槃経《だいはつねはんぎょう》』第十一に「五辛、能葷は悉く之を食《くら》わず」、『梵網経《ぼんもうきょう》』巻下に「大蒜（にんにく）と革葱（のびる）と慈葱（ねぎ）と蘭葱（山にんにく）と興渠（からしな）と。是れ五種は一切の食中に食すること得ざれ。若《も》し故《こと》さらに食さば軽垢罪を犯す」とあるなど、葱類忌避の例をあげます。この考えは日本に伝わり、『養老令』は、

凡そ僧尼、酒を飲み、肉食《ししは》み、五辛服《ぶく》せらば、卅日苦使。若し疾病《しちびやう》の薬分《やくぶん》に為《す》るに、須《もち》ゐむ所は、三綱《さんがう》其の日限《にちげん》給へ。

と、僧尼令に定めました（三綱＝寺内で僧尼を統轄、庶務を処理する上座《じょうざ》・寺主《じしゅ》・都維那《ついな》の三役僧。なお五辛の「革葱」を『令義解《りょうのぎげ》』は「角葱」と記す）。

今日も私たちは、禅宗寺院の山門脇に「不許葷酒入山門」と刻む戒壇石を、よく見かけます。

鷹

神話を翔《かけ》る

鷹（『訓蒙図彙』より）

◎大自然の懐に生きる

ワシやタカの生態撮影をライフワークに決めた宮崎学氏は、そのうちの幾種類かと出会うなかで、「クマタカへあこがれをもつようになっていた」、と写真集『鷲と鷹』（平凡社）にいいます。巨大で「射すくめるような眼光をもち、体は頑強でたくましく、野武士のような風格」の鳥。——

その念願のクマタカの巣を見つけたのは、一九七三年二月のことだった。

中央アルプスの雪深い原生林の谷間に、その巣はあった。

クマタカは雪の谷間で、細くそれでいて澄んだ美しい声で鳴いていた。ちょうど巣をつくっているときだった。二羽のクマタカが「ピェー　ピェッ　ピェッ　ピェッ……」と、互いに鳴き交いながらもつれあって原生林の中へ何度も飛び込んでいった。

うれしかった。

雪の斜面に一人でたたずんで目をうるませていた。この巣は、私が見つけるべくして探した巣だったからである。

クマタカの飛ぶ方向を見つけては、中央アルプスの白地図の上にプロットをし続けた結果の発見だった。中央アルプスの山並に、はじめてクマタカの飛翔を目撃してから五年めの成果だった。五年の歳月の間に相当量のデータが集まり、そのデータを分析していくうちに、クマタカが一つの谷に向かって集中していることをつきとめ、追跡した結果だった。長い抱卵後の五月中旬に雛が誕生。苦心の撮影中に「クマタカはものすごい生態を見せ」ます。親は三日おきくらいに大きなノウサギを捕まえて来、キジやヤマドリ、またアカゲラのような小鳥まで捕って敏捷さを見せつけ、八月はじめには立派な若タカが巣立っていきました。

同書の最後の撮影行は、沖縄の八重山地方だけにすむカンムリワシです。八一年二月に西表《いりおもて》島に渡り、ジャングルに囲まれた湿原を中心に生活するのを見つけます。来る日も来る日も木に登り、「時には一〇時間にも及ぶ観察が木の上で続いた」後、二羽が交尾を始め、四月も半ばすぎに「ジャングルのツルアダンが密生したイタジイの木」に巣を発見、日本で初めて巣探しに成功しました。

ワシやタカを追って、日本列島の北端から南端までの一五年。日本で繁殖する一六種に、かなりの数が越冬するオオワシを加えて、すばらしい写真集が誕生します。

◎古代エジプトでは天空神

ワシとタカは動物の分類学では区別せず、同じタカ目タカ科（ワシタカ目ワシタカ科とも）の鳥類です。一般に比較的小型のものをタカ、大型のものをワシといいますが、前述のクマタカ、

ホルスに礼拝を捧げるインヘルカウ（「インヘルカウの墓」の壁画、前1150年頃）

類は鳥の王者といわれるイヌワシと近縁種ですし、カンムリワシ類は大きさや生活様式からタカ類に近いそうです。

　タカ科の鳥は二二〇種ほどで、一般に雌は雄より大型です。日本には、いわゆるタカ類のオオタカ、クマタカ、サシバ、チュウヒ、ツミ、トビ、ノスリ、ハイタカ、ハチクマ、ミサゴ、ワシ類のイヌワシ、オオワシ、オジロワシ、カンムリワシがいます。またほかにタカの仲間では、タカ目ハヤブサ科のうちのハヤブサ、チゴハヤブサ、チョウゲンボウがいます。

　古代エジプト人は、はてしなく広がる天空を翼、右眼を太陽、左眼を月とする神をホルスと名づけました。この天空神の姿は鷹（隼）にイメージされ、前一一五〇年頃と思われる「インヘルカウの墓」（テーベのディール・アルマディーナ）には隼の姿のホルスを礼拝する絵が描かれます。ホルスは「早くより王国統一を推進する上エジプト王と結びつき、王はその化身とされ、王権理念（〈神王理念〉）の中核を形成し、王名の先頭に記される〈ホルス名〉はハヤブサを頂く宮殿の枠（セレク）内に記された」（『世界大百科事典』「ホルス」の項）とのことです。ホルスの名も、鷹を意味する言葉に由来するそうです。

ギリシア神話では、アポロン神にささげられる霊鳥キルコスが、鷹か隼か鳥とみられます（太陽神ヘリオスの娘キルケと同じく、その鳴き声による名とのこと）。また、オーストラリア原住民には、火を最初におこしたのは鷹である、とする神話があるなど、天翔ける鷹は各地の神話、伝承、鳥占いなどに登場します。中世のキリスト教絵画は、肉欲を象徴する兎や雀を引き裂く

鷹狩り（『フランドルの暦』の「七月」、16世紀、大英図書館蔵より）

モンゴル帝国で使われていた
パスパ文字の記された牌子
（エルミタージュ博物館蔵）

この猛禽を描いて、霊の優位性を寓します。

　鷹狩りの歴史は古く、アッシリアのサルゴン二世（在位前七二一～前七〇五）が建設した首都コルサバード（イラク）の遺跡建物の浮彫りに描かれます。エジプトやペルシア、インドなどでも古く、古代ギリシア・ローマでも行われました。ヨーロッパではメロビング朝（五～八世紀）の王侯貴族が盛んに行い、一七世紀後半の銃猟流行まで続きます。インドのムガル帝国（一六～一九世紀）のミニアチュールは、鷹を据えた貴人の姿を描きます。

　モンゴル地方では、鷹狩りや通信に用いる隼を「海東青《かいとうせい》」と古称しました。モンゴル帝国が特使に給する「海東牌」は、海東青の装飾のある円形の金属製で、駅伝の制度を利用する際の特権を保証し、ときに物資の徴発をも認める牌子《パイザ》です。元の世祖（フビライ）は鷹狩りを好み、マルコ・ポーロの『東方見聞録』第三章は、三月になると出遊したと、その様子を伝えます。

　扈従《こじゅう》する者は一万余人の鷹匠で五百羽のオオタカと多数のハヤブサやセーカ種のタカを連れて行く。このほかにも水禽を捕えるために白タカが数多く伴われる。

一〇〇名か二〇〇名ないしそれ以上が一団をなし、分散して狩りをしつつ進み、世祖は象の輿に乗り、鶴に向けて放たれたオオタカの格闘に満悦した、等々とも記します（愛宕松男訳注書）。

◎「馴《なら》し得てば能《よ》く人に従ふ」

日本の古墳文化の時代（四〜七世紀頃）には、馬・牛・鹿・猪・犬・猿・鶏・水鳥・鷹・魚などの動物埴輪がつくられ、鷹は和歌山市の井辺《いんべ》八幡山《はちまんやま》古墳などから出土しています。また人物埴輪には鷹匠もあり、群馬県境町淵名出土の一体は高さ七四・五センチで、少し曲げて肩から水平に出した左腕に一羽の鷹を据えており、六世紀頃の作だそうです。

鷹匠埴輪（群馬県境町淵名出土、大和文華館蔵）

鷹狩りの伝承は『日本書紀』に出ます。仁徳天皇四三年九月一日、依《よさ》網屯倉《みのみやけ》の阿弭古《あびこ》が「異《あや》しき鳥」を捕って献上し、今まで網で鳥を捕ってきたが、こんな鳥は得たことはない、と申しました。天皇から尋ねられた百済《くだら》王族の渡来人酒君《さけのきみ》は、この

鳥は、

多《さは》に百済に在り。馴《なら》し得てば能《よ》く人に従ふ。亦捷《と》く飛びて諸《もろもろ》の鳥を掠《と》る。百済の俗《ひと》、此の鳥を号《なづ》けて倶知《くち》と曰《い》ふ。

と答えます。「是《これ》、今時《いま》の鷹なり」で、酒君がこの鳥を調教して、鷹狩りが行われることとなります。

酒君、則ち韋《をしかは》の緡《あしを》（柔らかくした皮の紐）を以て其の足に著け、小鈴を以て其の尾に著けて、腕《ただむき》の上に居《す》ゑて、天皇に献《たてまつ》る。是《こ》の日に、百舌鳥野《もずの》に幸《いでま》して遊猟《かり》したまふ。時に雌《めき》雉《ぎし》、多《さは》に起《た》つ。乃ち鷹を放ちて捕らしむ。忽《たちまち》に数十《あまた》の雉《きぎし》を獲《え》つ。

日本の鷹飼、鷹狩りの技法は百済から、との伝承です。その新狩猟法は讃嘆の目で迎えられたのでしょう。同書は続いて述べます。

是《こ》の月に、甫《はじ》めて鷹甘部《たかかひべ》を定む。故《かれ》、時人《ときのひと》、其の鷹養《か》ふ処を号《なづ》けて、鷹甘邑《たかかひのむら》と曰《い》ふ。

大化前代、狩猟用の鷹と犬の飼育、調教や鷹狩りにたずさわる品部《しなべ》として鷹甘部が置かれ、大和・河内・摂津・近江を居地としました。

天武天皇四年（六七五）正月一七日には、朝廷の射弓行事に続き、次の記事があります。

大倭国《やまとのくに》、瑞鶏《あやしきにはとり》を貢《たてまつ》れり。東国《あづまのくに》、白鷹《しろたか》を貢れり。近江国、白鵄《しろとび》を貢れり。

なお『播磨国風土記』は揖保《いいぼ》郡の「鈴喫《すずくひ》の岡」の地名伝承に、応神天皇がこの岡で狩りをした際、「鷹の鈴堕落《お》ちて求むれども得ざりき」だったからといいます。

律令制の時代になると、兵部省に属する主鷹司（放鷹司）の下に鷹戸（鷹養戸）一七戸を大和・河内・摂津に設けて、鷹狩りを行います。もっとも、元正天皇は養老五年（七二一）の詔に、「天子の仁愛は動植物、恩情は鳥や獣にも及ぶべきで、周公・孔子は仁愛を優先し、老子・釈迦は殺生を禁じている。そこで放鷹司の鷹と犬、大膳職《だいぜんしき》の鸕鷀《ろじ》（＝鵜。鵜飼用に飼育）、諸国の鶏と猪をすべて元の住処に放ち、本性を全うさせたい。今後必要の際は勅許を待つように。また放鷹司の官人、大膳職の長上らは廃し、使役の品部は公民扱いにせよ」と述べます。次の聖武天皇も神亀五年（七二八）八月の詔に、「朕は思う所あって鷹を養うことを欲しない。天下の人も止めるようにし、勅を待って飼うべきで、違反者には違勅の罪を科せ。天下に布告して皆に知らせよ」といいます。鎮護国家の教法たる仏教の殺生禁断《せっしょうきんだん》を反映する鷹狩り停廃は、その後も繰り返されています。

◎奈良・平安朝の遊芸

天平一九年（七四七）の奈良の都は、聖武天皇の発願による大仏建立の大事業の最中でした。越中国守だった大伴家持《おおとものやかもち》はこの年上京しますが、都での歌を『万葉集』巻一七（家持のいわば歌日記）に残すことなく、帰任しての最初の歌が、「放逸せる鷹を思ひ、夢に見て感悦して作る」長歌一首と短歌四首となります。この長歌（四〇一一）の大意は次のようです。

都から遠い越中国では夏に鵜飼、秋には鷹狩りをする。なかでも「大黒《おほぐろ》」と名づける自分の「蒼鷹《おほたか》」は朝夕の狩りに獲物を逃さず、手から放れるのも戻るのも自在で、これほどの鷹はないと誇りに思っていた。ところが、まぬけな老人が逃してしまった。惜しく、憤りは火と燃え、鷹を思い慕って、逢えないかと諸所に鳥網を張り、神に祈っていると、夢に少女が告げた。その優れた鷹は松田江を一日飛びつづけ、氷見《ひみ》の江、多祜《たこ》の島を飛びさすらい、葦鴨の群れる旧江《ふるえ》に一昨日も昨日もいた。二日、遅くも七日以内に帰ってくるので、そんなに恋しがらずに待ちなさい。……つづいて、

矢形尾《やかたを》の鷹を手にする三島野に狩らぬ日まねく月そ経《へ》にける　（四〇一二）

「鷹狩りをせぬ日が多く、ひと月がすぎた」といった意の短歌などや、この抜群の鷹についての詳しい左注となります。家持には天平勝宝二年（七五〇）三月八日にも「白き大鷹を詠む」長・短二歌（四一五四、五五）があり、鷹や鷹狩りへの強い執心がわかります。

平安初期は、桓武天皇はじめ諸帝が鷹狩りを好みました。大同三年（八〇八）に親王・観察使以上、六衛府次官以上に鷹を飼うことが許され、元慶七年（八八三）には、鷹飼や犬は天皇に近侍する蔵人所《くろうどところ》の所属となります。貴族の鷹飼では、藤原道綱母の『蜻蛉日記《かげろうにっき》』が天禄元年（九七〇）、尼になりたいという母に同調した道綱が、出家したら殺生の鷹は飼えないとい

われて自分の鷹を放したことを記します。

鷹は諸書に記され、『源氏物語』桐壺巻は、源氏君の元服の加冠役を務めた左大臣が舞踏し、帝から「蔵人所の鷹」を賜ったといいます。行幸《みゆき》巻は、雪のちらつく一二月の大原野行幸に、「親王《みこ》たち、上達部《かんだちめ》なども、鷹にかかづらひ（鷹を使い）給へる」人は狩装束を用意し、「諸衛《そゑ》（六衛府）の鷹飼ども」は見なれぬ摺衣《すりごろも》をとりどりに着る、と述べます。また平安後期の歴史物語『大鏡《おおかがみ》』は、醍醐天皇の大原野行幸の光景を王朝絵巻風に美しく描写します。

さて山口入らせたまひしほどに、しらせうといひし御鷹の、鳥をとりながら御輿《みこし》の鳳のうへに飛び参りてゐてさぶらひし、やうやう日は山の端《は》に入りがたに、光のいみじうさして、山の紅葉、錦をはりたるやうに、鷹の色はいと白く、雉《きじ》は紺青《こんじやう》のやうにて、翅うちひろげてゐてさぶらひしほどは、まことに雪少しうち散りて、折ふしとり集めて、さることやはさぶらひしとよ。（雑々物語）

『今昔物語集』巻一九の第八は「西の京の鷹を仕《つか》ふ者、夢を見て出家せる」話で、鷹による狩猟を生業とする庶民もいたようです。

◎江戸周辺の鷹場制度

鷹狩りは戦国時代には武士の間で流行し、織田信長・豊臣秀吉も行います。江戸城に入った徳川家康は各地で放鷹（鷹狩り）をし、それには民情視察の意もあったといわれます。慶長年間（一五九六〜一六一五）には幕府が制度として鷹匠を置き、天和元年（一六八一）には一一六名となっています。

江戸時代に注目したいのは、三代将軍徳川家光の時代に始まる鷹場制度です。寛永五年（一六二八）に江戸近郊五里以内の河川や街道沿い五四村を鷹場、同一〇年にはその外側の村々を尾張・紀伊・水戸の三家や有力大名の鷹場としました。同二〇年には制度として鳥見《とりみ》（鷹場管理の役人）が置かれ、一〇名が任じられます。なお、将軍家から朝廷への獲物の献上、諸大名への鷹や獲物の下賜、大名家から将軍家への鷹献上、などが儀礼化します。

寛永年間（1624〜28）頃の江戸城の鷹部屋
（『江戸図屛風』国立歴史民俗博物館蔵より）

五代将軍綱吉は生類憐《しょうるいあわれ》みの令《れい》の政策で放鷹を禁じ、元禄六年（一六九三）に三家・諸大名の鷹場返上となります。しかし八代将軍吉宗は享保元年（一七一六）放鷹を復活し、江戸近郊五九四村もの広大な地域を公儀の鷹場とします。翌年は三家の鷹場を江戸から五里〜一〇里地域に設け、翌々年に公儀の鷹場は六筋に再編され、以後慶応二年（一八六六）の廃止まで続きます（雑誌『多摩の歩み』五〇号・五一号は「御鷹場特集」で、槙本晶子氏の「尾州藩の鷹場について」等の諸論を掲載）。

鷹場は、領主が設定した鷹狩り地です。しかし幕府の設けた鷹場は、実際に猟をする鷹場よりはるかに広大な地域です。そしてその地域は、幕府領、私領、寺社領等が入り組み、多くの領主の支配下にありました。首都ともいうべき江戸を囲む地域の社会的安定は、幕府にとってきわめて重要です。そこで鷹場制度の採用により、諸領の枠を越えて全体をまとめる意向のあったことが、指摘されています。若年寄の支配下に、二五〇石以下の旗本が鳥見に任命され、六筋の各地域に三〜八名が配されました（定員は組頭二〜三名、鳥見二〇〜三〇名）。大石学氏は鳥見の職務内容は「①鷹場の整備・管理、②治安維持、③農間余業・在方商業の把握・統制、④興行等諸行事の統制、⑤法令伝達、などであったが、これらの職務を個別領主支配の限界をこえて行った点が注目されている」（『世界大百科事典』「鳥見」の項）といいます。六筋では、「鷹場負担の均等化、法令伝達機能を担わされた鷹場組合」（同事典「鷹場」の項）の結成などが行われていました。

鷹狩り地では、鷹狩り用鳥獣確保のため、一般には禁猟が命じられていたことも見逃せません。農民からみると、鴨や雁をはじめ、これらの鳥獣は作物を荒らす存在ですが、捕獲すれば罰せられ、大きな難事でした。江戸初期の浅井了意は『浮世物語』巻三の「鳫鴨《がんかも》の稲を喰《くら》ふ難《なん》儀《ぎ》の事」に、「唐土では国主が民百姓のようすを見て政道を正すために鷹狩りをしたが、今は慰み、遊びのためだ」と批判しています（「雁」の章参照）。

俳諧では、「鷹」や「鷹狩り」は冬の季語となっています。人類は古くから動物の習性を知って利用しており、鷹狩りもその一つです。一方、大空を自由に飛ぶ鳥に、憧れに似た思いを抱いてきました。とりわけ鷹の姿は力強く、ゴーリキーは一九世紀末の帝政ロシアで、圧制からの解放を『鷹の歌』に託しています。

天翔る鷹の仲間を見る機会のほとんどない今、愛知県の伊良湖岬《いらごみさき》は、秋に南へ渡るサシバの大群と出会える、数少ない地点の一つだそうです。

鷹一つ見付《つけ》てうれしいらご崎　　芭蕉

海老

正月を飾る

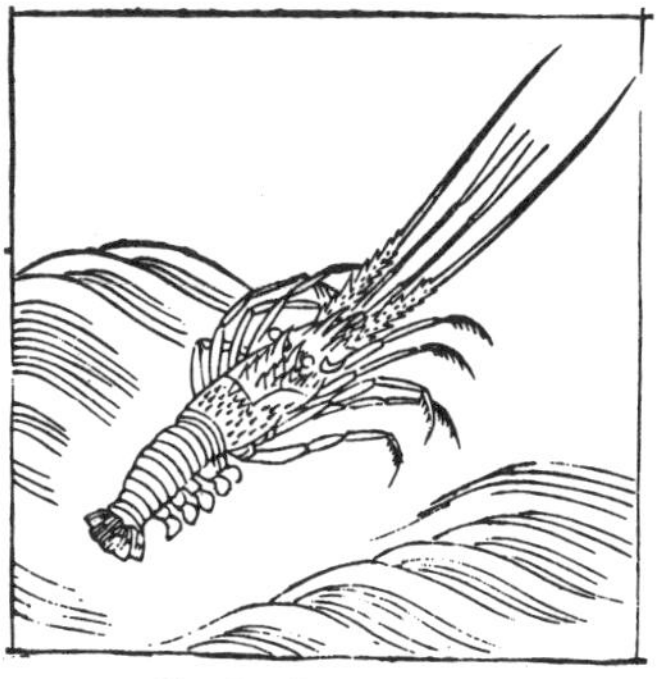

鰝（『訓蒙図彙』より）

◎正月の〝飾り海老〟

松尾芭蕉は元禄七年（一六九四）の元旦、

蓬萊《ほうらい》に聞《きか》ばや伊勢の初便《はつだより》

と詠みました。ここでの「蓬萊」とは、中国でいう蓬萊山のイメージにちなんで作られた、正月の飾り物のことです。

中国の神仙思想では、山東半島の東の渤海《ぼっかい》中に蓬萊・方丈・瀛洲《えいしゅう》の三神山がそびえ、仙人がいて不死の薬を蔵すると信じられました。その薬を求めた秦の始皇帝や前漢の武帝は、わざわざ人を派してさがさせたと伝えます。とりわけ蓬萊山が知られ、日本では『日本書紀』が雄略二二年に記す浦島伝説に登場します。丹波国余社《よざ》郡管川《つつかわ》の瑞江浦嶋子《みずのえのうらしまのこ》は大亀を釣り、亀が女に化したのを婦《め》とし、二人は海に入り「蓬萊山《とこよのくに》に到《いた》りて、仙衆《ひじり》を歴《めぐ》り覩《み》る」というのです。平安前期の『竹取物語』には、かぐや姫が求婚者たちに出す難題の一つに、「蓬萊という山に生える銀の根、金の茎で、白玉の実をつける木の一枝を折ってくるように」、というのがあります。

平安時代には、蓬萊山を台や盤上にかたどって、松竹梅や鶴亀、尉姥などを配し、祝儀や酒宴に飾ることが行われました。藤原道長の『御堂関白記《みどうかんぱくき》』は、作二蓬萊山一居二瑠璃壺・盃等一。

と、長和四年（一〇一五）四月七日に記します。

室町時代頃になると、この蓬萊飾りは、正月の祝儀の飾り物となっています。江戸時代の飾り方は、「三方の上に一面に白米を敷き、中央に松竹梅を立て、それを中心にダイダイ、ミカ

江戸の喰積（『絵本江戸紫』より）

京の正月。門松のあいだに海老飾りが見える（『十二月絵草子』江戸時代、サントリー美術館蔵より）

ン、タチバナ、かちぐり、ホンダワラ、カキ、コンブ、エビを盛り、ユズリハ、ウラジロを飾る」(『世界大百科事典』「蓬萊」の項)などといったやり方が、一般的なようです。飾る物に多少の違いはありますが、たとえば橙《だいだい》は「代々」で子孫繁栄、搗栗《かちぐり》は「勝つ」、結び昆布は「睦《むつ》びよろこぶ」など、めでたい物尽しです。なかでも海老《えび》は、体の屈する姿から「長寿」を表すとされ、蓬萊山の原意にもぴったりで、「飾海老《かざりえび》」は新年の季語となっています。

さて冒頭の句に戻ると、芭蕉は弟子の向井去来にあて、この句は、

清浄のうるはし、神祇のかう〳〵しきあたりを、蓬萊に対して結たる迄也　(『去来抄』)

と書いています。元旦に伊勢神宮を拝する心が「蓬萊」にかかわるとすれば、「聞かばや」の思いには、飾られた(その名も)伊勢海老に向けた趣向をみることもできそうです。

蓬萊は関西で行われて、床の間に飾られました。江戸ではこれを「喰積《くいつみ》」といって年始客に出し、食べると寿命がのびるといいましたが、蓬萊と喰積は本来は別ともいわれます。元禄七年(一六九四)刊の俳諧撰集『炭俵』は、「立春」としてこの句など一一句を載せており、なかに次の句も並んでいます。

みちのくのけふ関越《こえ》ん箱の海老　杉風

喰つみや木曽のにほひの檜物《ひのきもの》　岱水

作者の一人前掲句の杉山杉風《さんぷう》は、幕府諸侯御用達の江戸の魚問屋です。奥州方面から注文を

受け、海老を箱詰めで送り出していたのでしょうか。岱水《たいすい》の句は、喰積の盛った器が、香りもすがすがしい木曾の檜で作られていると、新春の情景を強調します。

海老は鏡餅や注連《しめ》飾りなどにも添えられました。また幕末頃の風俗を記す『絵本江戸風俗往来』は、佐賀藩江戸屋敷の御門飾りは稲藁《いなわら》で「鼓の胴」型に作り、

　胴のくくりたる真中へ海老・橙等を結い飾り、松竹に添えて立てられたり。

と述べています。

◎アリストテレスの観察

エビ類は甲殻綱十脚目に分類される節足動物です。十脚目はミジンコやヨコアミ類などと比べて高等甲殻類、大型種の多いことから大型甲殻類といわれます。ヤドカリ類（異尾亜目）、カニ類（短尾亜目）も含んで約一万種が知られ、うちエビ類（長尾亜目）は約三〇〇〇種です。

エビ類には、①クルマエビ類・ヨコエビ類などの遊泳型、②イセエビ類・ザリガニ類などの歩行型、があります。歩行型類の多くは浅海で底生生活をします。遊泳型では、一生を深海から浅海で浮遊する種や、水深一万メートル以上の深海で得られた種もあります（十脚目を、遊泳亜目＝遊泳するエビ類のグループ、歩行亜目＝遊泳しないエビ類・ヤドカリ類・カニ類のグループ、と二亜目に分類することもある）。本来は海産ですが、淡水の河川・湖沼にはザリガニ類、テナ

ガエビ類、ヌマエビ類がいます。

エビ類の多くは、古くから食用にされてきました。アレクサンドロス大王の師でもあるギリシアのアリストテレス（前三二二年没）は『動物誌』第八巻第三〇章に、

クシガイ〔ホタテガイ〕とかすべてのカキ類〔二枚貝〕のような殻皮類や大エビ類のような軟殻類は、卵をはらんでいる時が最上である。（島崎三郎訳）

と記し、また「軟殻類は交尾するところも産卵するところも観察されている」と述べます。右の殻皮類は貝類、軟殻類は甲殻類にあたり、大エビ類は地中海産イセエビの類だそうです（訳注による。〔　〕内も訳注）。

古代ギリシアではこうした生物の観察、分類が行われていました。たとえば同書第四巻第二章は、

軟殻類〔甲殻類〕の中の一つの類は大エビの類で、これに近い別の類はいわゆる「ザリガニ」の類である。……もう一つは小エビの類で、その他にカニの類がある。小エビとカニの類には種類が多く、小エビ類にはセムシエビ〔クルマエビ〕とシャコと〔もう一つ〕小さなエビの類（これ以上大きくならないので）があるが、カニ類はもっと多種多様で、とても数え切れない。……

と書きだし、諸種についての観察を述べます。

第五巻第一七章は大エビの産卵について述べます。また、

> 大エビは起伏の多い所や岩地にいる、ザリガニは平坦な所で、どちらも泥地ではない。それゆえまたヘルレスポントス海峡やタソス島〔エーゲ海北岸の島〕沿岸にはザリガニがいるし、シゲイオン岬〔ヘルレスポントス（ダーダネルス）海峡入口の岬〕やアトス山〔マケドニア沿岸の山〕の付近には大エビがいるのである。漁師が沖で漁をしようと思えば、海岸の出入とか、その他そういった目印によって〔海底の〕起伏の多い所と泥地とを判別するのである。冬と春にはむしろ陸に近い、浅い所にいるが、夏は〔深い〕沖にいるので、前の場合は暑熱を求め、後の場合は寒冷を求めているのである。

とあり、カニやエビの脱皮にもふれます。

◎食用エビのいくつか

イセエビ（伊勢海老。イセエビ科）の呼称は、このエビが伊勢から京都へ送られていたことによる名称で、江戸では鎌倉から送られたので鎌倉海老といったそうです。体長三五センチほどになり、浅海の岩礁に生息して、夕方から餌の底生小動物を求めて歩行するので、網は夕方設置して翌朝あげます。季節による深浅移動はわずかで、産卵盛期は六～八月、卵の直径は〇・五ミリほどで、大型では六〇万粒も産みます。孵化した幼生は透明な薄板状でフィロソーマ

といい、一年近くの浮遊中に脱皮を繰り返して二センチほどのプエルルス幼生（ガラスエビ）に変態して底生生活に入り、一回の脱皮で稚エビとなり、孵化後満二年で生殖可能となります。日本海には少なく、宮城県から九州、韓国、台湾に分布し、近縁種は味が劣ります。

クルマエビ（車蝦。クルマエビ科）は、茶褐色の縞模様が、腹部を曲げると車輪のように見えます。大きいものは二五センチにもなり、夜行性で昼間は砂泥中に潜っています。五月下旬〜九月上旬に水深一五〜二〇メートル辺で泳ぎながら産卵します。卵は海底に沈んで一三〜一四時間後（水温二七〜二九度）にノープリス幼生、その後三五〜三六時間に六回脱皮してゾエア幼生、その後五〜一二時間に三回脱皮してシミス幼生と次々に変態し、さらに六日間に三回脱皮して五ミリほどの稚エビとなります。寿命は一年で、産卵後には死に、ごく少数が満二年近く生きます。北海道南部からオーストラリア北部、インド洋と広く分布し、近年は幼生からの養殖も開発されています。

シバエビ（芝蝦。クルマエビ科）は淡青色の地に多数の青小斑点があり、赤い触角からアカヒゲと呼ぶ地方もあります。東京湾、瀬戸内海、有明海などや、中国沿岸海域にも分布します。水深一〇〜三〇メートルの泥底に多く、体長一五センチほどです。六月下旬〜九月に産卵し、七月中旬〜一〇月に体長二センチほどの稚エビが干潟に現れ、沖合で越冬、翌年の産卵後に死にます。

（上）　伊勢蝦網（『日本山海名産図会』より）
（下）　淀川下流の河蝦捕り（『日本山海名物図会』より）

ホッコクアカエビ（北国赤蝦。タラバエビ科）はその味からアマエビ（甘蝦）と呼ばれ、一二センチほどになり、寒海性で日本海、ベーリング海、北大西洋に分布し、水深一五〇～三〇〇メートルの泥底にすみます。

トヤマエビ（富山蝦。タラバエビ科）は日本海で最も漁獲の多いエビで、北海道、千島列島、サハリン、ベーリング海などの水深三五〇メートルほどまでに分布します。タラバエビ類は雄性先熟の性転換をするので、大型個体はすべて雌で、体長一〇センチのトヤマエビは満二年の雄、一二・五センチは雌へ転換中の中型です。

ボタンエビ（牡丹蝦。タラバエビ科）は橙赤色で体長一〇センチほどになり、北海道の内浦湾から土佐湾まで（日本海にはいない）の水深三〇〇～五〇〇メートルの泥底にすみ、冬から春に市場に出ます。

サクラエビ（桜蝦。サクラエビ科）は体長四～五センチで、多数の色素胞で桜色に見え、東京湾、相模湾、とくに駿河湾は好漁場です。水深四〇〇～六〇〇メートルの中層を群れ泳ぎ、夜に餌の動物プランクトンを追って浮上しますが、腹面に発光器官があり、水面の薄明りのなかで、魚類に対しカモフラージュの効果を発揮します。

タイショウエビ（大正蝦。タイショウエビ科）の標準和名はコウライエビ（高麗蝦）で、体長二七センチとかなり大型です。渤海湾・黄海の特産で、大正一一年（一九二二）にエビ取扱業者の林兼商店と日鮮組の共同事業体「大正組」にちなんでの命名です。また世界各地で獲れた縞模様のないクルマエビ類も、タイショウエビといいます。

ロブスター（アカザエビ科ウミザリガニ属）は大西洋の北西部のアメリカンロブスター、北東部のヨーロピアンロブスター、南東部のケープロブスターの三種があり、体長一メートルにもなるアメリカンは年間漁獲量三万トンに達します。

テナガエビ（手長蝦。テナガエビ科）は淡水産です。体長は九センチほどで、雄の第二胸脚は体長の一・五倍もあります。ゆるやかな流れの砂泥地を好み、江戸時代の『続江戸砂子《えどすなご》』は、浅草川の「両国橋の少上、又本所竪川横川」と揚場《あげば》川の「牛込御門の外、吐水より下手の御堀」の手長海老を「江府名産」とし、山城国淀川の「杖つき海老」と同類と記します。本州・四国・九州と韓国、中国北部に分布し、近縁種が沖縄におり、フィリピン以南では三〇センチになるオニテナガエビを養殖しています。

◎〝海老〟の表記は平安時代

日本でエビを最も早く記すのは、奈良時代の『出雲国風土記』です。嶋根郡栗江埼《くりえのさき》（島根県美保関町）につづく中海《なかうみ》の海産物について、

凡《すべ》て、南の入海《いりうみ》に在《あ》るところの雑《くさぐさ》の物は、入鹿《いるか》・和爾《わに》・鯔《なよし》・須受枳《すずき》・近志呂《このしろ》・鎮仁《ちに》・白《しろ》

魚《うお》・海鼠《こ》・鰝鰕《えび》・海松《みる》等《ども》の類《たぐひ》、至《きはま》りて多《さは》にして、名を尽《つく》すべからず。

と記します。また秋鹿郡《あいか》（島根半島中央部）では宍道湖《しんじ》について、

南は入海《いりうみ》。春は則《すなは》ち、鯔魚《なよし》・須受枳《すずき》・鎮仁《ちに》・鰝鰕等《えびども》の大き小《ちさ》き雑《くさぐさ》の魚《うを》あり。秋は則《すなは》ち、
白鵠《くぐひ》・鴻雁《かり》・鴨等《かもども》の鳥《とり》あり。

と記し、ともに「鰝鰕」を産物の一つにあげています。

中国古代の辞書『説文解字《せつもんかいじ》』では、鰝《こう》は「大鰕」です。日本では昌泰年間（八九八～九〇一）成立の『新撰字鏡《しんせんじきょう》』（和訓を付す最初の漢和辞書）が魵を「小鰕、衣比」とし（衣比＝エビ）、『和名類聚抄《わみょうるいじゅうしょう》』は鰕に「和名衣比、俗用二海老一」と注して、「味甘平無レ毒者也」といいます。一般に、大型のイセエビ類などに海老、クルマエビ類や小エビ類などに蝦の字をあてるようです（英語はイセエビ類＝spiny lobster、クルマエビ類＝prawn、小エビ類＝shrimp、ザリガニ類＝crawfish か crayfish）。

「海老」をエビにあてた初例は、平安前期の漢詩人島田忠臣《しまだのただおみ》（田達音《でんたつおん》）の「海老を賦す廿字絶句」だそうです。小島憲之監修『田氏家集注』（巻之上）から引くと、

泉を脱して枯れ　又槁《か》る
跼脊《きょくせき》　長髯《ちょうぜん》　海老と称す
応《まさ》に朝中《てうちゅう》緋衣《ひい》の一大夫《いちたいふ》に似るべし

形消え命薄くして　明時《めいじ》の好《よ》きを作《な》さず

とあり、訳者の山内啓介氏は、「例のものは、水を離れてすっかりひからびている。だが背を曲げて長いひげをもっているので、人はこれを海の老人、すなわち海老と呼ぶ。その赤い姿は、まさに朝廷の中の緋衣をまとった大夫、さながら私に似ている。海老にしても、私にしても、どちらも弱々しくさだめの拙い様子は、この立派な御代にふさわしいものではない」、の意とします。

人生を海老に重ねて「老《おい》」をみるこの姿勢は、鎌倉時代の紀行『海道記』に受け継がれています。著者は五〇歳をこえた出家者（氏名など不詳）で、貞応二年（一二二三）四月四日に京都をたって鎌倉への途次、清見関《きよみがせき》（静岡県清水市興津）の景を賞し、関跡で二首を詠んで述懐しました。

海老《かいらう》ハ波ヲ游《およ》ギ、愚老《ぐらう》ハ汀《みぎは》ニ溺《ただよ》フ、共ニ老《おい》テ腰カヾマル。汝ハ知《しる》哉《や》生涯浮メル命今イク程《ほど》ト、我ハ不知《しらず》幻《まぼろし》ノ中ノ一瞬《いつしゆん》ノ身。

漢字「蝦」を使用するのは、「蝦」にもエビの意があるからで、菅原道真の漢詩「漁夫詞」（『菅家文草《かんけぶんそう》』巻五）です。

膝を抱《うだ》き舟の中《うち》にして　濁醪《にごりさけ》に酔《ゑ》ふ
此の時　心は白き雲とともに高し

潮平《うしほたひら》に月落ちて　何《いず》れの処《ところ》にか帰らむ

満眼の魚蝦《ぎょか》　満地の蒿《よもぎ》

（川口久雄校注書）

「屛風画也」とあり、漁した魚や蝦《えび》が山のように描かれていたのでしょう。なお平安時代の『延喜式《えんぎしき》』（主計上）は、中男作物《ちゅうなんさくもつ》（各国からの貢納品。中男は一七～二〇歳の男子）の諸種の品々に、「海老」を記します。

◎〝偕老同穴〟のエビも

井原西鶴の『日本永代蔵《えいたいぐら》』は元禄元年（一六八八）の刊。金銭の世界を描き、巻四には「伊勢海老の高買《たかがい》」があります。「始末は正月の事から始めるべき」という話の筋は――。

ある年、伊勢海老・橙が品薄となり、江戸の瀬戸物町・須田町・麴町では、諸大名の御祝儀用だと海老一匹小判五両、橙一つ三両で売られていた。大坂でも海老二匁五分、橙七、八分もするのに、新春の祝儀用に買って蓬萊を飾った。大坂も江戸につづいて町の人心が不敵な所で、後日のことなど考えない。さて、堺の樋口屋は世渡りを油断せず、無駄をしない。「蓬萊は神代からの慣習とはいえ、高価な物を飾っても何の益もない。天照大神もお咎《とが》めなさるまい」と、伊勢海老の代りに車海老、橙の代りに九年母《くねんぼ》を飾り、新春の気分を出したので、「才覚者の新工夫だ」と、その年の堺では伊勢海老・橙を買わずにすませた。堺は人の身持ちが堅く、……。

江戸時代も、伊勢海老は海老の王者でした。

東京湾産の芝蝦を、『続江戸砂子』は「芝浦の名産」といいます。車蝦より小さな天ぷら種《だね》で、河竹黙阿弥の歌舞伎狂言『小袖曾我薊色縫《こそでそがあざみのいろぬい》』（通称『十六夜清心《いざよいせいしん》』）でのお虎の台詞、

旦那様も旦那様だ。芝海老の天ぷらじゃアあるまいし、そう引附《ひっつい》て斗《ばか》りござらず共、よさそうなものだのに。

のように、よく二匹を一つ衣《ころも》で揚げます。

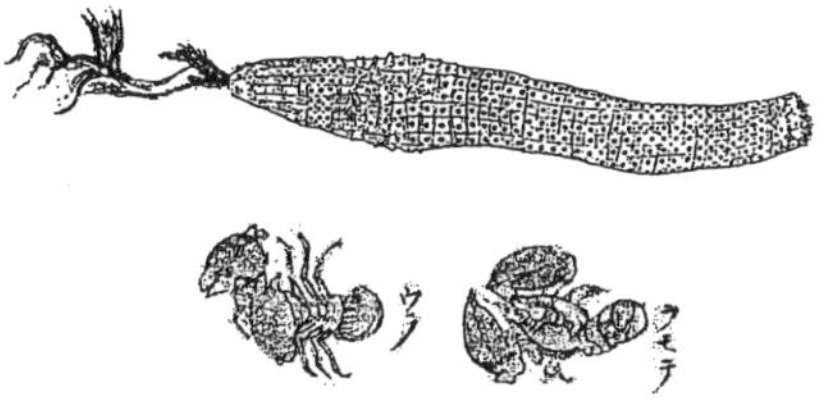

カイロウドウケツとドウケツエビ（栗本丹洲『千蟲譜』より）

仲よく添い遂げる夫婦にかかわる名のエビといえば、体長三センチほどのドウケツエビ（オトヒメエビ科）です。カイロウドウケツカイメン（偕老同穴海綿）類の体腔内を、通常、雌雄一対で生涯のすみかとしています。このカイロウドウケツカイメン類は相模湾・駿河湾・土佐湾など日本近海には三種が分布し、水深一〇〇〜一〇〇〇メートルの海底に直立しています。体高一〇〜四〇センチ、幅二〜六センチの円筒形で、体壁は細かな籠の目状をなし、中は広い胃腔だそうです。ドウケツエビは浮遊生活の幼生期か、稚エビに変態した直後に、このカイメン類の中に入ると思われますが、どうして雌雄一対が残るかなどのことは、まったく不明です。

古く中国の『詩経』では、邶《はい》風の「撃鼓」詩が「偕老」、王風の「大車」詩が「同穴」の語を用います。「偕老同穴」は「生きている時はともに老い、死んだら同じ一つの穴に葬られる」意で、「夫婦の深い契り」を表します。これにちなんでの気のきいた命名ですが、エビとカイメンの名は取り換えたほうがよいようにも思います。

あとがき

柳田国男は小論「椿は春の木」で、暖かい地方の木である椿が点々と北上し、青森県にまで達している理由を、伝説などによって考究しました。また、中国ではツバキは「山茶」または「海石榴」と書くのに、『万葉集』にはすでに「椿」と書く歌があり、古代において「椿を随一の春の木と認むべき理由」は、「今よりももつと明白であつたのか」、と述べています。そこで『大漢和辞典』を引くと、中国での本来の「椿」は、「ちやんちん。落葉喬木の一」とあり、たしかに常緑のツバキとは別種の木です。――随分と以前のことですが、読んでいて、椿は日本人にとってどんな木かと好奇心を持ち、この本の「椿」の章ともなりました。

『万葉集』には、越中国守だったときの大伴家持《おおとものやかもち》の歌があります。

　春の苑 紅《くれなゐ》にほう桃の花下照《したで》る道に出で立つ娘子《をとめ》　（四一三九）

　燕《つばめ》来る時になりぬと雁がねは国しのひつつ雲隠《くもがく》り鳴く　（四一四四）

春といえば咲き競う花。それが雪国の春であれば、人々の思いもひときわにおい立ちます。そして南から渡って来る燕と交替するかのように、北へ帰り去る雁。「国しのひつつ雲隠り鳴く」は、家持自身の望郷の念でもありましょう。人々は四季の移ろいを、植物や動物の生の営みに見つめつつ、おのが生への思いを深めてきました。そこで、人の暮しとともにある植物や動物のいくつかについて、私自身の関心を軸に少しさぐってみよう、と思ったのがこの本です。

この本は、「百科プロムナード」の通しタイトルで、平凡社の百科事典アフター・ケア誌『月刊百科』に一三〇回連載したうちから、二〇篇に手を加えてまとめたものです。この連載をもとにして、ほかに三冊が平凡社から、二冊が八坂書房から、本となっております。お読みいただいた方々と出版社に感謝いたします。

とりあげたテーマについては、古典を中心として多くの著作・資料に、より具体的に接したいと思い、その引用や紹介を心がけました。調べる出発点とした『世界大百科事典』をはじめ、多くの方々の貴重な成果にふれえたことは心からありがたく、そのすぐれた内容を、私の理解不足によって汚していないことをねがっています。資料については、平凡社図書室、私の住む国立《くにたち》市の市立中央図書館、同北市民プラザ図書館、同公民館図書室の職員の方々の御協力をえました。また八坂書房編集部の三宅郁子氏には、前著『四季の風物誌』と同じく、図版を含めてお世話になりました。感謝いたします。

二〇〇〇年二月一日

五十嵐謙吉

著者略歴

五十嵐謙吉（いがらし・けんきち）

1929年、新潟県生まれ。平凡社に勤務し、百科事典、雑誌『太陽』などの編集に従事、世界大学選書、平凡社選書、世界大百科年鑑、日本歴史地名大系の各編集長を務める。1986年退社。
著書に『歳時の博物誌』（平凡社）、『新歳時の博物誌』Ｉ・II（平凡社ライブラリー）、『十二支の動物たち』『四季の風物誌—自然と暮し—』（共に八坂書房）がある。

植物と動物の歳時記

2000年２月25日　初版第１刷発行

著　者　五十嵐謙吉
発行者　八坂安守
印刷所　三協美術印刷㈱
製本所　㈲高地製本所
発行所　㈱八坂書房
〒101-0064 東京都千代田区猿楽町1-5-3
TEL 03-3293-7975　FAX 03-3293-7977
郵便振替口座 00150-8-33915

ISBN4-89694-449-6